A Portrait of the Artist as a Young Man

一个青年艺术家的画像

[爱尔兰] 詹姆斯 · 乔伊斯 —— 著
杜若洲 —— 译

天 地 出 版 社 | TIANDI PRESS

乔伊斯生平

我选择以都柏林为故事的场景，因为这个城市显然是麻痹的中心。我试着用四种角度：儿童、青少年、成人、公众生活，将这种麻痹呈现给冷漠的社会大众。

——詹姆斯·乔伊斯

詹姆斯·乔伊斯（James Joyce，1882—1941），爱尔兰小说家，与法国的普鲁斯特并列为20世纪对小说革命影响力最深远的作家。

1882年2月2日，乔伊斯出生于都柏林一个逐渐没落的中产阶级家庭。当时爱尔兰是英国的贫穷属地，如果将他为文学献身的这个特征除外，那么他一生最大的特征就是贫穷。

他的父亲是都柏林的税吏，热爱声乐，喜欢开玩笑，拥有一副美好的男高音嗓子，是个快活的人。母亲则是个虔诚的天主教教徒，弹得一手好钢琴。父母亲的气质，正是都柏林这个城市气氛的缩影，给乔伊斯的文学投下鲜明的影子，乔伊斯也从他们身上继承了独特的语言感觉和音乐细胞。

乔伊斯所读的学校当时是名校——耶稣会系统的克朗戈伍斯森林公学，但父亲失业伴随而来的家运衰退，使得他不得不退学回家。

不过随后他就又以公费生的身份，转入另一所名校——贝维代学院就读，在那里他习得拉丁语、法语和意大利语，但下定决心不从事神职。

1898年，乔伊斯进入皇家大学都柏林学院就读，深为福楼拜、易卜生、豪普托曼所倾倒。

1900 年，乔伊斯为易卜生的《当我们死而复醒时》写了一篇名为《易卜生的新戏剧》的论文，发表于《半月评论》杂志上，易卜生因此还特地向他致函表示感谢。

由这件事以及翌年他自费出版《喧嚣的时代》，批评爱尔兰文学剧场的褊狭性这个事实，可以清楚地得知乔伊斯对欧洲怀有向往和憧憬。

1902 年乔伊斯大学毕业后，考虑到家里的经济情况，打算进入医学院就读，但旋即又退学前往巴黎，在身无分文的状态下研习文学。这个时期，他看到了给予他的"内在独白"手法强烈影响的埃杜阿·杜雅尔丹的《月桂树被砍倒了》。

1903 年，乔伊斯接到母亲病危的通知返国，母亲临死之际，恳求儿子为她祈祷，但被他拒绝了。这个伤痛始终折磨着乔伊斯的心。

同年他也担任小学的临时教师，6 月 16 日（这是个值得牢记的日子）认识了后来成为他妻子的穷家女诺拉·巴那克尔，不久两人共赴欧洲。

乔伊斯起先在的里雅斯特的一所学校任教，接着成为罗马的银行职员，随后回到的里雅斯特当教师，然后又在该地和苏黎世两个地方当家庭教师，继续过着赤贫的日子。

另外他也四处奔走，想在都柏林设立电影院，之后虽然成立了，但不久即宣告倒闭。接受皇家文学基金的补助也是在这个时期。

不过当时他已经在叶芝的介绍下认识了庞德，经由庞德的帮忙，乔伊斯得以在《唯我主义者》杂志连载执笔多年的长篇《一个青年艺术家的画像》，该书在 1916 年出版。同时被出版社要求删改内容而长期僵持不下的短篇小说集《都柏林人》也在 1914 年出版。在这之前，乔伊斯曾经返国两次，但因《都柏林人》与爱尔兰出版社之间产生的不愉快，使得他以后就再也没有踏上祖国的土地。

1918 年起，他开始在纽约的《小评论》杂志连载长篇《尤利西斯》。1920 年，乔伊斯移居巴黎，这部巨著最终在 1922 年出版。

这部里程碑式的作品确立了乔伊斯的声名和地位，使他成为欧洲新文学的巨星。

1923 年，乔伊斯立刻着手执笔的大作《芬尼根的守灵夜》，以“进展中的作品”为题，分别在各种杂志上连载，并且以小册子的形式出版。

1939 年，《芬尼根的守灵夜》出版，1940 年乔伊斯移居苏黎世。1941 年，乔伊斯因十二指肠溃疡穿孔辞世，葬于苏黎世的弗林贴隆墓地，享年 59 岁。

乔伊斯一生中值得瞩目的事件，除了前述的那些，还有他的眼疾、酗酒以及他的女儿露西亚的发疯。而他的作品除恋爱诗集《室内乐》、短篇集《都柏林人》、长篇小说《一个青年艺术家的画像》《尤利西斯》，还有剧本《流亡者》、诗集《一分钱一首的诗》，以及在他去世后发现的散文诗《雅可莫·乔伊斯》。

而他从 1923 年起，花了 15 年才完成在各种杂志上分载的“进展中的作品”——《芬尼根的守灵夜》，则在一个名叫 H. C. 伊亚里加的醉汉的一个梦中，将人类史予以封闭，以毕戈的连环型历史观完成体系。

这是个壮丽的尝试，在创造新的语言的同时，也创造出新的世界。乔伊斯文学上的试验不只是英语圈，就连法国的“新浪漫派”，以及南美拉丁语系诸国的新作家也深受影响。

乔伊斯的文学养料极为广大而多元，不过给予他的青年时代最大影响的，还是 19 世纪以后的欧洲大陆文学，特别是福楼拜的小说。正如《都柏林人》所显示出来的，作为小说家的他可以说是从自然主义式的写实主义作风出发的。

但即使是福楼拜，在《布瓦尔和佩库歇》以及《圣安东尼的诱惑》中，也还是会显示出不同的局面。一般的欧洲文学大都显现出受到象征主义的影响，再从对个别事物的探究转为对原型进行探究。

乔伊斯在《一个青年艺术家的画像》之后开始运用以神话作为结构写作小说的方法，在狭隘的意义上，是采用爱尔兰文艺复兴的方法，但若是放在更广大的视野中去看，却是象征主义文学的必然展开。

而象征主义的特质之一，就是对表现形式的极端执着。比如，乔伊斯就将他的小说《一个青年艺术家的画像》以小儿语为首的各种文体的变化这种形式予以成立，这个态度显现出他的决心，亦即只有经由这个方法，才能正确阐述一个人的成长与发展过程，也就是说，只有这样才能完全表现人生诸相。

他的新技法——著名的“意识流”独白、谐音和创造新的语汇，如果都视为他要将人生诸相封闭在小说中的尝试，应该是最正确的解释。

在描写恋爱中的都柏林青年心情的第一本诗集《室内乐》里，年轻的乔伊斯把从伊丽莎白王朝的诗中获得的主题，以象征派诗人维尔伦的“诗法”予以表达出来。

通过深受20世纪末欧洲文学青年喜爱的乔伊斯的短篇集《都柏林人》，可以看出法国的短篇小说，特别是福楼拜的《三故事》对其的影响。

对从文学中做出文学来的乔伊斯来说，他“贪婪”采撷的过去的文学都变成了他的东西，被赋予了新生命。乔伊斯就是经由唤醒文学本来的生命力，而成为革新派的作家的。

《尤利西斯》出版的第二年，T.S.艾略特这样写道：“这部作品给予了我所追求的一切吃惊、喜悦和恐怖。”他认为这是一部宣告一个时代结束和一个新时代开始的作品。正如《乔伊斯传》的作者艾尔曼所说：“我们现在也还是想要做和乔伊斯同时代的人。”

乔伊斯以后的作家“全都承蒙他的恩惠”，如果硬要将他的影响力予以分类，那么情况大致是这样的：跟他有直接个人关系的作家，有伊塔罗·兹维伏、塞缪尔·贝克特，而弗兰·奥布莱恩、安东尼·巴詹斯等代表爱尔兰和英国的出色作家，则公开尊崇他为导师。

至于20世纪法国文学界新小说派的健将阿兰·罗布-格里耶、米歇尔·布陶，1985年诺贝尔文学奖得主克洛德·西蒙等受他的影响也是很显著的。而经由多斯·帕索斯、福克纳、瓦尔达等人，乔伊斯的影响力也广泛浸透进美国文学更是众所周知的事实。

导读

这是一部带有乔伊斯自传性质的小说。通过敏感、纤细的青年斯蒂芬的精神成长过程，完整地描绘出生在宗教气息浓厚的家庭，也曾经想要当神学生，然而却领悟到艺术之美，终于将整个人生交付给艺术的乔伊斯。

开头的部分为幼年时代的回忆，完全依照溢流在心中的诗的形式写出来，这样巧妙的写法，能强烈地引发出人们的乡愁。

乔伊斯从这部作品起，开始采用著名的“内在独白”手法，以移动的影像来描绘出心理的变动。

爱尔兰是宗教传统思想根深蒂固的国家，为天主教的解放和爱尔兰自治而奋斗的巴涅尔，晚年因与有夫之妇奥谢夫人发生婚外情而失势。

在都柏林的任何一条街上都可以看到这个情景，斯蒂芬家里也争论不休，他听到父亲喃喃自语地说：“爱尔兰是被遭受牧师劫持的神放弃的国家。”

就这样，他在温暖的家庭、严格的小学、孤独的大学中生活着，也接受基督教中最严格的耶稣会的信仰训练，他的精神构造逐渐被赋予了宗教的形式。再过不久，他那宗教的精神构造就要完全被赋予形式，永远无法改变了。因为人的精神思想在很小的时候就能被“铸造”出来。

斯蒂芬看出某种偏颇的不公平的现实，继而做出惊人的努力，想要从那里脱离出来进入艺术中去寻求救赎，因为如果不那样做的话，就无法达到精神的自由活动。

但讽刺的是，他向艺术之神祈祷。祈祷这件事情本身，正显示出他的精神构造无法完全舍弃宗教形式的这个荒谬事实。

从一个思想转移到另一个完全不同的思想的精神彷徨，在这个作品中被淋漓尽致地描写了出来。而这个作品的主题之后又扩大展开，由他最伟大的杰作《尤利西斯》“继承”，带给世界文坛非常大的影响。

小说家乔伊斯所遗留下来的作品，都是以都柏林为舞台的雄伟“人类剧”，他和巴尔扎克所描写的法国社会一样，其叙述的都柏林概括了人类生活的各个层面。唯一不同的是，他不是以空间或外在来分类，而是按照时间和内在秩序架构。

今天，凡是对 20 世纪西方文学稍有涉猎的人，没有不知道这位出生于爱尔兰都柏林的文坛巨匠的，他以《一个青年艺术家的画像》《都柏林人》《尤利西斯》等作品名垂后世。虽然大半辈子活在半盲的状态之中，可是这种写作上的障碍仍然无法遮掩乔伊斯耀眼的才华。尽管他那本饱受抨击议论的《尤利西斯》迄今仍然备受争议，但作为一个优异的追求创新的文体家，他的地位在近代文学史上业已确立。

《一个青年艺术家的画像》基本上是一本修身励志的艺术家小说，《都柏林人》则是作者通过他作品中重要的舞台予以呈现的。乔伊斯在他创作的生涯中只写都柏林——他笔锋的焦点始终锲而不舍地停留在这个令他魂牵梦萦的精神故乡。我们知道，爱尔兰是一个位于欧洲边境，朝着大西洋倾斜的海岛，因而成为边境的岛国，欧洲各种文明要素凝聚、沉潜在这里，形成了浓厚、激烈的文明原液。

正如前文所述，在乔伊斯的作品中，最重要的当推《都柏林人》《一个青年艺术家的画像》《尤利西斯》《芬尼根的守灵夜》这四部小说，而因纪念《尤利西斯》而产生的“布鲁姆日”（每年的 6 月 16 日），已经成为世界文学史上最重要的日子。这部以现代人的精神麻痹为主题的巨著，为世界文学开创了一个崭新的艺术形式。然而要了解乔伊斯备受争议的巨著《尤利西斯》，那么《都柏林人》和《一个青年艺术家的画像》无疑是最佳的桥梁。

目录

第一章

他算不出这一题的答案来，但是这不打紧。

白蔷薇与红蔷薇：这些美丽的颜色倒是值得一想。

从前，美好的从前，有头哞哞牛打这条路走来，而走来的这头哞哞牛遇到了一个名叫塔库贝贝[1]的乖孩子。……他父亲告诉他这个故事。他父亲隔着单片眼镜望着他：他有一张毛茸茸的脸。他就是塔库贝贝。那头哞哞牛，从贝蒂·柏恩家那条路上走来。贝蒂家那时卖柠檬糖。

哦，野蔷薇呀处处开
在那小小绿色草地上

他唱这支歌。这是他那时爱唱的歌。

你尿了床，起先暖暖的，之后变得很凉。他母亲围上油毡。那里有股怪味。

他母亲身上的气味比他父亲的好闻些。她在钢琴上奏出水手号角让他跳舞。他就这样跳着。

却啦啦 啦啦

---

1 塔库贝贝喻指杜鹃。雌杜鹃在别的鸟巢产卵，因此杜鹃幼鸟都是异类。乔伊斯的父亲于 1931 年 1 月 31 日写信向他说：“我猜想你大约记得我们住在布瑞登广场的日子，那时你是个塔库贝贝，我常带你到广场去，跟你讲那头哞哞牛下山的故事。”乔伊斯一家人于 1884 年离开布瑞登广场，当时他两岁。——译者注，下同。

却啦啦　却啦啦

却啦啦　啦啦

却啦啦　啦啦

查尔斯大伯和丹特姑姑都拍手。他们的年纪都比父母亲大，查尔斯大伯又比丹特大。

丹特的衣橱里有两把刷子。有栗色绒面的那把是麦可·戴维的，而有绿色绒面的那把是巴涅尔的。他每次给丹特递上一张纸，她就给他一颗口香糖。

万斯家住在七号。他们也有父亲和母亲。他们是艾琳的父亲和母亲。等他们长大了，他要娶艾琳。他藏在桌子底下。他母亲说：

——噢，斯蒂芬要道歉。

丹特说：

——噢，他要是不道歉，老鹰就会来啄他的眼睛——

啄他的眼，

快道歉。

快道歉，

啄他的眼。

快道歉，

啄他的眼。

啄他的眼，

快道歉。

宽阔的操场上挤满了男孩。大家都在叫嚷，导师扯起嗓门儿催促他们。

傍晚的天空阴阴冷冷的，那只滑溜溜的球，被孩子们一阵冲撞，就像大鸟在灰暗的天空里飞过。他老留在他防线的边缘，躲开导师的目光，躲开那些横冲直撞的脚，偶尔装模作样地跑一跑。在那伙球员里，他自觉自己又小又弱，眼睛迷迷糊糊的。洛迪・吉克汉姆就不同，大家都说他可做第三线（低年级）的队长。

吉克汉姆为人正派，纳斯第・罗希却让人十分讨厌。吉克汉姆的衣橱里有一套护胫，而且在休息室里还有只专用篮。讨人厌的纳斯第・罗希有一双大手掌。他管星期五吃的布丁叫“毯子里的狗”。有一天他问斯蒂芬：

——你叫什么名字?

斯蒂芬回答：斯蒂芬・迪达勒斯[1]。

纳斯第・罗希接着又问：

——这是什么名字?

斯蒂芬答不上来，纳斯第・罗希又问：

——你的父亲是什么?

斯蒂芬回答：

——他是绅士。

纳斯第・罗希又问：

——是不是做官的?

1　斯蒂芬一名暗指圣史提反，是位受希腊教育的犹太人，后成为第一位基督徒殉道者，被判亵渎，被信徒石击而死。在乔伊斯看来，他重演了十字架的牺牲，一如后来的巴涅尔。都柏林南区的斯蒂芬草坪公园——在大学院所在地南侧——也是以“斯蒂芬”命名的。Dedalus 一般拼作 Daedalus，是乔伊斯最初使用“斯蒂芬・迪达勒斯”一名时所用。1904 年，他的首批《都柏林人》短篇在乔治・罗塞尔主编的《爱尔兰乡园》杂志上发表，取此为笔名。迪达勒斯原为希腊神话中的一位发明家，为克里地王敏诺斯建迷宫以拘人首牛身怪。他与他儿子伊卡勒斯借迪达勒斯所制蜡羽翅膀逃出克里地。伊卡勒斯不从父教，出于虚荣而飞得过于靠近太阳，以致翅膀融化，坠海而死。伊卡勒斯亦即“路西福”（撒旦别名），都是因为骄傲而高飞九天，因此斯蒂芬的名字暗示，他是殉道人、发明家、放逐者、希伯来人与妄自尊大的罪人。

他在第三线的边缘缩头缩脑，从一处走到另一处，偶尔跑动一下。然而他的手已经冻得发紫，他把双手放在束着皮带的灰外衣口袋里，那条皮带绕着口袋束着，皮带也可用来打人。

有一次，有个家伙对康威尔说：

——等会儿我要用皮带好好抽你一顿。

康威尔回答：

——去找你的对手吧。去打塞西·汤德吧。他会狠狠地踢你的屁股。

这不是高尚的话。他母亲吩咐他别跟学校里的野孩子说话。多好的妈妈！第一天送他上学时，在学校那座古堡式建筑的大厅内，她向他道别，将面纱掀到鼻子上方吻他：她的鼻子和眼睛都红了，但他假装不知道她要哭。她是个高尚的妈妈，可是哭起来就不然了。他父亲给了他两枚五先令当作零用钱。父亲还告诉他，需要什么，就写信给他。还有，千万别打同学的小报告。后来在城堡门口，校长和他父母握手，他的黑袍在微风中飘荡，车子就载着他的父母亲走了。他们在车上向他挥手高叫：

——再见，斯蒂芬，再见！

——再见，斯蒂芬，再见！

他被卷入一场混战中，他怕那些亮眼睛和泥靴子，就低下身子从他们的胯下望出去。球员们拼斗着，号叫着，他们的腿在互相碰撞，脚在互相踢踩。后来杰克·劳顿的靴子把球踢走，别的靴子和腿在后面跑。他跟着跑了一小段，就停了下来，再跑也没什么用处。他们不久就要放假回家了。吃过晚饭，他就可以到教室去，把贴在书桌里的号码从七十七改成七十六。

在教室里比在冷风下舒服多了。天阴阴冷冷的，古堡已点上了灯。他不知道汉密顿·罗文从哪个窗子把他的帽子抛到了外面的矮墙上，也不知道那时候窗下有没有花圃。有一天，他奉命到古堡去，厨师指给他看士兵在门框上留下的弹痕，还把他们吃的小面包给了他一块。看到古堡的灯光，他觉得又舒服又温暖，那有点像书上写的光景。说不定赖斯特修道院就像那样。康威尔博士编的那本拼字书中也有很好的句子。这些句子美得像诗一样，可惜是让人用来学拼字的句子。

伍尔塞死在赖斯特修道院
修士们将他葬在院内。
纤维溃烂是植物常患的一种病。
癌是一种能令动物死亡的病。

躺在火炉前的地毯上，头枕在双手上，想想这些句子，该有多舒服。他哆嗦起来，好像皮肤碰上了冰冷的泥水。韦尔斯真不够意思，因为他不想拿他的小鼻烟盒换韦尔斯那个号称连胜四十场碰栗比赛的干栗子，竟把他推到臭水沟里。那水有多冷有多脏：有一回有个同学看见一只大老鼠扑通跳进那污泥里去了。母亲和丹特坐在火炉边，等着柏瑞姬端茶进来。她把双脚搭在炉栏上，那双镶珠拖鞋烘得直发烫。就连拖鞋的味道也那么暖和可爱！丹特知道很多事情。她教过他莫桑比克海峡在哪里，美国境内最长的河是哪条，以及月球上最高的山叫什么名字。阿诺神父因为是教士，所以他知道的比丹特多，可是他的父亲和查尔斯大伯却说丹特是个既聪明又博学的女人。丹特吃完饭若发出那种怪声，又用手捂住嘴巴时，那就是胃酸过多了。

操场远处传来一声叫喊：

——进教室！

低年级和三年级学生那儿也有人喊：

——进教室！进教室！

球员集中在一起，脸上红通通的，满身泥水，他走在他们中间，很高兴能进屋里去。洛迪·吉克汉姆提着球上沾满泥水的带子。有个家伙要求他给它最后一脚：洛迪·吉克汉姆根本不理他，照旧向前走。西蒙·穆南叫他别这样，因为导师在旁边盯着。那家伙转过来对西蒙·穆南说：

——大家都知道你干吗多嘴，你真是麦克格莱德老师的马屁精！

马屁精是个怪词。那家伙这样骂西蒙·穆南，因为西蒙常把导师黑袍上的假袖扎到他背后，而导师只假装生气。这词念出来很难听。有一回，他住在威克劳旅社，他父亲洗完手后拔起带链的塞子，脏水就从洗脸槽的洞里流下去，等到水慢慢流完了，就发出咕噜声，只是响些而已。

想起这事以及那间厕所白晃晃的样子，他感到一阵冷一阵热。有两个水龙头，你一转水就流出来：一冷一热。他先感到一阵冷然后又感到有点热：他看得见水龙头上印着的品牌，那是一样很怪的东西。

走廊上的空气也让他冷得发毛，潮潮的，怪怪的。但马上煤气灯就会被点亮了，它烧着的时候发出一种轻微的声音，有如一支小曲，始终如一。只要交谊室里的同学不说话，你就听得到。

那一堂是算术课。阿诺神父在黑板上写了一道难题，然后说：

——现在，看哪一队会得胜？约克，加油！兰开斯特，加油！

斯蒂芬尽量地想，但这道题太难了，把他搞迷糊了。他上衣胸口上别着一枚丝质徽章，上面有朵白蔷薇，这会儿徽章开始飘动起来。他并不擅长算术，但为了不让约克败北，他尽力去想。阿诺神父的脸色不太好看，然而他还没有发火，他在笑着。然后，只听到杰克·劳顿弹指出声，阿诺神父看了看他的笔记本，说：

——对了。兰开斯特胜了，红蔷薇获胜。嗨，约克！加油呀！

杰克·劳顿从他那边看过来。他那枚印着红蔷薇的丝质徽章看起来挺神气，因为他那天穿了件蓝色水手上装。然而，一想到大家都在打赌，看他和杰克·劳顿谁会得各课的第一，斯蒂芬就觉得自己的脸也是红的。有几个星期杰克·劳顿得了第一名的奖状，有几个星期斯蒂芬得了第一名的奖状。他一面听阿诺神父解说，一面做下一道题，他那枚丝质徽章不住地随风飘动。然后，他突然意兴索然，只感到脸上凉沁沁的。他想他的脸色一定是苍白的，因为脸上凉凉的。他算不出这一题的答案来，但是这不打紧。白蔷薇与红蔷薇：这些美丽的颜色倒是值得一想。第一名和第三名奖状的颜色也不错：粉红、乳白和淡紫的蔷薇都值得一想。或许，野蔷薇也像这些颜色，他想起那支《野蔷薇盛开在绿草地》的歌。但是，你找不到绿蔷薇，又或许你可以在世界上的哪个地方找到。

下课铃响了，学生一个个走出教室，沿着走廊走向餐厅。他坐到餐桌上，看看面前盘子上的两摊奶油，但吃不下那块湿软的面包。餐桌布也是湿软的。那个穿白围裙笨手笨脚的仆人将淡淡的热茶倒在他的杯子里，这他可喝了。他不知道那个仆人的围裙是否也是潮湿的，是不是所有白色的东西都是冷冷湿湿的。纳斯第·罗希和苏林喝可可亚，那是他们家人成罐寄来的，他们说他们喝不下那茶，说那是劣品。大家都说，他们的父亲是做官的。

对他而言，所有的同学都很怪。他们全都有自己的父母，穿不同的衣服，说话的声音也不一样。他渴望回到家里，把头放在母亲的怀里。可是，他不能够这样，所以他巴望一天的游戏、上课、祷告都赶快结束，好上床睡觉。

他又喝了一杯热茶，弗莱明说：

——怎么了？身体不舒服还是有什么不对劲？

——我也不知道，斯蒂芬说。

——大概早餐吃坏了肚子，因为你脸色苍白，很快就会好的，弗莱明说。

——噢，是的，斯蒂芬说。

但是，他的肚子并没怎样。他想，是他心里有毛病——如果心会出毛病的话。弗莱明倒挺好的，那么关怀他。他想哭。他将两只胳膊支在桌上，用双手将他的耳郭按住又松开。每次松开耳盖，他就听到餐厅的嘈杂声，有如夜班火车的吼声。按住耳郭，吼声跟着被切掉，就像火车进入山洞。那晚在岱尔吉，火车就像那样吼着，一进洞，吼声就停止。他闭起双眼，火车继续向前奔驰，吼叫、停止，吼叫、停止。听火车吼叫、停止，出山洞后又吼叫，又停止，真好玩儿。

高年级的同学开始沿着餐厅中间的垫毯走出去，他们是巴迪·雷斯、杰米·马吉，那个特准可以抽雪茄的西班牙人，以及戴着羊毛帽的小个儿葡萄牙人。然后走过的是中年级、低年级的同学。每个人走路的样子都不一样。

他坐在交谊室一角，心不在焉地看人家玩骨牌，有一两次，细细的歌声从他耳边飘过。导师与一些同学站在门口，西蒙·穆南正在把他的假袖绑到背后去。导师跟他们讲土勒贝的事情。

然后导师离开门口，韦尔斯走到斯蒂芬面前，说：

——迪达勒斯，你上床前亲你母亲吗？

斯蒂芬回答：

——亲。

韦尔斯回过头面对其他同学说：

——喂，大家听着，这小子说他每天上床睡觉时要亲他母亲。

其他同学停止游戏，哄笑着转过身来，斯蒂芬满面通红，说：

——我没有。

韦尔斯说：

——喂，大家听着，这小子说他上床前不亲他母亲。

他们又哄笑起来，斯蒂芬想跟他们一起笑。他感觉全身发热，而且一时之间迷糊起来。这问题要怎么答才对？他给了两个答案，韦尔斯还是取笑他。但是韦尔斯必定知道正确的答案，因为他是高年级学生。他尽量去想韦尔斯的母亲，但不敢抬头看韦尔斯的脸。他不喜欢韦尔斯那张脸。前天把他推到大水沟里的就是韦尔斯，只因为他不肯把他的小鼻烟盒换韦尔斯那个号称已连胜四十场碰栗比赛的干栗子。那样干真是不应该，大家都这么说。那水又冷又脏：有一回有个同学看见一只大老鼠扑通跳进那污泥里去了。

他全身沾满了阴沟里冰冷的污泥，等上课铃声响起，大家成行走出交谊室，他感到走道及楼梯上那股寒气直透他的衣裳。他还在想：什么答案才是对的。亲他的母亲到底是对还是错呢？亲是什么意思？你把你的脸仰起，道晚安，然后他母亲将脸俯下，那就是亲了。他母亲将唇贴上他的脸蛋儿，她的唇软软的，沾湿了他的脸蛋儿，并且发出一种细微的声响：啵。人为什么要用他们的两张脸这样做？

他坐在教室里，打开书桌盖，把盖内的号码从七十七改成七十六。可是圣诞假期远得很呢：但它会来的，因为地球总在不停地转动。

地理课本的第一页上有幅地球图片：云层中间的一只大球。弗莱明有一盒蜡笔，有天晚上自习时他将地球涂成绿色，把云层涂成褐红色，就像丹特衣橱中的那两把刷子，绿绒背的那把给巴涅尔，而栗绒背的那把给麦可·戴维。但是他并没有叫弗莱明把它们给涂成这两种颜色，而是弗莱明自己涂上去的。他打开地理课本来念，可是记不住美国那些地名。它们仍然是些地名不同的不同地方。它们在不同的国家里，这些国家在几个大陆里，大陆在这个世界里，而世界在宇宙里。

他翻到地理课本的扉页，看他以前写在上面的那些字：他的姓名和地址。

斯蒂芬·迪达勒斯

一年级

克朗戈斯·伍德学院

萨林斯

吉尔代郡

爱尔兰

欧洲

地球

宇宙

那是他的笔迹：弗莱明有一晚在那一页的背面戏写道：

我的姓名是斯蒂芬·迪达勒斯，

我的国家是爱尔兰。

我的住所是克朗戈斯，

我的向往是天堂。

他把这些诗句倒过来读，然而并无诗味。然后他把扉页上写的从下往上直念到自己的姓名。那就是他：他再从上往下念。宇宙以后是什么？无。但在宇宙周围有没有什么显示宇宙终止而无开始的地方？那不会是一道墙：但可能是围绕在一切四周的一条细细的线。思量一切地方是件很大的事情。只有神能做。他尽量想那很大的思想是什么样，但他只想到神。神是神的名字，一如斯蒂芬是他的名字。法文中的神叫“DIEU”。那也是神的名字：在祈祷时呼神为“DIEU”，神马上就知道那是法国人在祈祷。虽然世界上给神的称呼都不一样，但神明白那些说不同语言的人在祈求什么，而神永远是神，神的真正名字是神。

这样想来想去使他疲倦，甚至让他头都变大了。他翻过扉页，恹恹地看着封面上棕色云当中的绿色地球。他不知道赞成绿色对还是赞成棕色对，因为有一天丹特将那把给巴涅尔的刷子上的绿绒背撕了下来，并且告诉他说巴涅尔是坏人。他不知道他们是否曾在家里为这事争吵。这就叫作政治。其中壁垒分明：丹特在一边，而他父亲和卡西先生在另一边。但他母亲和查尔斯大伯保持中立。报纸上每天都在谈这件事。

他不太清楚政治到底是什么，也不知道宇宙的边际在哪里，他觉得很不舒服。他感到自己渺小而软弱。什么时候他才能像诗歌及修辞班上的同学那样呢？他们大声说话，穿着大靴子，还学三角学。那还远得很呢。先是假期，然后是下一学期，然后又是假期，然后又是一学期，然后又是放假。这就像火车进出山洞，又像用手按着耳朵一张一合听男孩们在饭厅吃晚饭时发出的喧闹声。学期，假期；进山洞，出山洞；喧闹，停止。那远得很呢！还不如上床睡觉。只要在教堂祷告了就可以上床。他哆嗦起来又打起哈欠。等被窝暖和些了睡在床上真舒服。刚上床被窝那么冷。想到被窝起先那么冷他就哆嗦起来。但后来被窝暖和了，他也睡得着了。身子疲倦了真好。他又打哈欠。晚祷过后就上床，他哆嗦起来直打哈欠。几分钟以后就舒服了。他感到一丝暖气从冷得发抖的被窝里爬上身来，越来越暖，直到他觉得浑身都暖和了，那么暖和，可是抖了一会儿，他还想打哈欠。

晚祷钟声响了。他排队随大伙儿走下楼梯，沿着走廊前往教堂。走廊上灯光昏暗，教堂内也是。不久，一切都变暗了，都安睡了。教堂内弥漫着夜间的寒冷空气，而大理石呈现出夜间的海洋颜色。海洋在白天和夜晚都是冷的，但在夜晚更冷一些。在他家老屋边防波堤下的海水冰冷而黑暗，幸好炉上有一壶热水可以温酒。

教堂导师在他的头顶上祈祷，而他凭记忆念着经文：

主啊，开启我等之唇，

我等之口赞美你。

神啊，来助我等！

主啊，速助我等！

教堂内有一股寒夜的气息。但那是神圣的气息。这不像在星期日做弥撒时跪在教堂后面的老农夫的气味。但他们是很神圣的农夫。他们祷告时在他背后冲着他的脖子呼吸叹息。有个同学说他们住在萨林斯：那儿有些小农舍，他从萨林斯坐汽车经过，看到一个女人抱着小孩站在一间农舍的半截门旁。在那种农舍里睡一晚大概很舒服，床前烧着冒烟的草皮，炉火照亮了黑暗，在温暖的黑暗中嗅着农夫的气息，糅合了空气、雨水、车皮和粗布衣服。可是，噢，行道树夹着的那条路是多么黑暗：你会在黑暗中迷路。他因此不敢去想那是什么景象。

他听到教堂导师念最后一段祷诗。他也跟着念祈祷文，以驱除那树荫下的黑暗：

主啊，我们求你降临，驱除一切仇敌。愿你率众天使居此间，保我等平安，并愿你之祝福借我们的主基督常临我等。阿门。

在宿舍脱衣服时，他的手指有点哆嗦。他要他的手指动作快点。他必须在煤气灯暗下去之前脱好衣服，然后跪下说自己的祷告，上床后万一死了才不至于下地狱。他脱下长袜，快快穿上睡衣，全身哆嗦地跪在床边，并急急祈祷，生怕煤气灯暗下去。他喃喃祷告时，觉得自己的肩膀在发抖：

求神降福我父母并赦免他们！

求神降福我弟妹并赦免他们！

求神降福丹特及查尔斯大伯并赦免他们！

他祝福了自己，就快快上床，哆嗦着把睡衣下摆塞到脚下，在冰冷的白棉被下面蜷起身子。他总算死后不会下地狱了，而且颤抖也会停止。有人向男孩们道晚安。他从被子上向外窥了一眼，只看见床前和周围的黄帐幔遮隔了一切。灯光悄悄暗了下去。

导师的鞋声远去了。去哪里了？走下楼梯，沿着走廊走到尽头回他的房间？他看见一片黑暗。夜里真的有只眼睛大如车灯的黑狗在那里走来走去？人们说这黑狗是一个杀人犯的鬼魂。一阵恐惧的颤抖流过他的身子，他看见城堡的黝黑厅门，穿旧衣服的老仆在楼上的熨衣间内。那是很久以前的事了，老仆都安息了。那里生着火，但大厅还很黑。有个人影从大厅走上楼来，他穿一件将官的披风，脸色苍白而怪异，一只手叉着腰，拿怪异的目光看着那些老仆。他们也望着他，看到他的脸跟披风就知道他们的主人已经战死。然而，他们所望之处只有黑暗：只有黑暗沉寂。他们的主人已经在海那边遥远的布拉格战场上殉职。他站在战场上，一只手叉着腰，脸色苍白而怪异，身上穿着一件将官的披风。

想来这种事该是多么冰冷而怪异！黑暗全是冰冷而怪异的。黑暗中有怪异而苍白的脸，有大如车灯的眼睛。它们是杀人犯的鬼魂，是在海那边遥远战场上殉职的将军。他们脸色这么怪异，到底想说些什么？

主啊，我等求你降临，驱除……

同学告诉他放假回家，那才好呢。在冬日的清晨起个大早，同学们登上停在城堡门外的马车。马车在碎石路上向前滚进。大家向院长欢呼：

万岁！万岁！万岁！

马车经过教堂，大家都脱帽致敬。他们快乐地沿着乡间道路行驶，车夫的马鞭遥指波登斯镇，同学们一路欢呼。他们经过农夫乔利的家，欢呼啊欢呼啊欢呼。他们驶过克兰，向人们欢呼，也受人欢呼。农妇都站在半截门边，男人站在四面。冬日空气中有一股可人的气息，是克兰的气息，雨水、冬天的空气、燃烧的草皮和粗布衣服混合的气息。

火车上载满了他的同学：一长列奶油色镶边的巧克力色火车。守车员走来走去，开门，关门，开锁，上锁。他们都穿深蓝和银白色的制服，有银白口哨，身上的钥匙发出轻快的乐音：啪嗒、啪嗒、啪嗒、啪嗒。

火车疾驶过平坦的大地，驶出了亚伦山。电线杆向后退，向后退。火车向前进，向前进。火车心里有方向。他家老屋大厅里有着色的提灯和绿色树枝编成的绳索。穿衣镜四周绕着冬青枝和常春藤，红的冬青枝和绿的常春藤缠绕在吊灯四周。墙上挂着的古老肖像画四周也有红的冬青枝和绿的常春藤。为他也是为圣诞节而装扮的冬青枝及常春藤。

可爱的……

所有的人欢迎地叫嚷：欢迎回家，斯蒂芬！他母亲亲他。那对吗？他父亲现在做了督察，比市长还大：欢迎回家，斯蒂芬。

各种各样的声响……

帐幔沿着滑竿被拉开的声音，有水倒入洗脸盆的声音。宿舍内响起了起床穿衣盥洗的嘈杂声。还有导师来来去去吩咐同学们整肃仪容的拍掌声。一道苍白的阳光照亮拉开的黄色帐幔跟零乱的床铺。他的床很暖和，他的脸和身体也很暖和。

他起身坐在床沿。他没力气，想穿上袜子。它给人一种讨厌粗糙的感觉。阳光怪异而寒冷。

弗莱明说：

——你不舒服吧？

他不知道。弗莱明又说：

——回床上去吧。我会告诉麦克格莱德，说你不舒服。

——他病了。

——谁？

——告诉麦克格莱德。

——回床上去。

——他病了吗？

他脱下紧贴双脚的袜子，又爬回暖和的床上，有位同学在旁边搀扶着他。

他蜷曲在被子里，庆幸被子尚有余温。他听到同学们在谈论自己，他们已穿好衣服，要去望弥撒。实在太过分了，竟把他推到阴沟里，他们说。

然后，他们的声音消失了：他们走了。床边有个声音说：

——迪达勒斯，别告发我，好吗？

韦尔斯出现在床边。

他望望韦尔斯的脸，才知道他在担心呢。

——我不是有意的。请你不要告发我，行吗？

他父亲吩咐过他，无论做什么，千万别打同学的报告。他摇摇头，回答说不会，心里觉得高兴。

韦尔斯说：

——我不是有意的，我可以发誓。我只是想开个玩笑。我很抱歉。

韦尔斯的脸和声音离去了。他抱歉，因为他害怕，害怕他会因此大病一场。纤维溃烂是植物易患的一种病，癌是导致各类动物死亡的一种病，还有其他什么病。那是很久以前了，暮色中的外操场上，他在防线边缘偷偷从一处走到另一处，有只大鸟低低飞过。赖斯特修道院灯亮了。伍尔塞死在那里，修士们亲自把他埋葬。

那不是韦尔斯的脸，是导师的脸。他不是装病。不，不，他真的病了。他不是装病，他觉着导师在用手按他的额头。老师的手冰冷而潮湿，使他觉得自己的额头热而潮湿。那是老鼠给人的感觉，黏黏的、湿湿的、冷冷的。每一只老鼠都有两个眼睛，滴溜儿看人，一身光溜溜的皮毛，小小的脚勾起来要向前跳，闪亮的黑眼珠看着人。它们懂得怎么跳。但是，老鼠的头脑不理解三角。它们死了就僵躺着。它们的皮毛就干了。它们不过是没生命的东西了。

导师又来了，吩咐他起来，说管家神父要他起来穿好衣服到医疗室去。在他匆忙穿衣服时，导师说：

——肚子闹病就得马上去找麦可修士！闹肚子真糟糕啊！闹起肚子来人就晕头转向！

导师这话很体贴，使他想发笑。但是他没法儿笑。因为他的脸蛋儿和嘴唇全都在发抖：导师只得自个儿笑了笑。

导师大声说：

——大步往前去！草鞋，布鞋[1]！

他们一起走下楼梯，沿着走廊经过浴室。经过浴室门口时，他想起那草皮色微温的积水，微温的潮湿空气，跳进浴池时的嘈杂声，带药味的毛巾气息，进而感到一种难以言喻的恐惧。

麦可修士站在医疗室门口，他右手边那间阴暗的小房间飘来一股药味。药味来自架上那些药瓶。导师对麦可修士说话，麦可修士恭敬地回答。他有一头红里带灰的头发，模样有点奇怪。怪的是他总是修士。怪的是你不能叫他老师，因为他是修士，长相也不同。

难道他不够圣洁，要不他为什么不如别的那些修士？

医疗室有两张病床，其中一张躺着一位同学：他们进去时，那人向他们招呼：

——哈啰！小戴，你怎么了？

——天气变了，麦可修士说。

他是一位三年级文法科的同学，趁斯蒂芬脱衣服的时候，他请求麦可修士给他一份牛油吐司。

——拜托！他说。

——讨好你啊！麦可修士说，上午医生来了，你就可以拿到放行单。

——真的？

麦可修士再说一遍：

——你会拿到放行单，不骗你。

他弯下身去拨火。他那长长的背像马背。他使劲摇撼拨火棍，并向三年级的那位同学点头。

1 玩笑话，意为“左、右、左”。

后来，麦可修士出去了。不久，那位三年级的同学也转向墙壁睡着了。这就是医疗室。那他是真病了。他们可曾写信给他的父母？找个神父亲自去通知他们会快一点。要不他可以写封信，请这位神父带去。

妈：

我病了。我要回家。请来接我，我躺在医疗室。

儿子　斯蒂芬

他们离这儿好远啊！窗外是冷冷的阳光。他不知道自己会不会就此死去。出太阳的日子你还是会死的。在他母亲赶来前，他可能就死了。那时教堂会替他做追思弥撒，就像同学告诉他小东西死时那样。所有同学都会参加追思弥撒，穿上黑衣服，一脸哀伤。韦尔斯也会参加，但是大家都不会理睬他。院长也会参加，穿一身黑金两色的长袍。圣坛上及灵柩四周会点起黄色大蜡烛。然后，他们会缓缓把灵柩抬出教堂。而他会被葬在石灰大道边的教区小墓园。韦尔斯那时会后悔莫及。钟声缓缓响起。

他听得到那里的钟声，他默念布里奇教他的那首歌。

叮咚！城堡钟声！
永别了，我的母亲！
将我葬在那古老墓园，
让我躺在大哥身旁。
请把我的棺木漆成黑色，
六位天使站在我的背后，
两位为我歌颂两位为我祈祷，

还有两位引我的灵魂上路。

那有多凄美！其中“将我葬在那古老墓园”这句多美！他全身一阵战栗。多么凄美！他真想悄悄哭泣，但不是为他自己：为那歌词，有如音乐般的凄美。那钟声，那钟声！永别了！噢，永别了！

寒冷的阳光逐渐暗淡了，麦可修士端着一碗牛肉汁站在他床边。这正合他意，因为他的嘴又干又热。他听到同学们在操场上做游戏的声音。学院里的日子照常过，一如他还在那里。

后来麦可修士要离开，那位三年级的同学求他务必回来，把报纸上的消息告诉他。他告诉斯蒂芬，他的名字叫阿迪。他说他父亲会给麦可修士一笔钱。因为他人很好，常把城堡里每天报纸上的新闻告诉他。报纸上有形形色色的新闻：意外事故、海难、体育及政治。

——现在报纸上登的全跟政治有关，他说，你家人也谈政治吗？

——嗯，斯蒂芬说。

——我家人也是，他说。

接着他笑了一会儿又说：

——你的名字好怪，迪达勒斯，我的名字也怪，阿迪。我的名字是个小镇的名字。你的名字像拉丁文。

然后他又问：

——你会猜谜语吗？

斯蒂芬回答：

——不太会。

然后他说：

——你猜猜这个，为什么吉尔代郡像一只裤管？

斯蒂芬想了一下，然后说：

——我猜不出。

——因为里面有条大腿，他说，你明白这个玩笑吗？阿迪镇是在吉尔代郡内，另外那条腿才是大腿。

——哦，我懂了，斯蒂芬说。

——这是一个老谜语，他说。

过了一会儿，他又说：

——我说呀！

——什么？斯蒂芬问。

——你知不知道，他说，这个谜语还有另外一种问法。

——真的？斯蒂芬说。

——一样的谜，他说，你知道另一种问法吗？

——不知道，斯蒂芬说。

——难道你想不出另一种问法？他说。

他说这话时从被子上望着斯蒂芬，然后又躺回枕头上说：

——我可不会把另一种问法告诉你。

他为什么不说出来？他的父亲养了许多赛马，像绍林的父亲和纳斯第·罗希的父亲，必定也是做官的。他想到自己的父亲，想到他母亲弹琴时父亲唱歌的情形。想到他向父亲要六便士而父亲总是给他一便士的情形。于是他替父亲难过起来。因为他父亲不像其他同学的父亲那样是做官的。那他为什么被送到这里来跟他们一起呢？他父亲告诉他，他在这里并非毫无缘由，因为他叔父五十年前曾在这里向爱尔兰解放者演说过。光想到他们穿的旧式衣服就看得出他们是哪个时代的人。他以为，那是个庄严的时代。他不知道那时候在克朗戈斯的同学是否也穿镶铜扣的蓝大衣、黄坎肩，戴兔皮帽，而且像大人那样喝啤酒，还饲养猎犬去追野兔。

他望望窗外，见阳光渐渐暗了。操场上大约是云重日暗，没有了喧闹声。同学们必定在写作文，要不然就是阿诺神父正在读圣徒传给他们听。

怪的是他们竟然没给他吃什么药。说麦可修士来时会带药回来。他们说，一旦住进医疗室你就得喝臭气难闻的东西。但他现在觉得比之前舒服了。身体慢慢恢复、令人放心。可以弄本书来读。图书馆有本介绍荷兰的书，里面有可爱的外国地名、样子奇怪的城市及船只的图片。读这本书真让人快乐。窗前的光线是这样暗淡！但是正合他意。

火光在墙壁上起落，有如波浪。有人往火里添煤，而他听到有人说话。他们在交谈。那是涛声。要不然就是波浪起伏时互相交谈。

他看见一片海涛，长而阴沉的波浪一起一落，在没有月亮的夜色下显得阴沉。一盏小灯在船只进出的防波堤入口闪烁明灭。他又看见一大群人聚集在海水边缘看一艘船进港。一个高大的男人站在甲板上，遥望那平坦阴暗的陆地。借防波堤入口的灯光，他看清男人的脸，那是麦可修士忧伤的脸。

他看见麦可修士向人群举起手来，听见他向着大海用洪亮的悲声说：

——他死了。我们看到他躺在棺材里。

人群发出一阵悲哀的哭泣。

——巴涅尔！巴涅尔！他死了！

他们都跪倒在地，悲悼着。

他看见丹特穿着褐色的绒洋装，肩上披一件绿绒斗篷，骄傲而沉默地走过那群跪倒在海边的人。

堆得高高的柴在炉架里燃起了红色的熊熊大火，而在盘着常春藤的吊灯下，圣诞餐桌已经摆好了。他们回家迟了些，但晚餐还未就绪，他母亲说，一会儿就好，他们都在等开门，等仆人端着有厚重金属盖子罩着的大盘子走进来。

大家都在等：查尔斯大伯坐在远处窗下阴影里，丹特和卡西先生分别坐在火炉两边的大椅上，斯蒂芬坐在他们中间，双脚放在炉前烤热的壁炉浮雕上。迪达勒斯先生对着壁炉架上的穿衣镜捻着自己的胡须，然后把他上衣的后摆分开，背着熊熊的火炉站着，仍然从后摆伸出一只手来，捻着自己的胡须。卡西先生的头斜向一边，微笑着用手指轻轻拍着自己的脖子。斯蒂芬也微笑着，因为他现在知道，卡西先生说他的喉咙里有一袋银子原来是假的。他想到卡西先生以前发出银子相互撞击的声音来哄他一笑。那时他想要掰开卡西先生的手掌，看看银子是不是藏在那里，才发现那些手指根本伸不直：卡西先生告诉他，他为了替维多利亚女皇做一件生日礼物而有了那三只连在一起的手指。

卡西先生轻拍着脖子，用一双睡眼向着斯蒂芬微笑。迪达勒斯先生对他说：

——不错。现在，一切都好了。噢，我们刚才散步散得很过瘾，可不是吗，约翰？不错……我想今儿晚上这顿饭一定非同小可。是的……噢，说起来，我们今天在海边呼吸了不少新鲜空气。啊，真棒！

他转向丹特说：

——雷奥丹夫人，你一点都不起劲吗？

丹特皱起眉头，简短地说：

——不错。

迪达勒斯先生放下他的上衣后摆，走向餐具架。他从橱里取出一大石罐威士忌，将酒慢慢注入一只大杯，不时弯下身去看倒了多少。然后他将石罐放回橱里，再倒少许威士忌到两只玻璃杯里，加点水，端着它们回到炉边来。

——约翰……

他说：

——喝点，开开胃。

卡西先生接过杯子喝了后，将杯子放到壁炉架上靠手边的地方。然后他说：

——我总在想，我们的朋友克利斯朵夫正忙着制造……

他突然放声大笑，继而咳嗽起来，又说：

——……为那些家伙制造香槟。

迪达勒斯先生也大声笑起来。

——你是说克里斯蒂吗？他的光脑袋上每个黑疣里面都藏着狡诈，一整窝的狐狸也比不上呀！

他歪起头，合上眼睛，咂了好一会儿舌头，才憋着嗓子学那个旅馆老板的腔调说话：

——你岂会不知，他跟你说起话来可是细声细气的。他的喉咙真是润润的、水水的。老天保佑他。

卡西先生还在挣扎着边笑边咳嗽，斯蒂芬看到父亲学那个旅馆老板的表情和腔调也笑了起来。

迪达勒斯先生戴上他那片单镜，低头看着他，和气地问：

——你笑什么，小毛头？

仆人进来了，将菜摆在桌上。迪达勒斯夫人跟着进来把座位安排了。

——各位请上座，她说。

迪达勒斯先生走向桌子的一端说：

——雷奥丹夫人，请上座吧。约翰，老伙伴，请坐。

他环顾四周，看到查尔斯大伯说：

——阁下，有只火鸡等着你呢！

大家都坐好了，他伸手按住盘盖，又缩回来，快速向斯蒂芬说：

——斯蒂芬，该你了。

斯蒂芬站起来做饭前祈祷：

主啊！祝福我等，借我主基督，我等着领受您各样丰盛的恩赐，阿门。

大家祝福了自己，迪达勒斯先生欣喜地轻喟一声，把盘子上的沉重盖子掀起，那盖子边缘布满了闪亮的水珠。

斯蒂芬望着盆内那只肥硕的火鸡，那是在厨房台子上就摆好了的。他知道这是他父亲花了一英镑从多丽埃街邓恩商店买来的，也知道那人为了显示鸡肥，老用手指戳火鸡的胸脯。他还记得那人说的话：

——先生，这只好，真正的艾利达利火鸡。

为什么克朗戈斯的巴瑞特先生管他那块戒尺叫火鸡呢？但克朗戈斯远在天边，而桌上盘碟里的火鸡、火腿、芹菜都洋溢着浓郁的香味。而壁炉里大堆劈柴燃烧着熊熊烈火，还有那些绿色常春藤和红色冬青子，使人觉得喜气洋洋。而等晚餐用完，大盆的葡萄布丁端上桌来，上面撒着杏仁和冬青子，四周围了一圈蓝色火焰，顶上飘着一面小绿旗子。

这是他第一次吃圣诞大餐，他想到等在婴儿房的小弟弟和小妹妹们，像他以前一样，常要等到上布丁的时候才能上桌。低低的衣领和伊顿校服使他觉得古怪而老气，那天早上母亲带他到客厅，说穿好了衣服要去参加弥撒，他父亲哭了起来，那是因为他想起他自己的父亲。查尔斯大伯也这么说。

迪达勒斯先生盖上盘子，狼吞虎咽地吃了起来。然后他说：

——可怜的克里斯蒂，他现在几乎无恶不作。

——西蒙，迪达勒斯夫人说，快把调味酱递给雷奥丹夫人。

迪达勒斯先生拿起盛调味酱的小船。

——难道我忘了给她？他大声说，雷奥丹夫人，可怜我没看清楚。

丹特用双手捂着她的盘子说：

——我不要，谢了。

迪达勒斯先生转向查尔斯大伯。

——阁下，你如何？

——西蒙，一切顺利。

——约翰，你呢？

——我行了，你请便吧。

——玛莉，你呢？斯蒂芬，这东西可以让你的头发变得卷曲。

他把大量的调味酱浇在斯蒂芬的盘子里，再把那盛调味酱的小船放回桌上，然后问查尔斯大伯鸡肉够不够嫩。查尔斯大伯没法儿回答，因为他嘴里塞得满满的，但他还是点头表示嫩。

——这位老兄正是这样来回答教理问题的，不是吗？迪达勒斯先生说。

——我不认为他肚子里能装那么多笔墨，卡西先生说。

——神父，只要你不把神的家当作投票所，我就给你应得的一切。

——一个自称天主教徒的人，丹特说，对他的神父说这种话可真得体呀。

——那他们只好怪自己了，迪达勒斯先生和气地说，他们要是肯听一个愚夫的劝告，就会只管宗教的事情了。

——那本来就是宗教的事情，丹特说，他们给人警告就是尽职。

——我们上教堂，卡西先生说，是十分谦卑地去向我们的造物主祈祷，而不是去听竞选演说。

——那本来就是宗教的事情，丹特又说，他们做得对，他们必须带领他们的羊群。

——在圣坛上讲政治算吗？迪达勒斯先生问。

——算！丹特说，这是一个公德问题。如果一位神职人员不告诉他的教友什么是对什么是错，他就不能算是神职人员了。

迪达勒斯夫人放下刀叉，说：

——老天爷，老天爷！今天哪，特别是一年中的这一天，别谈政治。

——夫人，你说得对。查尔斯大伯说，西蒙，这下你该住嘴了。别再说了。

——好，好。迪达勒斯先生连忙说。

他大胆掀起盖子，说：

——请问，谁还要火鸡肉？

没人搭腔，丹特说：

——一个天主教徒说这种话真得体。

——雷奥丹夫人，迪达勒斯夫人说，我求你别提这事了。

丹特转向她，说：

——难道我该坐在这里听别人笑话我教会里的神父？

——没有人在说他们的坏话，迪达勒斯先生说，只要他们别管政治。

——既然爱尔兰的主教与神父说话了，我们就得顺从，丹特说。

——请他们离开政治，卡西先生说，否则大家会离开他们的教会。

——你听见了吗？丹特转向迪达勒斯夫人说。

——卡西先生！西蒙！迪达勒斯夫人说，别再说了。

——太过分了！太过分了！查尔斯大伯说。

——什么？迪达勒斯先生叫了起来，难道我们要听英国人的指使背弃他。

——他已经不配当领导了！丹特说，他犯了罪，是个罪人。

——我们大家都是不折不扣的罪人，卡西先生冷冷地说。

——绊倒人的事是免不了的，雷奥丹夫人说，但那绊倒人的有祸了。就是把磨石绑在这人的颈项上，丢进海里，还不如他把这小子里的一个绊倒了。那是圣灵说的话。

——不客气地说，这话说得不对，迪达勒斯先生说。

——西蒙！西蒙！查尔斯大伯说，孩子在旁边呢。

——噢，噢，迪达勒斯先生说，我是说……那个铁路扛夫讲的话很糟糕。那行了吧，斯蒂芬，让我看你的盘子。现在吃吧！喏！

他把食物堆在斯蒂芬的盘子里，同时为查尔斯大伯和卡西先生添上大块的火鸡肉跟大量调味酱。迪达勒斯夫人正在小口吃着，丹特双手放在膝上坐着，她满脸通红。迪达勒斯先生将切肉刀插入火鸡尾端，说：

——这一块最鲜美，我们管它叫教皇的鼻子。哪位女士或先生……

他用肉叉叉起一块鸡肉。没人说话。他把它放在自己的盘子里，说：

——可别说我没问你们。我最近健康欠佳，还不如自己吃了的好。

他向斯蒂芬眨眨眼，将盖子盖好后开始吃起来。

他吃的时候大家都没说话。然后他说：

——说起来呢，最近天气还不错，也来了不少外地人。

没人说话。他又说：

——我想来的外地人比去年圣诞节还多。

他四下环视，看大家都埋着头吃东西，没个反应，又等了一会儿才酸酸地说：

——我的圣诞大餐反正是报销了。

——不尊敬神职的人家，丹特说，既无福气也无神的恩惠。

迪达勒斯先生将刀叉扔在自己的盘子上，发出很大的声响。

——尊敬！他说，对“大嘴比利”还是对阿尔玛的“大肚子罗勃”？尊敬！

——这些教会的权贵，卡西先生轻蔑地说。

——应该说是权贵的车夫，迪达勒斯先生说。

——他们是神拣选的，丹特说，他们是我们国家的光荣。

——迪达勒斯先生粗声粗气地说，老实讲，这位老兄死了的时候才算有个人样。你该看他去年冬天贪吃熏肉包心菜的德行。噢，老天爷！

他五官扭曲做出一副粗陋的怪脸，还用嘴唇发出舔东西的声音。

——西蒙，迪达勒斯夫人说，你真不该在斯蒂芬面前说这样的话。

——噢，他长大后会记得这一切，丹特愤愤地说，那不好，他会记得在自己家里听到这种对神、宗教、神职不敬的话。

——也让他记住，卡西先生隔着桌子向她叫道，那些神职人员跟他们的爪牙谗骂巴涅尔使他伤心而死的那些话。让他长大了也记住这些。

——狗娘养的！迪达勒斯先生说，他倒下时，他们就出卖了他，像阴沟里的老鼠那样撕咬他。卑贱的狗东西！他们看着他死！老天，他们看着他死！

——他们做对了，丹特叫道，他们顺服他们的主教与神父。光荣归于他们！

——这实在太可怕了，迪达勒斯夫人说，一年当中连一天也不能耳根清净，逃离不了这些可怕的争论！

查尔斯大伯缓慢举起双手说：

——好了！好了！好了！我们难道不能平心静气，用干净的话来讨论事情吗？这确实太不像话了。

迪达勒斯夫人低声向丹特说话，但是丹特大声说：

——我绝不缄默。我的教会和宗教受到变节天主教徒的侮辱和毁谤，我一定要说话。

卡西先生把他的盘子使劲往桌子当中一推，双手放到桌上，粗着嗓门儿对迪达勒斯先生说：

——以前我有没有跟你说过一个很有名的吐口水的故事？

——没有，约翰。迪达勒斯先生说。

——那么，卡西先生说，这倒值得一说，因为很有启发性。这事不久前发生在我们目前居住的威克洛郡。

他突然停了下来，转向丹特，颇有些愤慨地说：

——夫人，我可以告诉你，如果你所谓的变节天主教徒指的是我，那你就错了。我和我的父亲、祖父、曾祖父完全一样，都是不折不扣的天主教徒，我们把自己的生命献上，却不把信仰挂在嘴上。

——那你就更加可耻了，丹特说，竟然说出那种话来。

——约翰，那个故事，迪达勒斯先生微笑着说，现在让我们来听那个故事吧！

——不折不扣的天主教徒！丹特语带讽刺地重复卡西先生的话。美国最没良心的新教徒也不会说出我今儿晚上听到的那种话。

迪达勒斯先生开始摇头晃脑，像个乡村歌手那样低吟起来。

——我再告诉你一次，我不是新教徒，卡西先生红着脸说。

迪达勒斯先生还在晃脑袋低吟，然后以浓重的鼻音唱道：

噢，你们从不参加弥撒的罗马天主教徒都来吧！

他愉快地拿起刀叉又开始吃起来，同时对卡西先生说：

——约翰，给我们讲个故事，好帮助消化。

斯蒂芬带着钦佩的神情看着卡西先生的脸，那张脸在交握的双手上面隔着桌子望过来。斯蒂芬喜欢靠近他坐在火炉旁边，仰望那张阴沉严厉的脸。

但是，他那双眼睛温情似水，他那缓慢的说话声调可真好听。可是，他为什么敌视神职人员？因为丹特必然是对的。然而他曾听他父亲说，她原是一个被宠坏了的修女，又说她哥哥拿不值钱的小玩意儿从印第安人那里赚了大钱，她就从亚里亨尼修道院出来了。这也许就是她反对巴涅尔的原因。她不赞成斯蒂芬和艾琳在一起，因为艾琳是个新教徒。她幼年时认识一些常和新教徒玩耍的孩子，而新教徒总是取笑《圣母经》。他们常说“象牙塔”“黄金屋”！一个女人怎么会是一座象牙塔或一座黄金屋？那么，谁才对呢？他记得躺在克朗戈斯学院医疗室的那天晚上，那阴沉沉的海水、防波堤头的灯光，以及民众听到巴涅尔死时的悲叹。

艾琳有一双修长的白手。有天晚上玩捉迷藏，她用双手蒙住他的眼睛：她那双手又长又白，纤细冰凉而柔软，那就是象牙了——一种冰冷白皙的东西。那就是“象牙塔”的意思吧。

——这个故事很短，很有趣。卡西先生说，有天在阿克劳，天气阴寒，就在我们的首领死前不久，愿神怜悯他。

他疲倦地闭上眼睛，没再说下去。迪达勒斯先生从盘子里夹起一块鸡骨，用牙齿撕下上面的肉，他说：

——你的意思是在他被杀前不久。

卡西先生睁开眼，叹了口气往下说：

——有一天在阿克劳，我们是去那里开会，会后，我们得穿过人群走向火车站。嘿，那种嘘叫你可能从没听见过。他们用各种脏话来骂我们。其中有个老女士，她真是喝醉了的老巫婆，专找我的麻烦，她一路跟着我在烂泥里跳舞，对着我的脸叫骂：神职迫害者！巴黎基金！狐狸先生！吉蒂·奥许！

——约翰，你怎么办的呢？迪达勒斯先生问。

——我让她一路叫骂下去，卡西先生说，那天天气寒冷，为了使身体暖和，我嘴里嚼着一口烟叶——抱歉，夫人，我当然说不出话来，因为我满嘴的烟汁。

——后来呢，约翰？

——我让她痛痛快快叫骂下去，骂吉蒂·奥许跟其他那些人，最后她用臭话骂那位女士，我真不愿重说她这句话，免得玷污这个圣诞餐会，免得脏了夫人您的耳朵，也脏了我的嘴。

他停了下来。迪达勒斯先生的嘴放开了鸡骨，抬起头问：

——约翰，你怎么办的？

——怎么办的！卡西先生说，她说那句臭话时，把她那张老丑的脸向我凑过来，而我满嘴都是烟汁。我弯下身来对着她“呸”的一声：我就这么办的。

他转向旁边，做出吐痰的动作。

——呸！我就是这么办的，冲着她的眼。

他用手捂着他的一只眼，发出粗嘎的痛苦叫声。

——喔，耶稣，玛利亚，约瑟！她叫道，我瞎了！我瞎了！我被大水淹了！

他笑着咳嗽了几声后停了下来，又说一遍：

——我的眼全瞎了。

迪达勒斯先生靠在椅背上大声笑着，而查尔斯大伯则把头摇来晃去。

丹特看起来气坏了，在他们笑时，她一再说：

——很好！哈！很好！

那女人眼睛里的口水可不好。但是，那女人到底拿什么臭话骂吉蒂·奥许呢？卡西先生都不愿说出来。他想到卡西先生在人群中走过并站在马车上演讲的情景，那就是他进监狱的原因。他记得有天晚上奥尼尔警长来到他家。他站在大厅一面跟他父亲低声说话，一面紧张兮兮地咬着帽上的颈带。那天晚上卡西先生没搭火车去都柏林，却有一辆汽车来到门口，而他听到他父亲提到“卡宾提里路”什么的。

他拥护爱尔兰和巴涅尔，他父亲也是，连丹特也是，因为有一晚在广场上看军乐演奏，她拿伞打了一个男士的脑袋，因为这人在乐队最后演奏《天佑女皇》时脱帽致敬。

迪达勒斯先生发出一阵轻蔑的哼声。

——约翰，他说，他们全是这样。我们不幸是受神职荼毒的种族，以前是，将来也是，直到永远。

查尔斯大伯摇着头说：

——可叹！可叹！

迪达勒斯先生又说：

——一个受神职荼毒而为神所遗弃的种族。

他指着他右手墙上自己祖父的画像。

——约翰，你看见墙上那个老家伙了吗？他说。他是个好爱尔兰人，做工拿不到钱也不吭声。他竟被当作“白衫党”处了死刑[1]。但他对我们的教会朋友倒有所评论。他说他绝不让他们哪一个上他的餐桌。

丹特气呼呼地插嘴说：

——如果我们是个被神职荼毒的种族，我们应该感到骄傲，他们是神眼中的苹果。耶稣说过，别碰他们，因为他们是我眼中的苹果。

1　据说这是事实。“白衫党”早在1769年就在提朴瑞利组成。让地主把佃农逐出他们所占的荒地。他们在衣服上罩一件白衫，作为工会标志，称“白衫党”。

——那么，我就因此而不爱我们的国家？卡西先生问，我们要不要追随那个天生要来领导我们的人？

——他是国家的叛徒！丹特回答，叛徒，通奸罪人！教职有理由唾弃他。教职才是爱尔兰真正的朋友。

——凭良心说，他们是吗？卡西先生说。

他把拳头往桌上一捶，然后皱着眉头，愤怒地把手指一个一个伸出来：

——在合并当时，赖尼根主教发表谈话效忠康华利斯侯爵夫人。他岂不是爱尔兰王教？1929年，这些修士岂不是会为了报答英国天主教的解救而出卖自己国家的灵魂？他们岂不是使马克曼的骨灰蒙羞？

他的脸因气愤而涨得通红，斯蒂芬感到自己的脸也逐渐红了起来，因为他这段话令人激动。迪达勒斯先生发出一阵轻蔑的粗野笑声。

——啊，老天！他叫道，我忘了那个小老头儿柯仑，又一只神眼中的苹果。

丹特俯身在桌上，对卡西先生高叫：

——对的！对的！他们永远是对的！神、道德与宗教居先。

迪达勒斯夫人见她太激动，向她说：

——雷奥丹夫人，好好说，别激动。

——神和宗教先于一切！丹特高叫，神和宗教先于世界。

卡西先生举起他紧握的拳头，“砰”的一声捶在桌子上。

——很好！如果变成那样，他嘶哑地叫道，爱尔兰不要神。

——约翰！约翰！迪达勒斯先生拉着他客人的大礼服袖子叫道。

丹特瞪着桌子这边，她的脸因激动而发抖。卡西先生从椅子上费劲地站起来，俯在桌上向着她，一只手在自己面前抓来抓去，好像在撒一张蜘蛛网。

——爱尔兰不要神！他高叫，爱尔兰的神太多了。去他的神！

——亵渎神明！魔鬼！丹特尖叫，霍地站了起来，几乎把口水吐到他脸上。

查尔斯大伯和迪达勒斯先生把卡西先生拉回座椅上，在两边劝说他，而他那双深沉冒火的眼睛定定地望着前方，反复说：

——我说，去他的神！

丹特一把推开座椅，离开桌子，让她的餐巾环滚到地上，顺着地毯，慢慢滚到一张靠椅的脚边。迪达勒斯夫人忙跟着她走向门口。在门口丹特霍然转过身来，脸红声颤，对着室内怒吼：

——地狱放出来的魔鬼！我们得胜了！我们把他压死了！魔鬼！

她用力地把门“砰”的一声关上了。

卡西先生挣脱了按住他胳膊的人，突然把头埋进双手，痛苦地啜泣起来。

——可怜的巴涅尔！他大声哭喊，我死去的王！

他悲苦地放声大哭。

斯蒂芬惊慌失措，抬起头来，看到他父亲眼中噙满泪水。

同学们三五成群地在谈论。

有个同学说：

——他们是在里昂斯山附近被逮到的。

——谁逮到他们的？

——格里逊先生和管理神父。他们当时都在一辆车上。

那个同学又说：

——一个高年级的同学告诉我的。

弗莱明问：

——他们为什么逃跑？

——我知道，塞西利·桑德说，因为他们从院长室偷走了现款。

——谁偷的？

——吉克汉姆的哥哥，他们全都有份。

——那可是偷窃。他们怎么会做出这种事呢？

——桑德，你好像知道一箩筐！韦尔斯说，我却知道他们为什么溜。

——说说看。

——我奉命不能说，韦尔斯说。

——啊，说吧，韦尔斯，求求你。尽管告诉我们，我们不会传出去的。

斯蒂芬低下头来倾听。韦尔斯环顾四周，看没人走近，这才神秘兮兮地说：

——你们都知道存放在圣物室柜子里做弥撒时用的酒吧？

——知道。

——他们偷喝了酒，因为口中的酒气而被发现了。这才是他们逃走的原因。

最先说话的那个同学说：

——对，高年级同学也这样说。

同学们都安静了下来。斯蒂芬站在他们中间，一句话也不敢说，只是听着。一种出于恐惧的轻微反胃使他觉得全身无力。他们怎么能做这种事？他想到那间黑暗空寂的圣物室。那里有些阴沉的木柜，里面放着一叠折好的法衣。那地方虽不是教堂，却教人不敢大声说话。那是个圣地。他记得那个夏天的傍晚，他们要列队前往林子里的小祭坛，到那里去他要穿上圣香船侍童的服装。那是个奇特而神圣的地方。香炉的银色盖子由中间的链子吊起，提香炉的侍童在门口将它缓缓摇晃，使里面的煤燃烧。里面的煤被称作焦炭，它在香炉里随那位同学的缓慢摇摆而默默燃烧着，并且发出一股轻淡的酸味。

等每个人都穿戴好了以后，他站着将手中的船伸向院长，院长放了一匙香进去，它就在火红的炭上发出嗞嗞声。

三五成群的同学在操场上谈话。他们在他眼中显然变小了，那是因为前天有个短跑选手撞倒了他：那是一个二年级的文科生。他被那人的脚踏车撞倒在煤渣跑道上，他的眼镜摔成三片，嘴里也吃进了一些煤渣。

所以那些同学在他看来比以前小而遥远，足球场的门柱变得又细又远，而淡灰色的天空显得那么高。但是，现在足球场没有球赛，因为板球开始流行，有人说巴恩斯队也有人说富劳厄队会来校比赛。他们在球场上练各式球技。淡灰色的天空里到处都可以听到板球拍的声音：噼、啪、啵、噗……就像喷水池的水珠慢慢滴落在满溢的水池里。

一直没开口的阿迪淡淡地说：

——你们都错了。

大家都巴望着转向他。

——为什么？

——你知道？

——谁告诉你的？

——告诉我们，阿迪。

阿迪指着操场那边那个自个儿边走边踢石头的西蒙·穆南说：

——问他。

同学们望望那里，然后说：

——为什么问他？

——他也有份吗？

阿迪压低嗓门儿说：

——你们知道那些家伙为什么要开溜？我可以告诉你们，但是千万别让人知道。

——阿迪，告诉我们。说呀，你要知道你就说。

他停了一会儿，然后神秘兮兮地说：

——有天晚上他们和西蒙·穆南以及塔斯可·波伊尔一起在广场[1]被逮了。

同学们望着他，又问：

——被逮了？

——在做什么？

阿迪说：

——亲热。

大家都不说话，然后阿迪说：

——原因在此。

斯蒂芬看着同学们的脸，但他们都望向操场那边。他想问问他们：在广场上亲热是什么意思？那五个高年级的同学为什么因此而开溜？他想，这是个玩笑。西蒙·穆南有好衣服，有天晚上穆南给他看一只装着牛奶糖的球，那是他走到餐厅门口时十五人足球队的同学由餐厅中央垫毯上滚给他的。那天晚上他们对抗贝克提夫游骑队。那只球就像一只青红相间的苹果，只是它裂开了，装满了牛奶糖。有天波伊尔说象的两支牙应称作“塔斯可”（tuskers）而不是“塔斯克”（tusks），所以他的名字叫塔斯可·波伊尔。但是有些同学叫他波伊尔女士，因为他老在修剪自己的指甲。

艾琳也有双修长纤细冰凉的白手，因为她是个女孩子。那双手真像象牙：

1　此处所说广场指学生宿舍后面的厕所，其中有一条石板槽斜穿对角。前面说到的脏水沟就是容纳污秽的臭水坑。

却是柔软的。那就是“象牙塔”的意思，但新教徒无法了解这点而加以取笑。有天他站在她身旁张望一家旅馆的庭院。一个侍者正在把一面旗子升上旗杆，一只狐狸狗在阳光明媚的草坪上跑来跑去。她把手放进他插着手的裤袋里，他感到她的手是那么冰凉、纤细而柔软。她说裤袋是好玩儿的东西，然后突然离开而笑着跑向路径的倾斜转弯处。她那秀发在身后飘飞，像阳光下的黄金。“象牙塔”“黄金屋”——思考这一切就能明白它们的意思。

然而，为什么在那广场上？你有事才会去那边。那里全是厚厚的石板，水整天从孔隙里渗出来，而且那里有一股怪味。那里的一间厕所门后，红铅笔画着一个穿着罗马服装的大胡子，有张滑稽的脸，双手各握一块砖头，下面还有画名：

饱伯斯在筑一道墙。

那是无聊时同学们画着玩儿的。另一间厕所墙上有一行用反手写的漂亮字句：

裘利·西泽写下卡利可·贝利。

这些东西之所以在那儿，大概是因为同学们无聊时为了好玩儿才涂鸦的。但是，阿迪说的话以及他说这话时的样子还是古怪难解。他们绝不是为了好玩儿而逃走。他无言地跟着他们望向操场对面，开始害怕起来。

最后，弗莱明说：

——我们会不会因为别人干的好事而全跟着受罚?

——我不会回来了，你们看吧！塞西利·桑德说，三天不许在餐厅说话，每分钟还得六板八板地挨打。

——对，韦尔斯说，巴瑞特发明了一种折便条的新方法，让你没法儿先打开看看要挨多少下再把它折回去。我也不会回来了。

——对，塞西利·桑德说，学督今天早上在文科二年级。

——我们来个反叛怎样？弗莱明说。

同学们都不说话了。四周十分安静，他听得到板球拍的声音，但是比先前慢了：噼、噗。

韦尔斯说：

——他们会受到什么处罚？

——西蒙·穆南和塔斯可会挨鞭子，阿迪说，高年级的那几个可以选择鞭责或开除。

——他们会选什么？最先说话的那个同学问。

——除了柯里根外，都选择开除。阿迪回答说，他要由格里生先生鞭打！

——柯里根可是个大块头！弗莱明说，他够两个格里生打的！

——我知道为什么，塞西利·桑德说他是对的，其他人都错了。因为鞭打痛一阵就过去，被学院开除却是一辈子的污点。何况格里生不会打得很重。

——这是他最拿手的，弗莱明说。

——我可不愿做西蒙·穆南和塔斯可，塞西利·桑德说，但是我不相信他们会挨鞭子，也许他们会出去挨十八下。

——才不，阿迪说，他们俩的要害处一定会遭殃。

韦尔斯搓着自己的手，用哭叫的声音说：

——老师，饶了我吧！

阿迪露齿而笑，卷起他的上衣袖子说：

这可不能饶，

一定要打。

快脱下裤子，

亮出屁股来。

同学们都笑了，但是他看出他们有点害怕。在淡灰色的静寂天空下，他听见到处有板球拍的声音。这声音听听无妨，如果被打中，那可是很痛的。戒尺也会发声，但不像那样。同学说，戒尺是用鲸鱼骨跟皮革里面包的铅做成的：他不知道挨一下有多痛。不同的声音有不同的疼痛。细长的棍子会发出尖锐的哨音，他不知道那有多痛。想起阿迪说的话，他就会发抖。但那到底有什么可笑的？那只会使他发抖，但那是因为他每次脱裤子总会发抖的缘故。他脱衣服洗澡时也一样。他不知道打屁股时裤子得由谁来脱，是老师呢还是学生？噢，他们怎么还笑得出来？

他看阿迪卷起衣袖，双手指节泛青，学格里生先生卷起衣袖的样子，但是格里生先生有圆而发亮的袖口，白净的手腕和白胖的手掌，手上的指甲又长又尖。也许他也像波伊尔女士那样常修指甲，但那些指甲还是又长又尖得厉害。它们是那么长那么无情，然而那双白胖的手并不无情，是斯文的。即使想到那无情的长指甲和棍子发出的尖锐声音，以及脱下裤子衬衫末端以下凉飕飕的感觉，他就不寒而栗，可一想到那双白胖的手——干净、强壮而斯文——他内心竟有一种奇异且难以捉摸的快意。他又想到塞西利·桑德说格里生先生不会狠狠鞭抽柯里根，弗莱明则说他因为最拿手这个所以他不会。但那不能说明什么。

操场远处有人高叫：

——进教室！

其他人也跟着喊！

——进教室，进教室。

作文课上，他抱臂而坐，听着笔尖缓慢的摩擦声。哈福特先生走来走去，用红笔做些小记号，有时坐在学生身边教他怎么握笔。他尽量想凭自己把标题拼写出来，不过他已经知道那是什么了，因为那就是课本上的最后一课。

鲁莽的热心就像一只漂流的船，但是那些字母的线条就如隐约的细丝看不真切，他只有紧闭右眼而专用左眼去看，才看得出那个大写字母的整个曲线。

哈福特先生人斯文，也从不生气。其他老师都会大发脾气。但是，他们干吗要为高年级同学干的事受责罚呢？韦尔斯说他们偷圣器室橱柜里的祭酒喝，最终由于他们身上的酒味被人发现了。也许他们还偷走了一个圣体架，到什么地方去变卖。那罪一定不轻，竟然在晚上偷偷溜进去，打开阴暗的橱柜偷那闪亮的金器，圣体降福时要放进神像摆在鲜花和蜡烛当中。这时有位同学摇动香炉，轻烟自两边升起，而多米尼克·吉利站在诗班里先独唱第一部。他们偷圣体架时神当然不在里面。但是，即使只是碰触一下，也是不可思议的重罪，他一想到就心怀畏惧。一种可怕又不可思议的罪在沙沙的笔尖摩擦声中，他感到战栗。但偷橱中祭酒喝又因身上的酒气而被发现也是一种罪，但不是可怕和不可思议的罪。这只令你因为那气味让人觉得有点恶心。那天在教堂初领圣体，他闭上眼，张开嘴，微微伸出舌头：院长弯下身来将圣体放入他口中，他嗅到院长喝祭酒后呼出的酒气。酒这个字很美，它使你想到深紫色，因为葡萄是深紫色的，它长在希腊那些像白色庙宇似的房屋外面。然而院长呼吸中那股淡淡的酒味使他在初领圣体的那天早上觉得恶心。初领圣体的那天是一个人一生当中最快乐的一天。有一次，许多将军问拿破仑哪一天是他一生当中最快乐的日子。他们以为他会说他打了大胜仗或当上皇帝那天。可是，他却说：

——各位，我一生当中最快乐的日子是我第一次领圣体那天。

阿诺神父走进教室上拉丁文课，他抱起双臂靠在桌上，始终纹丝不动。阿诺神父发回习题本，他说全都糟透了，都得照订正马上重写一遍。最糟糕的是弗莱明的习题本，竟然有一块污墨把许多页粘在一起：阿诺神父捏着习题本的一角，把它高举起来说，交这种样子的习题本对任何老师都是大不敬。

然后他要杰克·劳顿说出“mare”这个名词的词尾变化，杰克·劳顿说到大集格单数就停了下来，他想不出复数变化来。

——你应该惭愧，阿诺神父冷冷地说，你还是班长呢！

然后他一个个问其他学生。也没有人会。阿诺神父变得很沉静，看每个男孩想答又答不上来，他就变得更加沉静。他的声音虽然平静，脸色却是阴沉的，目光镇定。问到弗莱明，弗莱明说那字没有复数变化，阿诺神父霍地合上书，向他高叫：

——跪到教室当中去！你是我见过的最懒惰的学生。其他人把习题再抄一遍。

弗莱明慢吞吞地离开自己的座位，跪到最后两条板凳中间。其他人都低下头开始抄习题。教室一片安静，斯蒂芬怯怯地瞥了一眼阿诺神父那张阴沉的脸，发现他因为生气脸上有点红了。

阿诺神父生气算不算是罪？在学生不用功读书时他就可以生气吗？这样可以使学生比较用功？或者他只是在假装生气？那是因为他可以生气，因为一个神父知道什么是罪而不会去犯。但是，如果他因一时错误而犯了罪，他该怎么办？也许他会去向管理神父忏悔。管理神父犯了罪会去找院长，院长去找教区神父，教区神父找耶稣会长。这就是所谓的神职顺序！听父亲说他们都是聪明人，假如不做耶稣会修士，他们可能全部是世上的才智之士。他真想知道如果阿诺神父、巴瑞特神父、麦克格莱德先生及格里生先生不是耶稣会修士，他们会成为什么样的人物。这实在难以想象，因为你得把他们改头换面后来想：穿不同颜色的衣服和裤子，戴不同类别的帽子，再留上胡须。

教室的门被人轻轻推开后又关上了。教室里响起一阵耳语：主任来了。大家马上变得安静异常，只听到戒尺放在最后一排那张课桌上发出的响声。斯蒂芬的心吓得直蹦跳。

——阿诺神父，有没有学生要管教？这个班有没有懒惰虫要打手心？主任大声说。

他走到教室中央，看见弗莱明跪在那里：

——哎哟！这孩子是谁？为什么跪着？孩子，你叫什么名字？

——老师，我叫弗莱明。

——哎哟！弗莱明！一定是个懒惰虫。我看你的眼睛就知道。他为什么跪着，阿诺神父？

——他的拉丁文习题写得很糟糕，阿诺神父问他文法也全不会。

——他当然不会！主任叫道，他当然不会！天生的懒虫！看他的眼睛就知道。

他拿起戒尺在课桌上拍了一下，叫道：

——站起来，弗莱明！站起来！

弗莱明慢慢地站了起来。

——手伸出来！主任大声说。

弗莱明伸出手。戒尺打在他手掌上发出响亮的噼啪声：一、二、三、四、五、六。

——换一只手！

戒尺又起起落落发出六下响亮的噼啪声。

——跪下！主任高声说。

弗莱明跪下去，把双手紧挟在腋下，疼痛使他的脸扭曲了，但是斯蒂芬知道弗莱明的手掌皮厚得很，因为他常常用松脂擦拭手掌。但说不定他真的很痛，因为戒尺的声响极大。斯蒂芬的心在怦怦乱跳。

——你们全都做作业！主任高叫，我们这里不要懒虫，不要偷懒精。全都做作业。多仑神父每天都会来找你们。多仑神父明天还会来。

他用戒尺戳一个学生的身体，说：

——你说，多仑神父什么时候会再来？

——老师，明天。汤姆·富隆说。

——明日复明日，主任说，你们要打定主意。多仑神父每天都会来。继续写。你，你叫什么名字？

斯蒂芬的心突然狂跳。

——老师，迪达勒斯。

——你为什么不像别的同学那样写？

——我……我的……他害怕得说不出话来。

——他为什么不写，阿诺神父？

——他的眼镜破了，阿诺神父说，我准许他不写。

——破了？我没听错吧？你的名字是？主任说。

——老师，迪达勒斯。

——到这边来，迪达勒斯。小偷懒精。看你的脸我就知道你是个偷懒精。你的眼镜在哪里打破的？

斯蒂芬碰撞着走到教室中央，因为恐惧与匆忙使他看不清眼前的一切。

——你的眼镜在哪里打破的？主任又问。

——煤渣跑道上。

——哦！煤渣跑道上！主任叫了起来，我就知道你不老实。

斯蒂芬吃惊地抬起头，刹那间看到多仑神父灰白苍老的脸，灰白的秃顶两边有一些毛发，他那双无色的眼睛透过钢丝边的眼镜望过来。他为什么说他知道，他不老实呢。

——小懒惰虫！主任叫道，打破了眼镜！学生玩的老把戏！乖乖把手伸出来！

斯蒂芬闭上眼睛，把那双发抖的手伸出去。这时他只觉得主任把他的手指拉直，然后戒尺往上提，打下来时黑袍衣袖发出飕飕的声音。一声有如棍子折裂的响声，一阵火辣辣的刺痛，他发抖的手掌卷曲起来，有如一片火中的树叶：随着那声音和刺痛，一股滚烫的泪水涌出了他的眼眶。他整个人恐惧得发抖，他的胳膊颤着，那只卷曲起来火辣泛青的手掌，更抖得像半空中一片摇摇欲坠的树叶。他几乎要叫喊求饶了。但是，尽管泪水盈眶，四肢因痛苦恐惧而颤抖，他还是将热泪忍住，没让喉咙里的喊叫发出声来。

——换一只手！主任高叫。

斯蒂芬缩回他疼痛颤抖的右手，同时伸出左手。戒尺举起，黑袍衣袖又飕飕出声，一记响亮的噼啪声，一阵强烈灼热的刺痛，使他的手指与手掌缩成发青颤抖的一团。滚烫的泪水夺眶而出，热辣辣的，带着羞愧、苦恼与恐惧，他在惊慌中缩回颤抖的胳膊，进而发出一声痛苦的哀鸣。他全身因恐惧而麻木，在羞愧和愤怒中他感觉到火烫的哭喊自喉头涌出，而他的眼泪滚下眼眶，流到发烫的脸颊上。

——跪下！主任高叫。

斯蒂芬马上跪倒在地上，两掌紧按腰侧。一想到它们在刹那间被打肿了，他就觉得对不起它们，仿佛它们不是自己的，而是别人的，所以觉得有所歉疚。他跪下的时候，一边抑止喉头的抽噎，并将灼热疼痛的双手按在身体两旁抚揉，同时想起他那双手，想起方才手掌向上伸出去。主任稳住他那颤抖手指的坚定触摸，以及被打得红肿在半空中无可奈何缩成一团的手指与掌心。

——全都做作业，主任在门口叫，多仑神父每天都会来看，看有没有懒惰虫要修理。每天！每天！

他关门而去。

全班继续悄然无声地抄习题。阿诺神父从他的座椅上站了起来，在学生中间走来走去，用温和的语气帮助学生并说明他们写错的地方。他的声音非常斯文轻柔。然后，他又回到自己的座位，并对弗莱明和斯蒂芬说：

——你们两个可以回座位了。

弗莱明和斯蒂芬站起来，回到自己的座位坐下。斯蒂芬的脸羞愧发赤，急忙用他那软弱无力的手翻开一本书，低下头去看，脸几乎碰到书页。

这既不合理又残酷，因为医生叮嘱他没戴眼镜不可以看书，而那天早上他已写信回家要他父亲寄一副新的来。阿诺神父也说他在新眼镜寄到前不必念书写字。他一向拿班上前两名的奖状，又是约克队的队长，竟然当众被说成偷懒精而遭了一顿打！主任怎能说他在玩花样？主任把他的手扶稳时，他感到他手指的触觉柔软而稳定，起初还以为他要跟他握手呢。但是，接着就听到黑袍衣袖的飕飕声和板子落下的噼啪声。要他跪在教室中央也不合理而残酷，阿诺神父竟又不分青红皂白地吩咐他们回座位。他听着阿诺神父指正习题错误时斯文轻柔的语音。也许，他现在有点不好意思，所以故意装得特别好。但这件事既不合理又残酷。主任是位修士，但那是不合理又残酷的。他那灰白的脸与钢丝眼镜片后那双无色的眼睛看起来很残酷，因为他拿稳定柔软的手指来扶稳他的手，只为了要打得更重、更响。

——打一个没错的人真是太卑鄙了。

下课后大家排队走向餐厅，弗莱明在走廊上说。

——你真的不小心打破了自己的眼镜？纳斯第·罗希问。

斯蒂芬心里只想着弗莱明的话，所以没回答。

——当然是真的，弗莱明说，我可不吃这一套。要是我就去报告院长。

——对，塞西利·桑德热烈地附和说，我看见他把戒尺举到肩头以上，他是不应该那样做的。

——很痛吗？纳斯第·罗希问。

——非常痛。斯蒂芬说。

——我可不吃这一套。弗莱明又说，不管是多仑光头还是其他什么光头。老实说，这是最卑鄙不过的。要是我，一定在晚饭后去找院长，告他一状。

——对，对！塞西利·桑德说。

——对，对！迪达勒斯，去向院长报告。纳斯第·罗希说，因为他说过明天还要找你麻烦。

——对！对！去向院长报告。

大家都说。在场有几个二年级文法科的同学，其中一个说：

——元老院和罗马人民宣布，迪达勒斯受到了莫须有的处罚。

那是不该的，不合理又残酷。他坐在餐厅里，因为一再想起受辱经过就难过，最后甚至怀疑自己脸上是否真有什么让他看起来像偷懒精的表情，因此他想找面镜子照照。但他脸上不会有那种表情，那是冤枉、残酷、不合理的。

他吃不下四旬斋期间每星期三的黑色炸鱼饼，他的一个马铃薯上还有个黑桃斑点。对了，他要照这些同学所说的去做。他要去告诉院长，自己受到了莫须有的惩罚。历史上的什么人，画像印在历史课本上的哪个大人物，就做过这样的事，于是院长会宣布说，他受到了莫须有的惩罚，因为元老院和罗马人民一向宣称，这样的人都受到了莫须有的惩罚。那些都是名字载于《马格诺尔问题》里面的大人物。历史就是讲那些人以及他们的所作所为，而这也就是巴雷所著《希罗轶事》一书里的内容。巴雷本人的画像印在扉页。上面还有条路穿越那些野草与小树丛：巴雷戴顶宽边帽，像位新教牧师，手持一根大杖，沿着这条通往希腊、罗马的道路疾行。

他要做的原本是很容易的。他要做的，就是在吃完饭后出来往前走，下去到走廊，而走上右边通向城堡的台阶。他要做的就这么简单：右转后快步走上台阶，再过半分钟，他就在经由城堡通往院长室那条低暗狭窄的走廊上了。每个同学都说这不合理，连那个提到元老院与罗马人民的二年级文科生也这样讲。

会有什么结果呢？他看到餐厅前排的高年级同学站了起来，听到他们走过垫毯，雷斯、马吉、西班牙人及葡萄牙人，第五个是要接受格里生先生鞭打的大块头柯里根。那就是主任无缘无故说他是偷懒精而打他的原因。他睁大由于流泪而疲乏的眼睛，望着大块头柯里根宽阔的肩膀以及大而下垂的黑头在行列中经过。然而他确实犯了错，何况格里生先生不会重重鞭打他。他想起大块头柯里根在澡堂里的模样。他的皮肤跟澡堂里浅端草皮色的积水一样，他沿边走时，脚板在湿瓷砖上噼啪作响，而每走一步，大腿就由于肥胖而轻轻颤抖。

餐厅走空了一半，同学们仍然在排队向外走。他可以走上台阶，因为餐厅门外不会有修士或老师，只是他不能去。院长会偏袒主任，认为这是学生的诡计，而主任明天一样会前来，每天都会来，事情反而更糟糕，因为他会对去院长那里告发他的学生大发雷霆。同学们要他去，但他们自己可不会去，他们已经忘记了这件事。不，最好忘记算了，也许主任只是说他会来而已。不，最好躲一边去，因为他年幼矮小，经常可以那样躲开。

他那桌的同学都站了起来，他也站起来，插在他们中间排队出去。他得做个决定，因为快走到门口了。如果他跟随同学们一起走，就没法儿去院长那里，因为他不能为了这个而离开操场。如果他去了，就照样挨打，那所有同学就会取笑他，把小迪达勒斯向院长告发主任这件事当作笑柄。

他沿着垫毯走去，看到门就在他前面。这是不可能的，他不能够。他想起秃顶的主任拿残酷无色的眼睛盯着自己，并听到主任两次问他名字的声音。他为什么记不住人家起先告诉他的那个名字？难道他起初没在听还是在拿那个名字开玩笑？古来的伟人也有那样的名字，可没人取笑过。如果他想取笑，那该取笑他自己的名字——多仑——这倒像个浣衣妇的名字。

他到了门那里，接着迅速向右转，走上台阶。在决定回头之前，他已进入那条通往城堡的低暗狭窄的走廊。他跨过走廊门槛时，不必回头就看得到所有列队经过的同学都在目送他。

他沿窄暗的走廊走去，经过了各社团办公室的小房门。他在阴暗中向前向左右窥视，心里想那些像必是画像。那里阴暗而沉寂，他那由于流泪而疲困衰弱的眼睛看不见东西。但他想他们都是教会的圣徒和伟人，在他经过时默默俯视着他：圣伊休·罗耀拉披着一件大斗篷坐在一张椅子里。

他走到礼堂入口上面的楼台，四下环视——那是汉密顿·罗文从前走过的地方，士兵射击的弹痕还留在那儿。一些老工友曾在那儿看到一个穿将官白斗篷的鬼魂。

一个老工友正在楼梯尽头扫地。他问他院长室在哪，老工友手指尽头处那扇门，并看着他上前敲门。

没人答应。他再大声些敲，等听到有人在门后说话，他的心就猛跳起来。

——进来！

他转动门把，把门打开，再暗中摸索里面那道门的门把。找到了以后就把它推开走了进去。

他看到院长坐在书桌旁写字。书桌上有具骷髅，而房中一片陌生的肃穆气息，就像那些椅子上的旧皮革。

他的心由于场所的肃穆以及房里的沉静而剧烈地跳着：他看着那具骷髅和院长和善的脸庞。

——喂，小朋友，院长说，什么事呀？

斯蒂芬咽下了哽塞在喉咙里的什么东西，才说：

——院长，我把眼镜摔破了。

——啊！

他继而微笑，说：

——这样，既然摔破了眼镜，就得写信回家要一副新的。

——院长，我写了家信，斯蒂芬说，阿诺神父说，等眼镜寄来了再读书。

——对呀！院长说。

斯蒂芬再咽下哽塞在喉咙里的什么东西，并尽量让两脚及说话声不打战。

——但是，院长……

——嗯？

——多仑神父今天进来，说我没抄习题，打了我手心。

院长默默看着他，而他觉得血液涌上他的脸庞，泪水也将夺眶而出。

院长说：

——你的名字叫迪达勒斯，对吗？

——是的，院长。

——你在哪里摔破了你的眼镜？

——院长，在那条煤渣跑道上，有个同学刚好从脚踏车房出来把我撞倒，就把眼镜摔破了。我不知道那个同学的名字。

院长又默默看着他，然后微笑着说：

——哦！这是个误会，我敢说多仑神父并不知情。

——可是，院长，我告诉他我把眼镜摔破了，他照样打我。

——你可曾告诉他你写信回家要一副新眼镜了吗？院长问。

——没有，院长。

——哦，这就难怪了，院长说，多仑神父没弄清楚。你可以说我准你几天假。

斯蒂芬马上说，唯恐自己说不明白：

——是，院长，但多仑神父说他明天还会来打我手心。

——好了，院长说，这是个误会，我会亲自跟多仑神父讲。这样行了吧？

斯蒂芬觉得眼泪濡湿了他的眼睛，喃喃说：

——是，院长。谢谢。

院长把手伸过摆着那具骷髅的桌边，斯蒂芬把他的手放进那只手掌里一会儿，觉得院长的手掌湿凉湿凉的。

——好了，早安。

院长一面说，一面缩手点头。

——院长，早安。

斯蒂芬说。他鞠了躬，静悄悄地走出房间，小心地把门轻轻带上。

但当他经过楼梯口的老工友又走在那条低暗狭窄的走廊上时，脚步便越来越快了。他兴奋起来，越走越快地穿过那片阴暗。他推开尽头那扇门，匆匆走下台阶，再快速穿过两条走廊而走到空旷处。

他听得见操场上同学们的喊叫声。他拔腿奔跑，越跑越快，跑过了煤渣小径，气喘吁吁地到达操场三年级同学那儿。

同学们都看到他在奔跑。他们围拢过来，彼此推来推去，争着问：

——快说！快说！

——他说什么？

——你真的进去了吗？

——他说什么？

——快说！快说！

斯蒂芬把自己以及院长所说的都告诉了他们，他们听了，全把帽子旋转着抛向空中，大声叫喊：

——万岁!

他们接住帽子，再一次旋转抛起，再一次大声喊：

——万岁！万岁!

他们交握手掌做成一个摇篮，把他高高抬着，一路扛着，直到他挣脱为止。待他逃开了，他们也四散离开，把帽子抛向空中，在帽子盘旋而上时吹着口哨高叫：

——万岁!

他们还为秃头多仑哀叹三声，并为孔弥欢呼三声，他们说他是克朗戈斯有史以来最像样的院长。

这些欢呼在柔和灰白的空气里逐渐消失。现在只剩下他一个人了。他快乐而自在，但他绝不在多仑神父面前得意。他十分安静而顺从：他但愿能对多仑神父厚道些，以表示他并没有得意。

空气柔和、灰白而宜人，夜晚即将来临。空气里散发着乡间田野的气息。有一次他们出去散步到大巴顿教堂，他们曾挖出萝卜剥了皮来吃。那儿的气息，就是长满了五倍子的亭子再过去那座小树林的气息。

同学们正在练习远投、高曲慢球与缓慢转球。在这柔和灰白的静谧里，他听见球的蹦跳声：从静寂的空气里处处传来板球拍的噼、啪、啵、噗声，像喷泉的水滴轻轻流入溢满的水池里。

第二章

有时候他浑身发躁，就在夜晚沿着静谧的大街独自漫步。

查尔斯大伯吸那么黑的烟斗，以至于他侄儿要建议他到花园尽头一间小库房去，享受早晨的吞云吐雾之乐。

——很好，西蒙。完全静寂，西蒙，老人家安详地说。你说哪里都行。那间库房正合我的意思，那更有益于健康。

——我该死，迪达勒斯先生，坦白说，我不知道你抽烟草这么凶。老天，这就像火药。

——很好，西蒙，老人家回答。

查尔斯大伯因此每天早晨都踱到那间库房去，先仔细抹油梳头再戴上他那顶高帽子。他抽烟时，那顶高帽的边缘与烟斗刚好露出在库房门的侧柱旁边。他那间凉棚——他这样称呼他与猫儿、园艺工具共享的那间烟气弥漫的小库房——也权充作他的共鸣箱。每天早晨他自得其乐地哼自己喜爱的那些歌：《啊，为我搭一座凉亭》《蓝眼与金发》《布拉尼小树林》，这时灰蓝的烟圈从他的烟斗缓缓升起，消失在纯净的空气里。

在黑岩的前半个夏天，查尔斯大伯是斯蒂芬的常伴。查尔斯大伯是位健朗的老人，他肤色深褐，五官粗显而须髭斑白。从星期一到星期六，他在凯瑞斯堡林荫道的大宅和镇上的大街上那些跟这家有往来的店铺之间做传达。斯蒂芬很乐于跟着办这些差事，因为查尔斯大伯会从柜台外那些打开的盒桶里大方地抓些东西给他。他会抓一把沾着锯末的葡萄或三四只美洲苹果，在店主尴尬的微笑下慷慨地塞进他大侄子的手里。看到斯蒂芬假装不拿的样子，他会皱着眉说：

——拿着吧，阁下。听到没有，阁下？这些东西有助于消化。

订货单登记了，这一老一少就到公园去，看到斯蒂芬父亲的一位老友麦克·弗林正坐在那里的一张长凳上等着他们哩。然后斯蒂芬就绕着公园跑，麦克·弗林站在火车站旁的园门边手里拿着表，斯蒂芬则照麦克·弗林偏爱的方式绕着铁轨跑，他头抬高，两膝提起，双手往下垂直贴在身体两侧。待早晨练习完毕，这位教练会评论一番，有时还穿上蓝帆布鞋子滑稽地拖曳上一两步来做个示范。这时，即使他和查尔斯大伯已经又坐下来谈论运动与政治了，也会围过来一小圈大惊小怪的小孩及保姆，望着他不肯离去。他虽然听父亲说麦克·弗林手下出过一些当代的一流跑将，斯蒂芬却常拿不相信的目光瞟他这位教练那张满是胡楂儿的扁脸，看他俯着脸用几根长斑点的长手指卷香烟。有时他又带着怜悯，那双温和而无神采的蓝眼睛忽然从手头的事情上抽离出来，茫然注视远方的蓝天，而那几根肿胀的长手指则停下卷烟的动作，让烟草粉末落回小口袋里。

回家路上，查尔斯大伯经常到那间小教堂去，由于斯蒂芬够不着圣水盆，所以老人家就会浸湿他的手指，然后把水洒在斯蒂芬的衣服及门廊地面上。他祈祷时，双膝跪在他那条红手帕上，嘴里低声念着一本被翻黑的有警句印在下方的祈祷书。斯蒂芬跪在他旁边，虽然他并不和他共享那份虔诚，却尊重他的虔诚。他心里常想，他大伯这么认真，祈求的到底是什么。也许他为炼狱里的那些灵魂祈祷，祈祷上苍赐他善终，或是祈祷神赐还他在柯克挥霍掉的大笔钱财。

每逢星期天，斯蒂芬便跟着父亲、大伯一道健身散步。这老人尽管脚上长了鸡眼，但仍是个敏捷的健步者，常能走上十来里路。史帝罗根这座小村是几条路的分岔点。他们若不向左朝都柏林山脉走，就沿着山羊镇这条路到邓庄，取道桑地堡回家。沿着这条路跋涉或站在路边一家脏兮兮的酒店里时，这两位长者总在谈他们感兴趣的问题，爱尔兰的政治啦，蒙斯特郡和他们本家的掌故等，那都是斯蒂芬喜欢听的。不明白的那些字，他就在心里再三默念，直到记住为止。透过这些，他多少瞥见了周遭的真实世界。他加入现实世界去生活的时刻似乎渐渐接近，他开始准备要去担当那个他觉得等着自己扮演但其性质却不甚了了的伟大角色。

夜晚属于他自己：他一再读《基督山伯爵》的一种粗糙译本。无论他儿时听到或猜测到什么奇异恐怖的事情，那个复仇者[1]的阴沉形象都会在他心里显现出来。晚上，他会在客厅的桌上用字纸、纸花、彩色棉纸以及包巧克力用的金银纸条建造那座奇幻岛上的洞穴。他一弄清楚这景象并厌倦了那些华而不实的东西后便想起马赛、阳光照亮的格子凉亭以及梅瑟蒂丝等灿烂画面。在黑岩外面那条前往山区的路上，有间刷白了的小屋立在种有许多玫瑰的花园里。他告诉自己，在这座房子里，住过另一位梅瑟蒂丝。在外出及回家的旅途中，他靠这座地物标量距离：在他的想象里，他经历了无数新鲜刺激的事，有如书本上写的那么神异，而在冒险结束时，便会出现他自己的形象，更加苍老而悲伤，跟多年前轻视他爱意的梅瑟蒂丝并肩站在一座洒满月光的花园里，而以黯然神伤的骄傲姿态婉拒说：

——夫人，我从不吃酿酒葡萄[2]。

他跟一个名叫欧伯里·米尔斯的男孩成了知交，跟他在那条林荫道上结识了一伙冒险患难之辈。欧伯里把一个哨子挂在纽扣孔上，把一盏单车灯绑

1　指《基督山伯爵》的主角埃德蒙·丹迪斯被道格拉斯、费尔南、卡德卢斯及威尔霍等人陷害而坐牢十四载，最后躲入狱友阿贝·法里亚的尸袋被抛入海中而逃生。他在基督山岛寻获阿贝藏宝洞窟后买下该岛，将洞窟布置为一个退隐之处。

2　在《基督山伯爵》里，丹迪斯返回巴黎后，即着手找从前陷害他的四人报仇，尤其是费尔南，他娶了梅瑟蒂丝，并已成为莫塞尔伯爵。丹迪斯造访莫塞尔宅邸，其间，梅瑟蒂丝见他饮食俱无所沾，因此尽主妇之谊，带他到花园散心，并在园中摘下一串酿酒葡萄请他品尝。他两度婉谢，至第三次始言：“夫人，我从不吃酿酒葡萄。”

在他的皮带上，其他小孩把短棍各自插在腰带上当匕首。曾读过拿破仑朴素穿着的斯蒂芬故意一无装扮，借以替自己提高在发号施令前与副官商议的乐趣。这一伙徒众劫掠老处女的园圃，或跑到古堡在长满野草的岩石上厮杀一场，而后回家时，这群疲倦的散兵游勇的鼻孔里带着海滩上的腐烂气息，手上和头发里都沾上破船的臭油。

欧伯里和斯蒂芬都认识同一个送奶工，他们时常坐上送奶车到有牛在吃草的卡瑞克明去。在大人挤奶时，小男孩便轮流骑那匹温驯的牝马绕田地兜圈子。但秋天到了，牛都被人从草地上赶回家去，头一回看到斯崔溪的肮脏牛栏、栏内污秽的绿水坑、成块的稀粪以及冒热气的饲料槽，斯蒂芬觉得恶心。在乡间晴朗的日子里看起来那么美丽的牲口竟使他嫌恶起来，他甚至不敢去看它们所产的牛乳。

这年九月的来临并不使他操心，因为他不会被送回到克朗戈斯去了。在公园里练跑之事随着麦克·弗林进医院而告结束。欧伯里已经开学，晚上只有一两小时的空闲。这群人于是解散，再也没有夜间奇袭或岩石上厮杀的事了。斯蒂芬有时随着晚间送牛乳的车子兜风，寒凛的风吹跑了他对牛栏的污秽记忆，再看到送乳工外衣上的牛毛与干籽也不觉嫌恶了。每当车子停在一家门口，他便等着瞧一眼那刷洗干净的厨房或明亮柔和的大厅，并看那女仆怎样端瓶子，怎样关门。他想，如果他有双暖和的手套，口袋里还有一大袋姜汁饼干可吃，每晚这样沿路赶车送奶该是多么愉快的生活。然而那曾使他心里作呕并在他绕公园跑时使他双腿突然无力的预感，却驱散了他对未来的憧憬。也正是这种直觉使他拿不信任的目光去瞟他那位教练那张布满胡楂儿的扁脸，看他低头俯视那些有斑点的长指甲，他隐约明白父亲处境困难，而这也就是他未被送回克朗戈斯的缘由。有一阵他感到家里稍有变化。他以前以为不会变的这一切居然都改变了，对他童稚的世界观来说，这种种都是小小的震撼。他灵魂深处蠢动的雄心壮志找不到出口。他听到马蹄沿着岩石路上的车道嗒嗒前进，而大奶罐在后面晃得嘎嘎作响，他内心的黯淡有如此刻的黄昏。

他回头去想梅瑟蒂丝，想起她的模样时一股奇异的不安悄悄进入他的生命。有时候他浑身发躁，就在夜晚沿着静谧的大街独自漫步。园圃里的安详气氛及窗户里的温暖灯光把一种柔情投入他不安的内心。孩子嬉戏的嘈杂声令他心烦，他们傻气的呼声更使他敏锐察觉自己与别的孩子不同，超过他在克朗戈斯感受到的。他不想做游戏，只想在真实世界里和他灵魂时刻注视的那个虚幻形象相遇。他不知道到何处或如何去追寻它，但指引他的预感却告诉他，不必靠他自己的什么公然行动，他必会邂逅这一形象。他们会悄悄相遇，恍如他们素已相知，并相约会，也许在一处园门或在某个更为秘密的地方。他们将会单独在一起，四周一片黑暗与静寂，在那无上温柔的片刻他将会变形。他将在她眼前褪淡成什么摸不着的东西，然后在一刹那改变形貌。在那不可思议的一刹那，他的软弱、胆怯及无知均将从他身上退却。

有天早晨两辆黄色大篷车停在门前，一伙人大步走进房子来搬场。家具被从撒满成绺稻草和绳索的前门花园胡乱搬出，再搬上园门边的大篷车。待装载完成后，大篷车便辚辚沿林荫道驶去：斯蒂芬和红着眼睛的母亲坐在那节火车车厢里，他从车窗看到它们沿着梅里恩路隆隆而行。

那晚客厅里的火炉不旺，迪达勒斯先生把火钳靠在炉架上打算引火。查尔斯大伯在陈设一半而未铺地毯的房间一角打盹儿，家族画像都斜靠在他旁边的墙上。桌上的台灯把一片微弱光芒投在被大篷车夫踩脏了的地板上。斯蒂芬坐在父亲身旁的一张凳子上，倾听着一长串不着边际的独白。他起初不甚了解，甚至完全不懂，但渐渐明白父亲有敌人，眼看有一场争斗。他感到自己也要参战，觉得有种责任正落在他的双肩上。从黑岩的安适与白日梦中忽然出奔，搭车经过暗淡多雾的城市，又想到他们现在要搬往荒凉无趣的房子，这种种事情使他心头沉重：对于未来的一种直觉或预感，再度向他袭来。他也明白了那些仆人为什么常在客厅里窃窃私语，父亲为什么常站在炉边地毯上背向炉火，向催促他坐下吃饭的查尔斯大伯大声说话。

——斯蒂芬，我心里还留着一份鞭策，迪达勒斯先生一边说，一边猛拨着晦暗的炉火。孩子，我们还没死。不，凭主耶稣说话（请神饶恕我这样说）我们还活着。

都柏林带来新奇而复杂的刺激体验。查尔斯大伯已老得昏聩，不能再差他出外办事，而安顿新房子又乱成一堆，这些使斯蒂芬比从前在黑岩时更自由了。一开始他只怯生生绕附近的广场走，顶多走到一条侧街的一半就满意了，但他在画出了这座城市的梗概地图后，便大着胆子循中央路线一直去到海关。他毫无困难地走在那些船坞当中，并沿着码头走，好奇地看水面上一片稠稠的黄色漂渣中浮着的大量软木塞，看码头成群的搬运工人、隆隆的运货车及衣衫下满脸胡须的警察。一捆捆沿墙堆积或从轮船货仓吊高起来的货物使他领略到生活的广阔与新奇，也再度唤醒那驱使他在夜里从一座花园逛到另一座花园以寻找梅瑟蒂丝的不安情绪。在这种忙碌的新生活中，他幻想自己在另一个马赛，怀念那明朗的天空及那些阳光照暖的酒店格子窗。一阵隐约的不满在他看码头、河流，及低垂的天空时生出，然而，他仍旧继续一天天到处游荡，仿佛真的在找那个逃避他的人。

他曾陪母亲去探访过一两次亲戚，虽然他们走过了那些因为圣诞节而点灯并装潢了的喜气洋洋的商店，但他心里还是感觉很痛苦。他痛苦的原因很多，有遥远的有眼前的。他为自己年幼和不安愚蠢的冲动所驱使而气恼，也为时运不济使他周遭的世界变成一个邋遢不实在的境界而恼怒。可是他的恼怒无济于这一境界。他耐心地把他所看到的情形记载下来，一面置身事外，同时暗中分析它那令人感到屈辱的味道。

他正坐在舅妈厨房里一张无背椅子上。一盏有反射罩的灯悬挂在涂了黑漆的壁炉墙上，他舅妈就凑着那盏灯读摊在双膝上的晚报。她望着报上印的一帧微笑照片，沉思着说：

——美丽的梅贝·亨特！

一个满头鬈发的少女踮起脚尖偷看那张照片，柔声问：

——妈，她在演什么？

——演哑剧，小可爱。

这孩子把她满头鬈发的头斜倚在母亲的袖子上，一边注视那照片，一边好像着了迷似的喃喃说：

——美丽的梅贝·亨特。

好像着了迷，她的双眼良久盯着那一对佯嗔的眼睛，又热心地喃喃说：

——她可不是个妙人儿吗？

那从街上扛着成堆煤炭而哈腰重步走进来的男孩听到了她的话，忙把担子卸在地上，走到她身旁去看。但她并未把她安逸的头抬起来让他看报。他冻得通红又沾黑的双手抓住报纸边缘，一面推开她，一面抱怨说他看不到。

他坐在那座窗户阴沉的房子最上面那间窄窄的早餐房里。壁炉的火光在墙上闪烁，窗外，幽灵般的薄暮正要笼罩到河面上。炉火前有位老太太在忙着泡茶，她一面忙着，一面低声提起修士和医生说过的话。她也提起她看到她近来的一些改变，以及她的奇特言行。他坐着听这些话，循着煤炭中层显出来的探险路径，其中有拱门、圆顶、回廊及岩穴。

突然间他意识到门口有什么东西，似乎是一具骷髅悬浮在阴暗的洞口。那儿有个像猴子般虚弱的生灵被炉火边的谈话声吸引住了。门口传来哀哼似的声音问：

——那是约瑟芬吗？

这位忙得团团转的老太太在壁炉那儿欢欣地回答说：

——不是，艾伦。这是斯蒂芬。

——哦……哦，斯蒂芬，晚安。

他回了招呼，看到门口那张脸上绽放着一抹憨笑。

——艾伦，你要什么吗？炉火边的老太太问。

但她没有回答，只说：

——我还以为那是约瑟芬。斯蒂芬，我刚才以为你是约瑟芬呢。

她把这话又说了好几遍，有气无力地笑了起来。

他坐在哈门德十字街的儿童舞会上。他那默观态度已经成了习惯，所以不大参加游戏。孩子们身上揣着宝贝似的爆竹，嘈杂地又跳又蹦，他虽然有心分享他们的欢乐，但觉得自己郁郁寡欢，跟这些开心的戴着卷边帽及太阳帽的儿童格格不入。

但一等他唱完了歌，退到房间里的一个自在角落时，便开始品尝孤独的喜悦。夜幕降临时，他原认为是虚伪不足道的欢笑，现在觉得是一阵抚慰人的空气，轻快地传遍他的五官。他掩藏起血液里的热切激励，不让他人看破。而她的目光，穿过那些跳舞者的圈圈，在音乐声、笑声中投向他那个角落，奉承、揶揄、探索，使他的心无比激动。

客厅里，留到最晚的孩子正在穿外套：舞会已结束。她把披肩甩上身，他们一道走向停车站的时候，她呼出缕缕清新暖和的气息，轻快飞散在她那兜着的头巾上面，她的鞋子踩在平滑的路面上。

这是末班车。那两匹瘦棕马心里有数，有警告就会向清澈的夜空摇摇铃铛。管理人与车夫正在谈话，不时在绿色的灯光下点头。车子的空位上散落几张五颜六色的车票。沿路都没有上下车的脚步声，除了那两匹瘦棕马在一起摩擦鼻子及摇铃铛的声音，再没别的声音划破夜晚的安宁。

他站在上面的台阶上，而她在下面的台阶，两人似乎在听他们说话。在他们谈话间，她好几次走上他站的台阶又走下去，有一两次在上面的台阶紧靠他站了一会儿，忘记走下去，后来才走下去。他的心随着她的动作跳跃，就像软木塞随着浪潮上下。他似乎听到她头巾底下那双眼睛向他说了些什么，因为他知道在幽暗的过去，不论在现实还是在梦中早听到过他俩的故事，他看见她卖弄姿色，看见她那漂亮的衣裳、腰带、黑长袜，而知道他曾千万次为这些东西心动。但是他心里有个声音压过他心头的蹦跳声，问他是否要接受伸手可及的她的礼物。他记得，那一天，他曾和艾琳站着看一家旅馆里的庭院，看那些侍者把一面小旗帜升上旗杆，看狐狸狗在晴朗的草坪上奔窜，以及看她突然间爆出一阵笑声，然后沿着小径的斜坡奔跑而下。现在犹如那时，他冷淡地站着不动，似乎在平静地观看眼前这一幕。

——她也没要我去抱她，他想。所以她才陪我上车。等她踩上了我的台阶，我可以一把把她抱住，没人看见。我可以抱住她亲吻。

但他什么都没做，在空荡荡的车厢里一人独坐，他把车票撕成碎片，然后出神地瞪着那起棱的踏脚板。

翌日，他在空洞的楼上书桌边坐了几小时。他面前摆着一支新笔、一瓶新墨水，以及一本翠绿的新簿子。出于习惯，他已在第一页上端写下耶稣会员箴言的起首字母：A. M. D. G[1]。在这页第一行有他试着要写的诗题：给

1 意思是为了神的更大荣耀。

“E–C–”[1]。他知道这样写是对的，因为他在拜伦诗集里见过类似题目。他写下这个题目并在底下画了一条装饰线，便做起白日梦来，开始在簿本封面上书写。他看到自己在圣诞节餐桌上争论后的翌晨坐在柏瑞家中他的书桌边，打算在父亲的一张催付欠债通知书背面写篇关于巴涅尔的诗。但他的心思不肯去推敲这个主题，他断了念，就在这一页写上几个同学的姓名及地址：

罗德烈·吉克汉

约翰·劳顿

安东尼·麦克斯维尼

西蒙·穆南

看样子他这回又写不成了，但由于苦心思索这件事，他不知不觉有了信心。在这个过程中，他认为平凡而不重要的一切都落在这一幕以外，其中没留下那辆车子、那个车夫和那几匹马的痕迹，他跟她都不曾明显出现。诗句中只提到夜晚、柔和的微风及上弦月。诗中主人公默默站在秃树下面，心里藏着莫名的悲伤，而等待离别的时刻来临，其中一个不再矜持，两个人终于接了吻。这以后又在笺末写上 L. D. S[2]，然后藏好本子，他走过母亲的卧房，对着她的梳妆镜良久注视自己的脸庞。

然而，他这段漫长的闲散时光行将结束。有天晚上，他父亲带回来一肚子消息，晚餐当中他都在忙着说话。斯蒂芬一直在等他父亲回家，因为那天有羊肉马铃薯泥，而他知道，父亲会让他用面包来蘸肉汁吃。结果他并没有

1　这一人物在这部小说的前身《斯蒂芬英雄》中被称作 Emma Clery，当为“E–C–”缩写的来历。

2　永远赞美神！

开怀地去吃肉泥，由于提起了克朗戈斯学校的事，他就觉得舌上有一层恶心的渣滓而难以下咽。

——我在那广场的角上撞上了他，迪达勒斯先生第四次这么说。

——那么我想，迪达勒斯夫人说，他一定会安排这件事。我是说关于贝尔维迪尔学校。

——他当然会的，迪达勒斯先生说，我有没有告诉你他现在是僧团的地区监督？

——我可不喜欢把他送去读基督徒兄弟学校……

——去他的基督徒兄弟学校！迪达勒斯先生说，那岂不是要跟臭巴地泥米基在一道了？不，看在神的分上，让他继续上耶稣会学校吧，既然他一开始就跟他们在一起。他们对他往后的日子有用处。那都是能给他安插工作的家伙。

——而且他们是个很有钱的僧团，是吗，西蒙？

——相当有钱。我告诉你，他们过得很好。你看过克朗戈斯的膳食吧。老天，撑得像斗鸡。

迪达勒斯先生把他的盘子推给斯蒂芬，吩咐他吃完盘里的东西。

——现在，斯蒂芬，他说，你得努力奋斗了，老兄。你过了好长一段舒服的假期。

——哦，我敢说他现在会力求上进，迪达勒斯夫人说，尤其他要是跟毛瑞斯[1]在一道。

——啊，圣保罗，我把毛瑞斯给忘了，迪达勒斯先生说，来，毛瑞斯！来这里，你这个没脑筋的坏蛋！你可知道我要送你上学去念“小猫叫”？我

1　“毛瑞斯”影射乔伊斯的弟弟史坦尼斯劳斯，当时也就读贝尔维迪尔学院。

还会给你买一条好看的小手帕擦鼻涕。那该多好玩儿哪！

毛瑞斯先对着父亲笑，又对着哥哥露齿而笑。迪达勒斯先生按上单镜片，凶凶地瞪着他的两个儿子。斯蒂芬闭着嘴咀嚼面包，不敢正视父亲的目光。

——哦，对了，迪达勒斯先生最后说，我这位院长，也就是地区监督，把你跟多仑神父的事情告诉了我。他说你是个冒失鬼。

——没有吧，西蒙！

——他没说，迪达勒斯先生说，但他把整个情形跟我说得很详细。你知道，我们聊了起来，天南地北地谈。哦，对了，你们猜他告诉我谁会得到市政府的那个位子？不过这我以后再告诉你们。好吧，就像我刚说的，我们聊得挺热络，他问起我们这位仁兄还戴不戴眼镜，然后就把整件事情告诉了我。

——西蒙，他生气吗？

——生气？才不呢！他说他是个有男儿气概的小家伙。

迪达勒斯先生学着地区监督的鼻音说。

——多仑神父和我在吃饭时把这件事告诉了大家，多仑神父跟我都大笑起来。多仑神父，您最好少管闲事，我说，不然，咱们的迪达勒斯会把你送去打十八下手心。哈哈哈！因为这事我们笑得前仰后合。

迪达勒斯先生转向他妻子，突然用他本来的语调说：

——让你知道他们学校管教孩子的方式。哦！一个耶稣会教士可以教你一辈子，教你怎么做人！

他又学地区监督的声音再说一次：

——吃饭时我把这件事告诉大家，多仑神父、我以及大家都笑坏了。哈哈哈！

圣灵降临节演戏之夜已经来临，斯蒂芬从更衣室的窗口向外望到那片小操场，那上面挂着一串串中国灯笼。他观看来客从大楼石阶走下，进入剧场。穿着晚礼服的管事，贝尔维迪尔校友成群在剧场入口一带闲逛，并礼貌地引来客进去。在一盏灯笼的强光下，他认出一位微笑的神父的脸庞。

圣体已经被人从大礼拜堂搬走，前排长凳都拉向后面，腾出祭坛及前面的地方。杠铃及体操棍靠墙立着，哑铃堆在一角，数不清的用肮脏棕色包包起来的运动鞋、套头毛衣、汗衫中间，立着那匹结实的皮垫木马，等着被抬上舞台。一面镶银边的大铜盾，靠着祭坛嵌板，也等着被抬上舞台，到体操表演结束时摆到得胜组的中央去。

斯蒂芬虽然以擅写文章出名，却被选为体育馆的干事。他不参加第一段的节目，而在第二段的戏剧里扮演主角——一位滑稽的冬烘先生。他被派定这一角色，是由于他的身材和老成的举止，也由于他现在就读贝尔维迪尔学校二年级下学期而又在二班。

二十个更年幼的男孩穿着白短裤和汗衫，从舞台上噼里啪啦地跑下来，经过圣器室进入小教堂。圣器室和小教堂挤满了热切的老师和学生。那位秃头的胖官长正用他的脚试踏木马的跳板。穿长外袍的那位瘦长青年兴致勃勃地站在旁边要表演复杂的棍棒操，他那两支镀银的棍棒从他两边的裤袋探出头来。另一队预备上台时，传来一阵木质哑铃空洞的嘎嘎声。过了一会儿，激动的导师像赶一群鹅那样催学生经过圣器室，紧张地扇动黑袍的两翼，吆喝落伍的孩子往前赶。那不勒斯农夫组成的一小支队伍正在小教堂尽头操练步伐，有的举臂环绕头顶，有的摇摆手上成篮的纸扎罗兰花并行鞠躬礼。小教堂福音祭坛的一个阴暗角落里，有位矮壮的老太太跪在一身宽大的黑裙中间。等她站起来时，大家才发现那儿有个穿粉红色衣裳的人，头上戴着鬈曲的金色假发和一顶老式的遮阳草帽，眉毛用铅笔画黑了，脸上细巧地化了妆。大家发现了这个似女孩的人时，小教堂各处传出了一阵好奇的低语声。有位导师微笑颔首走向那阴暗角落，先向那位矮壮的妇人鞠躬，愉快地问：

——泰隆夫人，您带来这儿的是一位美丽的年轻女郎，还是一个洋娃娃？

然后，他弯下腰细看藏在帽檐底下那张微笑的粉脸，叫起来说：

——哦！原来是小柏狄·泰隆呀！

站在窗边的斯蒂芬听到老妇人和那神父相顾大笑，并听见学生发出的低声赞叹，他们都走向前去看那个要独跳遮阳帽舞的小男孩。他委实压不下心里的那股子不耐。他放手让百叶窗的边框落下，从所站的长凳上下来，走出了小教堂。

他走出学校大楼，停步在花园侧面的棚下。对面剧场隐约传来观众的嘈杂声以及军乐队突然发出的鼓钹声。灯光从玻璃屋顶往上照射，使剧场有如一艘喜庆方舟，落锚在许多房屋中间，靠灯笼串联的脆弱缆索把船身系在停泊处。剧场一扇侧门突然打开，一束灯光飞过草坪。方舟发出音乐声，是一首华尔兹的前奏，待侧门又关上时，他还能听见那乐曲的微弱节奏开头几小节迟缓而柔和的情调，惹起一股难以言喻的情绪，而这就是使他整天不安及刚才使他不耐烦而离开的原因。他的不安像从内心发出的一片声波，这艘方舟随音乐的潮水航行， 一路曳着那串灯笼缆索。接着，一阵有如小排炮的噪声打断了这一乐章。那原来是欢迎哑铃队上台的掌声。

在棚子靠街那头，黑暗中出现一星淡红微光，他朝那儿走去，不觉闻到了一阵淡淡香气。有两个学生正站在一家门口抽烟，他还没走到他们跟前，就由声音认出了赫伦。

——迪达勒斯大人驾到！有个高嗓门在喊，欢迎我们可靠的朋友！

赫伦额手致敬，然后就以杖叩地，而后以一阵了无欢情的轻笑结束这番欢迎。

——找来了，斯蒂芬停步说，目光从赫伦转到他的朋友。

他不认识后面那个陌生人，但在黑暗里，借着燃烟之助，他看出一张小白脸上面有一抹缓缓飘过的微笑，原来是个穿了大衣的高个儿，他戴了顶硬帽。赫伦并不费事介绍，只说：

——我刚才告诉我的朋友华理斯，如果你扮演老师模仿院长的举止该多有趣，会令人捧腹大笑。

赫伦勉强模仿一下院长学究似的低沉的声音给他朋友华理斯听，然后大笑自己不行，要斯蒂芬来学。

——请，迪达勒斯，他催促，你模仿他可以让人笑破肚皮。凡不听从教会者，你可视彼等为异端与罗马税吏。

他的模仿被华理斯脸上的一丝微愠表情打断，原来他衔着的烟嘴楔得紧了些。

——这个该死的糟烟嘴，他说着从嘴上取下烟嘴，对着它无可奈何地蹙眉而笑。它老像这样贴死了。你用烟嘴吗？

——我不抽烟，斯蒂芬回答。

——他不抽，赫伦说，迪达勒斯是个模范青年。他不抽烟、不逛夜市、不调情、不口出恶言。

斯蒂芬摇摇头，对着他伙伴那张涨红、善变如鸟嘴的脸微笑。他常常觉得奇怪，文生·赫伦不但脸像鸟，连姓氏也是鸟名。一蓬灰发覆在前额，就像耸起的鸟冠：额头狭窄而露骨，薄薄的鹰钩鼻凸出在淡而无表情的两眼之间。这两个好对手在学校是朋友。他们一块儿坐在班上，一块儿跪在小教堂里，祷告后在餐桌上一块儿交谈。由于那些拿第一名的同学都是不出众的蠢蛋，斯蒂芬和赫伦在当年就一直是校里真正出风头的。一起上院长那里请求放假，或替一位同学求情的，就是他们俩。

——哦，对了，赫伦突然说，我看到你家老头进去了。

斯蒂芬脸上的微笑消失了。只要同学或老师一提起他父亲，他的平静外表马上瓦解。他怯住了不敢作声，等着听赫伦往下说。可是，赫伦却用胳膊肘示意，推推他说：

——迪达勒斯，你这个坏狗。

——干吗骂人？斯蒂芬说。

——你以为你是天真无邪的，赫伦说，但我只怕你也是坏狗。

——我可要请教，你到底在讲些什么？斯蒂芬生气地问。

——不客气，赫伦回答。华理斯，我们看到了她，对吗？她真是个大美人，还真会缠人呢！斯蒂芬·迪达勒斯先生扮演什么角色？斯蒂芬·迪达勒斯先生要不要唱歌？你家老头拿单眼镜一个劲儿盯着她瞧，所以，我猜他也看穿了你。说真的，我一点不在乎。华理斯，她真是妙人儿，是吗？

——还不赖，华理斯淡淡回答，一面把烟嘴放回嘴角。

让一个陌生人听到这些不登大雅之堂的话，斯蒂芬心头顿时掠过一阵愤怒。就他而言，对一个女孩子的兴趣与好感并非什么好开玩笑的事。他整天只想到他们在哈罗德十字街街车踏阶上告别的情景，以及因此而流过他全身的那道忧郁之流，还有他当时为此而写的一首诗。他整天想象跟她重逢的情景，因为他知道她要来看表演。上次那分不安和忧郁，一如舞会那晚充塞在他心头，只是无法用诗把它表达出来。今昔之间隔着两年少小岁月的成长与学习，不容他这样流露情绪：他心里这道忧郁柔情之流，整天一再往复来去，有如幽暗的潮汐，到底使他不堪负荷，等见到了那位导师跟那敷粉小男孩的滑稽场面，他终于沉不住气了。

——你不如乖乖承认，赫伦往下说，我们这回恰好抓到你的把柄了。你再不能对我假装圣人了，那是没话说的了。

他的双唇泛出了一抹并无欢情的浅笑，又像刚才那样弯下身子，用他的手杖轻拍斯蒂芬的小腿，半似玩笑半似责备。

斯蒂芬的片刻恼怒早已平息。他既不觉得意，也不感到困惑，只希望玩笑到此为止。他起初认为不雅的话，这时竟然毫不介意了，因为他知道他心里那种新奇刺激的经验，并不怕他们的口舌拨弄，所以就回了对方一个假笑。

——承认吧！赫伦又说，一面又用拐杖轻敲他的小腿。

这一下像起先那下一样也是逗他的，但不那么轻了。斯蒂芬觉得肌肤轻微而几乎不觉痛楚的刺痛发热起来。他俯顺鞠躬，似在迎合伙伴的玩笑心情，开始背诵弥撒前的《悔罪词》。这件小事总算圆满收场，因为赫伦和华理斯对他这种文不对题的对策都笑得不亦乐乎。

这篇《悔罪词》刚从斯蒂芬的嘴里出来，且在他们说着那些话时，一件突然忆起的往事把他带到仿佛魔法招来的另一情景，恰在他看到赫伦微笑的唇角那两个浅浅的无情酒窝，感到杖子落在小腿上那种熟悉的敲打，以及听到那个熟悉的警告字眼：

——承认吧。

那是他在该校第一学期第六班快结束的时候。在一种未可预卜、草草度日的生活方式鞭挞下，他的敏感天性竟仍不失痛觉。他的灵魂仍不平静，且为都柏林的沉闷景象而沮丧。他原已从两年的白日梦醒来，竟发觉自己置身在一幕新的场景中，其间每件事每个人都深切影响了他。给他挫折或引诱过他，而且不论是引诱的还是使他受挫折的，总使他产生满怀不宁而有所怨艾的思绪。学校生活之余的一切闲暇时光，他都跟那班不安分的作家为伍，他们的讥嘲和激烈言谈使他的脑子激动，然后形诸笔墨成为他的那些粗陋文章。

在他心中，作文是他每星期的主要工作，每个星期二他从家里走向学校时，都拿路上的遭遇来推测自己的命运。他挑上走在他前面的一个人，并加快脚步去赶，直到抵达某一目标，或者小心地把脚步踏在小径上的成块空地上，一边跟自己说，他会在每周作文里得第一或得不到第一。

有个星期二，他常胜不败的方向突然受到了挫折。英文老师泰特先生指着他不客气地说：

——这家伙的文章离经叛道。

班上顿时一片沉寂。泰特先生并没打破这沉寂，而是将他的手插到他跷起的二郎腿当中，一边扭动脖子与手腕，使浆烫的白衬衫发出窸窣声响。斯蒂芬没抬起头来看。那是个料峭的春晨，他的双眼还感到刺痛而虚弱。他意识到自己的失败、别人的幸灾乐祸，以及他心灵与家庭的不足道，因而越发觉得他那翻过来不平整的硬领顶着他的脖子。

泰特一阵大笑，教室里的自在气氛多少恢复了些。

——也许你并不知道那一点，他说。

——哪里？斯蒂芬问。

泰特先生把那只插下去的手抽回，再把那篇文章摊开来。

——这里。关于造物主与灵魂的一段。嗯……嗯……嗯……哦！根本不可能接近！这就是离经叛道。

斯蒂芬喃喃说：

——我是说，根本不可能企及。

这是一种屈服的表现，泰特先生满意了就把文章合上递还给他，说：

——哦……哦，那就不同了。

但班上可没马上就满意。课后虽然没人提起这件事，但他感觉得到周遭有种隐约而普遍的幸灾乐祸。

在这次公开斥责以后过了几个晚上，他拿着一封信沿着朗康德拉路走时，听见有人喊：

——别走！

他回头看到班上的三个同学从薄暮中向他走来。喊话的就是赫伦，他在两个侍从之间大步向前，用一根细杖和着步伐劈他面前的空气。他的朋友波兰在他旁边迈进，咧嘴大笑，而纳许紧随在数步之后，走一步喘一口气，同时摇晃着红红的大脑袋。

这伙男孩刚转入克隆里夫路就说起了书本和作家，说他们现在读些什么书，以及他们家里父亲的书架上有多少藏书。斯蒂芬听他们这么说，多少有点惊讶，因为波兰是班上的劣等生，而纳许则是个懒虫。事实上，他们才谈到喜爱的作家，纳许就扬言，马里亚特船长是最了不起的作家。

——胡说！赫伦说，问问迪达勒斯。迪达勒斯，谁是最伟大的作家？

斯蒂芬觉得这个问题不着边际，就说：

——你是指散文而言啰？

——不错。

——那我想是纽曼。

——是主教纽曼吗？波兰问。

——是的，斯蒂芬回答。

纳许的雀斑脸上绽开笑容，他转向斯蒂芬问：

——迪达勒斯，你喜欢纽曼主教吗？

——哦，许多人说纽曼的散文风格最好，赫伦向其他两位解释说，他当然不是诗人。

——赫伦，最好的诗人是谁？波兰问。

——当然是丁尼生了，赫伦回答。

——啊，对了，丁尼生，纳许说，我们家里有本他的诗集。

这时斯蒂芬忘了他方才许下要保持沉默的誓愿，冲口而说：

——丁尼生是诗人？嘿，他只是个韵文作家！

——得了吧！赫伦叫道，谁都知道丁尼生是最了不起的诗人。

——那你想谁是最了不起的诗人？波兰轻推他的邻伴问。

——当然是拜伦了，斯蒂芬回答。

赫伦做了个暗示，三个人一起发出轻蔑的笑声。

——你们笑什么？斯蒂芬问。

——笑你，赫伦说，拜伦是最伟大的诗人！没知识的人才把他当诗人看。

——他可是个说得过去的诗人！波兰说。

——请你闭上嘴巴，斯蒂芬放胆转向他说，你所谓的诗，就是你写在厕所墙壁上的玩意儿，写了要挨打的玩意儿。

事实上，据说波兰在厕所墙壁上写过一个对句，描写一个常骑匹小马从学校回家的同学：

泰森骑马进耶路撒冷，
摔下来伤了他的卡夫查治。

这一下反击使那两个副官不说话了，只有赫伦往下说：

——不管怎么说，拜伦是个异端，而且失德无行。

——我不在乎他是什么。斯蒂芬激动起来。

——你不在乎他是不是异端？纳许问。

——你懂什么？斯蒂芬喊说，你这辈子除了白话文以外一行诗也没读过，波兰也一样。

——我知道拜伦是个坏人。波兰说。

——来，抓住这个异教徒。赫伦大喊。

斯蒂芬立刻成了阶下囚。

——关于你文章里的邪说，赫伦往下说，泰特那天教训了你。

——我明天要告诉他。波兰说。

——你会吗？斯蒂芬说，你恐怕根本不敢开口吧。

——不敢？

——对，怕得要命呢。

——规矩一点，赫伦一面喊，一面用拐杖狠抽斯蒂芬的小腿。

这是他们攻击的信号。纳许把他的双臂反捆起来，波兰则抓起一根落在阴沟里的甘蓝菜根。斯蒂芬在拐杖抽打及甘蓝菜根殴打下踢打挣扎着，最后被押到一道缠有铁蒺藜的篱笆上。

——承认拜伦不好。

——不。

——承认。

——不。

——承认。

——不。不。

最后，经过一阵激烈挣扎，他挣脱了。那两个折磨他的人，一路连笑带嘲往琼斯路走去，他呢，又怕又羞地喘着气，恨恨地握着双拳，哽咽失声而且泪眼模糊。

他在他们纵情大笑中还念着《悔罪词》，在那件恶意插曲的情景仍然鲜明地闪现在他心中之际，他对那些折磨过他的人居然不怀恶意，原因何在，他弄不明白。他们的怯懦与残酷他一丝没忘记，但那记忆并不使他感到愤怒。他因而觉得，书里读到的那些凶暴的爱恨描写都不是真实的。即使那晚他沿着琼斯路踉跄回家时，他就已感到有那么一种力量在剥除那股突然织成的愤怒，一如剥水果剩下熟透了的果皮。

他仍然和那两个同伴站在棚子尽头，懒懒地听着他们谈话以及剧场里的阵阵掌声。她那时正坐在人群当中，也许在等他上场呢。他设法回想她的容貌，但做不到。他只能想起她头上缠着一条围巾有如修道士的头巾，还有她那双黑眼睛，同时招惹他又泼他冷水。他不知道她是否像他想她那样思念他。然后，在黑暗中他没让另外两人看见，他把一只手的指端放在另一只的掌心，几乎没碰到，却轻轻压着。可是她手指的压力比这还轻还稳：突然间，它们的触觉在回忆里像一阵看不见的波浪扫过他的脑子与身体。

有个男孩在棚子底下朝他们跑来。他兴奋得喘不过气来。

——喂，迪达勒斯，他喊，窦伊尔找你找得好急哟。你马上进去打扮等演出。快点！

——赫伦用那种傲慢的温暾语调向来人说，他想去的话，自然会去的。

这个男孩转向赫伦再说一遍：

——可是窦伊尔急得眼里冒火呢。

——能否烦你转告……我的最高敬意，说我一点不在乎他的眼色？赫伦回答。

——那么，现在我得走了，斯蒂芬说，他对这些面子问题毫不介意。

——我才不会去，赫伦说，我会去才怪呢。可不能这样差遣一位高年级学生。急他的吧！我想，你肯在他那出孬戏里扮演一个角色对他已很够意思了。

斯蒂芬近来在这位对手身上观察到的这种好争吵的友谊，并未诱使他摆脱他那种默默顺从的习性。他既不信任这种滋扰，也怀疑此种友谊的真诚，那在他看来是一种长大成人的可悲预兆。此中发生的体面问题就像所有这类问题，于他是不足道的。在追寻那些不可捉摸的内心幻象并在犹豫中背离这种追寻之际，他总听到父亲与老师们不断督促，要他无论如何做个正人君子，并敦促他一定做个好天主教徒。这些勉言在他耳朵里现在都成了空洞的声音。体育馆启用时，他听到另一种声音督促他，要强壮、有男子气概、健康，然而，等民族复兴运动开始在校院里闹起来时，又有另一种呼声吩咐他忠于祖国，帮忙恢复她的语言与传统。在俗世里，一如他之所料，世俗的呼声要他凭着努力来重振家国，同时，同学呼吁他做个够意思的伙伴，护卫其他同学免受责备，或替他们说话，并尽量争取放假的日子。在追寻幻象中令他犹豫不决而停下来的，就是这一片嘈杂、空洞的呼声。他不过一时听从它们，但只在远离这些呼声，听不到它们，独处或置身在幻想友伴之时，他才觉得快乐。

圣器室里，一位胖胖的眉目清秀的耶稣会修士和一位穿蓝色旧衣服的年长男士，正伸手在一只装油彩粉笔的盒子里调油彩和白粉。已经上了彩的那个男孩到处走动或不自在地静静站着，小心翼翼地用指尖悄悄摸摸脸。圣器室中央，一位来访的青年耶稣会修士站在那儿，从脚尖到脚跟有韵律地摆荡着，两手深深插在裤袋里。他的小脑袋衬着光泽的红鬈发，刚刮过的脸跟他一尘不染显得雅洁的黑袍与一尘不染的鞋子很相配。

斯蒂芬观看这个摆荡着的身子，并尽量要亲自一探那修士脸上嘲弄微笑的传闻，却突然想起他来克朗戈斯以前听父亲说过的一句话，说我们可以凭一位耶稣会修士的穿着看出他的为人。他同时想，在父亲的心思与这位微笑而穿着整齐的修士心思之间，他看出一种相似的地方。他又意识到，大家对这位修士的职司及圣器室本身都有所冒犯，后者的肃穆现在已被大声谈笑破坏无遗，里头的空气充满了煤气灯与油脂的刺鼻气味。

他的额头由那位年长男士画上皱纹，下巴则抹上黑蓝两色，在这时，他分心去听那位青年胖修士说话，他吩咐他台词要大声说出来，重点要说清楚。

他听到乐队正在演奏《八齐拉尼的百合花》这首曲子，知道戏幕不一会儿就会升起。他不觉得怯场，只是想到他得去扮演的角色时感到屈辱。他想起几句台词，敷了彩的脸就兀的红了起来。他看到她那对认真而迷人的眼睛在观众中间望着他，那对眼睛的意象马上扫除了他的顾忌，使得他意志坚定起来。另一种天性显然来帮忙了：他周遭那种兴奋与青春的感染力，进而转变了他那股阴沉的自疑。在难得的一刻里，他似乎穿上了真正的童年衣衫，夹在其他演员中间站在台侧分享了共同的欢乐，而在此时，两位健壮的修士用力把垂下的戏幕向上一跳一顿、歪歪斜斜地拉起。

过了一会儿，他发觉自己站在耀眼的煤气灯与昏暗布景构成的舞台上，向着无数虚空里的脸庞演戏。使他惊奇的是，排演时他看成不相连贯没有生命的那出戏，突然有了它自己的生命。这出戏现在似乎自个儿在演出，他和同人演员则各以他们的角色来从旁协助。最后一场戏落幕时，他听到那虚空中发出一片掌声，透过侧幕的缝隙，他看到他演戏时面对的那个单纯整体，竟然魔术般变了形，由人脸构成的那个虚空正在处处溃裂而涣散成忙碌的人群。

他快步离开舞台，把他的装模作样一概抛下，从小教堂走出，进入校内花园。戏现在已演过了，他的神经渴求一种更大的刺激。他匆匆向前，像要追上这种刺激。剧场的门户大开，观众全走了出来。他一度幻想在方舟停泊处的船缆上，几盏灯笼在夜晚的微风里摇晃，惨淡地明灭着。他匆匆登上花园石阶，急盼那猎物不至于躲开他，他挤过门厅里的人群，经过两位站着目送大家离场并不住跟来客鞠躬握手的耶稣会修士。他紧张地向前冲，一面佯装出仓皇的神色，一面隐约自觉到他敷粉的脑袋经过时惹来的微笑、注视。

他走到台阶上，看到家人正在头一盏路灯那里等他。他一眼看出，这伙人里的每个形象都是熟悉的，就愤愤跑下台阶。

——我得到乔治街留个口信，他匆匆向父亲说，你们先回家吧。

不等父亲发问，他便跑过去，飞快地奔下小山。他几乎不辨东西地走着。他心里的骄傲、希望与欲情，就像经过压榨的草药，在他眼前散发出令人发狂的香气。在受伤的骄傲、失落的希望与挫折的欲情形成的突然升起的怒气中，他大步走下山冈。这些怒气在他受苦的眼睛前汇成浓烈而令人发狂的毒气向上冲，在他头上消失，直到空气清朗寒冷处为止。

一层薄烟虽然遮住他的眼睛，但眼睛不再刺痛了。有股力量使他停下脚步，这力量类似那种常使愤怒或怨艾离他而去的力量。他静静站着，仰视那陈尸所的阴森走廊，再看看旁边那条阴暗的铺石小巷。他看到这小巷墙上写着 Lotts（街名）这个字，慢慢呼吸带着霉味的污浊空气。

——那是马溲和腐烂的麦梗，他想。呼吸这种气味正好，这可以平息我的心情。我的心情现在很平静，我要回去了。

在王桥一节火车厢的角落里，斯蒂芬又一次坐在父亲身旁。他正随父亲搭夜邮车去柯克。火车喷着蒸气驶出了车站，他跟着回忆起多年前对一切感到神奇的幼稚以及他到克朗戈斯头一天发生的每件事情。只是他如今已不觉神奇。他看见片片阴暗下去的土地在身边滑过去，每隔四秒钟就有沉默的电线杆从窗外飞掠而过，那些有三两沉默站员的朦胧小站被邮车抛向后方，就像一个跑者把闪光的谷粒往后抛，在黑暗中闪烁一刹那。

他无所感受地听父亲谈起柯克的情况以及他年轻时代的种种——这个怀旧者假如想起了一位亡友，或突然想到他这番真实往访的目的，不是停下来叹息，就是凑着怀中酒瓶喝上几口。斯蒂芬听完了但不觉同情。除了查尔斯大伯以外，那些死者的形象于他都是陌生的，而查尔斯大伯是最近渐从他记忆里褪淡的一个形象。然而，他知道父亲的产业即将被拍卖，而在他自己被剥夺一空的情况下，他觉得这个世界冷不防地戳破了他的幻想。

到马利市他就睡着了。他醒来时，火车已经驶出马罗，而他父亲伸长身子睡在另一个位子上。黎明的寒光铺在乡野，铺在无人的田地与关起门的农舍上。他观看着这片沉寂乡野，不时听到父亲深沉的呼吸或突然的转侧，睡眠的恐惧就盘踞了他的心。旁边那些看不见的入睡者使他满怀莫名惧怕，好像他们会来伤害他。他祈求白昼快些来临。他的祈求，既非对神亦非对圣徒，开始时夹着一阵哆嗦，因为凛冽的晨风钻过车厢门的罅缝吹到他的两脚，末了是一片痴语，是他有意和着火车那一成不变节奏念出来的。每隔四秒钟的电线杆，默默持续在准确小节之间的音乐的奔跳音符。这首热闹的乐曲缓和了他的恐惧，他斜靠在窗台边，又合上眼皮。

天色还早，他们乘一辆两轮马车经过柯克，斯蒂芬在维多利亚旅馆的一间卧房里又睡了一觉。明亮温暖的阳光从窗户流进来，他听得见车辆的嘈杂声。他父亲正站在梳妆台边很仔细地检视着头发、脸庞及髭须，引颈越过水瓶，并往两侧扭转，以便看得更清楚些。他这样做的时候，以古怪的腔调与分节法轻唱着一支歌：

是青春和愚蠢
使少年人结婚，
所以，爱人呀，我不愿
再停留。
治不好的，真的，
须加伤害，真的，
所以我要到
亚美利卡。
我的爱人她很漂亮，

我的爱人她很健壮，

她像新酿出的

美好的威士忌。

但一日一日老去，

就渐渐冷淡，

它便凋萎、消逝，

有如山露。

想到窗外温暖、晴朗的城市，并听到父亲的歌喉把这支哀伤又快乐的陌生歌曲唱了出来，昨晚恶劣情绪的迷雾就从斯蒂芬的脑际一扫而空。他一骨碌地爬起来穿衣，待那支歌唱完了，说：

——这比你过去唱的那些歌都好听多了。

——真的吗？迪达勒斯先生问。

——我喜欢听。斯蒂芬说。

——这是一支相当古老的歌曲，迪达勒斯先生说，手捻着须梢。对了，你该听听麦克·拉西唱这支歌。可怜的麦克·拉西！他很少有机会来唱这支歌，他常用上我学不到的那些优美音调。说起来呢，那个男孩唱得才叫好。

迪达勒斯先生点了羊血香肠当早餐，进食当中不断向侍者盘问地方上的消息。每提到一个姓氏，他们大抵都弄错对方的意思，侍者心里想的是现在姓这个姓的人，而迪达勒斯先生想的则是他父亲或他祖父。

——反正，我希望他们没把女王学院迁走，迪达勒斯先生说，因为我想带我这个孩子看看这所学院。

马尔代克散步道边的树木盛开着花朵。他们走进学院操场后，由一位饶舌的门房领着走过方院。但在他们行经那条碎石路时，每隔十来步就会因门房的答话而停下来。

——啊，你没弄错吗？可怜的波特贝利真的死了吗？

——真的，先生。死了，先生。

在这些停步期间，斯蒂芬都不耐烦地站在两人后面，他厌倦那些话题而不安地等着再度行进。等他们走过了方院，他的不安已到了要发火的程度。他奇怪一向精明、不轻信于人的父亲怎么会被门房卑屈的举止给骗了：整个早上使他感到有趣的活泼的南方话，现在听来竟那么刺耳。

他们走进解剖教室，那里的门房帮迪达勒斯先生在那些课桌中寻找他的姓名缩写字母。斯蒂芬留在后面，解剖教室的幽暗与沉寂，加上它那股拘泥无生气的学术气氛，使得他更觉气闷。在他面前的一张课桌上，他看到“胎”这个字被刻在污渍斑斑的暗色木材上多处。这个突然出现的遗迹令他触目惊心：他似乎觉得学院那些不在了的学生都围在他周遭，而他生怕与他们为伴。他父亲说的话本来不足以唤起的关于那些学生的生活景象，竟从刻在桌上的这个字上跳脱出来。一个蓄短髭的宽肩膀学生，正拿着一把小刀刻着那些字母。其他学生或站或坐在他身旁笑话他的手工。有一个人撞了他的胳膊一下，这个大个子学生就皱眉相向。他穿一身宽松灰色衣服跟一双茶褐色长靴。

他们喊斯蒂芬的名字。他忙不迭走下解剖教室的台阶，好尽量远离这一幻象，并且仔细端详父亲的缩写字母，以此来掩藏他那张泛红的脸。

但在他折返方院朝校门走去时，那个字跟那幕幻象仍在他眼前跳跃。他竟然在外在世界中找到了原先始终认为是自己内心野蛮而不足为外人道的恶疾的痕迹，这使他大为震惊。近来那些怪异的白日梦纷纷拥挤到他的脑海里。它们也是从一些单纯的字眼上突如其来地在他眼前跳跃出来。他马上就向它们让步，让它们横扫并贬抑他的识性，总不知道它们从何而来，来自何种怪异意象之窟，而每当它们扫过他心上时，他对别人总是那么软弱而卑抑，而且对自己感到不安与厌恶。

——哎呀！这里的确有一家杂货店，迪达勒斯先生喊道。你常听我说起那家杂货店的，斯蒂芬，不是吗？我们好几次登记了不在学校吃饭，一起去那里，我们这一伙，哈瑞·皮尔德、小蒙坦杰克、鲍伯·戴克斯、法国佬墨瑞斯·摩里阿地、汤姆。欧格瑞第和今早我告诉你的麦克·拉西、朱伊·柯贝特，好心的小钱宁·基维斯。

马尔代克散步道的树叶在阳光中颤动低语。有一队曲棍球员经过，都是穿法兰绒裤及鲜明运动衣的敏捷青年，其中有位提着一只绿色的板球形篮子。在一条静静的小街上有支五人德国乐队，穿着褪色制服，拿着旧铜乐器，对着一群街头的流浪孩子及悠闲的送信童演奏。一个戴白帽子系白围裙的女仆正在浇灌窗台上的一盆植物，那窗台如同一片石灰石在温暖的阳光中闪耀着。从另一扇开着的窗户传来钢琴声，一阶一阶愈弹愈高。

斯蒂芬跟在父亲身旁走，听他以前听过的那些老故事，再一次听到父亲年轻时代友伴的名字，那些分散了的以及死去的浪子。他心里生出一股淡淡的厌恶。他想起自己在贝尔维迪尔学校的不明处境，他是一个免费就读的学生，一个害怕他自己权威的学生领袖，自豪、敏感而多疑，和他生命里的污秽及杂乱思想在争斗。刻在那污渍的桌面上的字母瞪着他，嘲笑他肉体的软弱、徒然的宗教热心，使他为自己疯狂而肮脏的欢乐嫌恶自己。他喉咙里的唾液变苦了，吞来有恶臭味，而微微的恶心直爬到脑际，他只好暂时合上眼睛而在黑暗中往前走。

他仍然听得见父亲的说话声——

——斯蒂芬，等你自己去找乐子了——我敢说你总有一天会的——记住，不论做什么，总要跟正人君子一道。我年轻时，告诉你，我也享乐。我和温文尔雅有教养的人在一起。我们都各有所长。其中一个有副好嗓子，还有一个很会演戏，还有一个能唱诙谐歌曲，还有一个善于划船、打网球，还有另外一个长于讲故事等。总而言之，我们始终兴致勃勃，过得挺开心，也体验到了生活，谁也不输谁。但我们全是正人君子，也是很诚实的爱尔兰人，斯蒂芬——至少我希望是如此。那正是我要你去交往的人，气质正派的人。斯蒂芬，我以朋友的身份跟你说话。我可不喜欢扮演严父，我不认为做儿子的就该怕他老子。我对待你就像我年轻时你祖父对待我一样。我们比较像是兄弟而不像是父子。我绝不会忘记他第一次抓到我抽烟时的情形。有一天，我跟几个有共同爱好的小大人站在南台尽头，只因为嘴角衔着烟斗，就自以为是大人物了。突然间，老头子经过那里。他一句话没讲，也没停下。但第二天是星期天，我们一起到外面去散步，在回家途中，他掏出雪茄盒说——哦，对了，西蒙，我倒不知道你抽烟或类似这样的话。当然，我尽量装得若无其事。——如果你要痛快地抽烟，他说，抽这里头的一支雪茄看看。有位美国船长昨晚在京斯顿送了我一盒。

斯蒂芬听到父亲的说话声突然转变成啜泣般的笑声。

——那时他是柯克市最帅的男人，他可真帅啊，街上的女人们都喜欢看他。

听到那种啜泣大声地滚下父亲的喉咙，他紧张而冲动地睁大眼睛。这时突然把视线照花了的阳光将天空与云朵转变成一片阴森幻异的世界，夹杂着深红光线构成的湖泊般的空间。他的头脑昏晕无力。他几乎认不出各家商店招牌上写的字母。借着这种怪异的生命感受，他似乎已置身在现实世界的界限以外。他只听到其中有自己内心激烈呼喊的回声，没有来自现实世界的什么东西感动他或向他说话。他无法响应尘世或人间的呼求，对夏日、快乐与友伴的呼唤哑然无感，而他父亲的说话声使得他疲惫沮丧。他几乎认不出自己的思想了，缓慢地对自己一再说：

——我是斯蒂芬·迪达勒斯。我正走在父亲身旁，他的名字是西蒙·迪达勒斯。我们在爱尔兰的柯克市。柯克是个城市。我们的房间在维多利亚旅馆。维多利亚和斯蒂芬和西蒙。西蒙和斯蒂芬和维多利亚。这些都是名称。

童年岁月的回忆突然暗淡了。他想唤回当时一些生动的片刻，只是徒然。他只忆起名字。丹特、巴涅尔、克兰、克朗戈斯。一个小男孩由一个在衣橱里藏着两把衣刷的老太太教地理，然后远离家乡去一所学校读书。在学院里他领了第一次圣体，从板球帽里吃长条口香糖，在医疗室里看火光在小卧房的墙上跳跃舞动，还梦到自己死了，由一位穿黑金两色袍子的神父为他做弥撒，然后被埋在灰石大路外的小区小坟场里。但他那时并未死。巴涅尔已经去世。小教堂里没有为死者举行的弥撒，也没有送葬行列。他并未死去，却像阳光中的一层轻雾那样消退。他已迷失或已逸出了存在之外，因为他不再存在了。想到他这样逸出存在之外，不是由于死亡，却是在阳光中消失，或在宇宙的某一处迷失或被遗忘，就觉得万分怪异！多么奇怪，他看到自己小小的身子再度短暂地出现：一个穿着灰色背带装的小男孩，两手插在裤袋里，裤子则用松紧带在膝盖那儿收拢。

拍卖产业那天晚上，斯蒂芬温顺地跟着父亲，从一家酒店逛到另一家酒店。迪达勒斯先生对市场里的卖货人，对酒店男仆和女仆，对强求施舍一便士的乞丐，都说同样的故事，说他是个老柯克人，说他在都柏林三十年来一直想摆脱柯克腔，又说身旁的彼得·匹克卡法斯是他的长子，但他只是个都柏林的窝囊废。

他们一早便从纽康姆咖啡店动身，在店里，迪达勒斯先生的杯子嘎嘎地碰着碟子，而斯蒂芬以移动椅子并咳嗽来极力掩盖父亲昨晚酗酒的可耻表现。羞辱是接二连三来的，市场卖货人的虚假微笑，父亲与酒馆女侍调笑时她们的娇态与流眄，以及父亲的朋友所说的那些恭维、勉励的话。他们告诉他，说他颇有他祖父的威仪，而迪达勒斯先生则认为他丑如祖父。他们挖出他柯克腔的蛛丝马迹，并要他承认李河比李非河棒多了。他们当中有一位，为了考他的拉丁文，叫他翻译德莱克特斯作品中的几段短文，并问他是 tempora mutantur nos et mutamurin illis 对，还是 tempora mutantur et nos mutamur in illis 对[1]。被迪达勒斯称为钱宁·卡新曼的另一位精神抖擞的老头儿，问他都柏林女人漂亮还是柯克女人漂亮，弄得他很尴尬。

——他不是那种人，迪达勒斯先生说，不要为难他。他是个想法单纯的男孩，根本就不想这种无聊东西。

——那他就不像他父亲了，那小老头儿说。

——这倒很难说，迪达勒斯先生扬扬自得地微笑着说。

——你父亲，小老头儿对斯蒂芬说，是当年柯克城里最风流的。你可知道？

斯蒂芬低头端详他们所走进的那家酒店的瓷砖地板。

——好了，别把他给教坏了，迪达勒斯先生说，让老天来教他吧。

——瞧你说的，我才不会教坏他呢。我老得可以当他祖父了。我本来就是祖父，小老头儿向斯蒂芬说，你可知道？

——真的？斯蒂芬问。

——当然是真的，小老头儿说。我有两个活泼的孙儿住在“星期井”那里。再说，你觉得我多大年纪了？我还记得亲眼看见你祖父穿上红外套骑马出去打猎。那是在你出生以前。

——那可是你自己想象的。迪达勒斯先生说。

1　意为时过境迁，我们随之改变。

——我真见过。小老头儿坚持。不但这样，我还记得你曾祖父老约翰·斯蒂芬·戴德勒斯，那个凶巴巴的家伙。再说，还有一段关于你的记忆！

——那可是三代了，不，四代了，同伙中另一个说。钱宁·卡新曼，那你必定快一百岁了。

——老实跟你说了吧，小老头儿说，我只有二十七岁。

——钱宁，我们觉得自己有多老就有多老，迪达勒斯先生说。把你那杯喝了，我们再来一杯。喂，提姆也好汤姆也好，再给我们来一杯同样的。老天，我觉得自己不过十八岁。那是我儿子，年龄不及我一半，不管哪一天，我都比他强。

——迪达勒斯，收敛一下吧。我想你该退居二线了，先前说过话的那位先生说。

——才不呢！迪达勒斯断然说，我要跟他比唱歌，我要跟他比跳高，或者像三十年前我和那个被称为最会跑的人凯莉小子赛跑一样，一块儿跑过田野。

——但他会在这地方打败你，小老头儿说着轻拍他的额头，举起杯来一饮而尽。

——好了，我只希望他跟他的父亲一样好。我只能这么说了，迪达勒斯先生说。

——是的话，就错不了。小老头儿说。

——钱宁，迪达勒斯先生说，我们活这么长时间没害过什么人，得感谢神了。

——西蒙，该说积了些阴德吧，小老头儿庄重地说。我们活了这么长时间又积了些阴德，得感谢神了。

斯蒂芬看他父亲跟两位老友举起杯来，为他们过去的回忆干杯。一道命运或性情的鸿沟将他跟他们隔得远远的。他的心思似乎比他们的还老：他冷眼看他们的纷争、快乐与懊悔，就像月亮照在年幼的地球上。他里面既无生命的也无青春的蠢动，就像在他们身上那样。他从未领略到与他人做伴的乐趣，也未领略到粗犷男性的健康活力或亲孝之道。他的灵魂里一无感动，只有一种冷酷、没有爱情的欲情。他的童年死了或失落了，随之而去的是他那能够享受纯朴欢乐的灵魂，他在生命中漂流着，就像月亮的荒芜躯壳。

尔既疲惫而苍白兮
不堪攀升高天复俯视尘壤，
无友伴而漂泊兮……

他暗自念着雪莱的几行诗。其中令人黯然的人性中的徒劳与浩瀚的非人性的周而复始使他心寒，因而忘记了他自己人性中徒劳的忧伤。

当斯蒂芬跟父亲走上台阶并沿着有高原哨兵巡逻的廊柱走时，他的母亲与弟弟跟一个表弟正在宁静的福斯特街等着。待他们走进大厅，站在柜台边，斯蒂芬抽出爱尔兰银行理事签付的三十三英镑汇票，这些钱是他的奖学金及作文比赛获得的奖金，由出纳以现钞与硬币的方式很快付给了他。他佯装镇静，把钱放进裤袋，并容忍那位与父亲闲聊的友善出纳把手伸过宽柜台来祝福他前途光明。他们的说话声令他不耐烦，因而不能使他的双脚安静。但出纳仍然不去照应其他客人，说他生活在不同时代里，并说什么也比不上用金钱给孩子买到最好的教育。迪达勒斯先生在大厅里流连，看看周遭，仰视屋顶，并告诉催促他出去的斯蒂芬说，他们正站在从前爱尔兰国会的下院里。

——神保佑我的人民！他虔诚地说。想想那时候的人物，斯蒂芬、海理·霍金逊、富拉德、亨利·格瑞顿、查尔斯·肯代尔·布许和我们现在的那些显贵，爱尔兰人国内外的领袖。啊，可惜，我们不能瞻仰他们在地下的仪容。不，斯蒂芬，老伙计，我很抱憾说这样的话，只因为我在这个美好、惬意的七月里的一个五月般晴朗的早晨外出漫游。

十月寒风正吹刮着河堤。在泥泞的小径边站着的那三人脸绷得紧紧的，眼睛水汪汪的。斯蒂芬看着衣衫单薄的母亲，想起几天前他在巴纳多商店橱窗外看到一件价值二十几尼的大衣。

——事情办好了，迪达勒斯先生说。

——我们还是先去吃饭，斯蒂芬说，到哪里？

——吃饭？迪达勒斯先生说，吃了再说吧，到哪里？

——不太贵的地方，迪达勒斯太太说。

——昂德东？

——好。只要是安静的地方。

——来吧，斯蒂芬马上说，别管贵不贵。

他微笑着以紧张急促的步伐走在他们前面。他们尽量要赶上他，也因为他的热切而微笑着。

——学得老成、从容一点，他父亲说，我们可不是出来散步的，对不对？

斯蒂芬的奖金因为一个短暂的欢乐时光而从他的指间溜掉。大包大包的杂货、美食与干果从城里运到他身边。每天他都为家人开一张菜单，每晚也都带三四个家人到戏院看《英格马》。他外套口袋里揣着用来待客的维也纳巧克力，而裤袋里则装满了银币和铜币。他给每个人买礼物，全面翻修他的房间，开列要做的事，把他的书上上下下地摆列在书架上，浏览各种价目表，为家务草拟一种共和体制，使每个人都担任一项职位，并为家人开办一家贷款银行，硬把钱借给情愿负债的贷款人，以享受写收据与计算贷款利息的乐趣。再没什么事可做时，他就坐电车逛街。接着欢乐时光结束。一罐粉红磁漆用完了，而他卧房的壁板尚未完工，样子显得十分拙劣。

他全家恢复了平常的生活方式。他母亲再也找不到责备他乱花钱的理由。他也恢复了原来的学校生活，他的那些新奇事业全解体了。共和体制崩溃，贷款银行亏了些钱把钱柜与账簿关上了，他为自己草拟的生活规则也跟着作废。

他的目的本来就很愚蠢！他曾试图建立一道秩序与优雅的防波堤，以抵挡他外表那种邋遢生活的潮流，并试图以行为规则、积极兴趣与新的孝道关系堵起他内心那些强流的涌现。一切徒然。水顺着他内心和外界的水流漫过他建立的堤坝。这些潮水再度汹涌冲刷在那道倒下的堤防上。

他也看清自己无可奈何地孤立着。他既没有更靠近一直希望去靠近的那些人，也未能沟通那隔开他与母亲、弟弟之间的不安的羞怯与怨艾。他感到他和他们几乎没有血缘关系，而处在养子、养兄弟这种不可思议的收养亲属关系中。

他急欲安抚心里的强烈渴望，其他一切都显得无聊和无关痛痒。他不在乎自己犯了必死之罪，也不在乎他的生命已变成狡猾与虚伪的渊薮。除了内心想实行他朝思暮想的那些大罪行的强烈欲望外，没有一样东西是神圣的。他以嘲世的态度来容忍他那些骚动的秘密的可耻内容，借以鼓舞自己抗拒任何引诱他眼睛的形象。他日日夜夜行走在外面世界那些歪曲的形象当中。白天他看起来显得庄重、无邪的形貌，夜里透过睡眠的迂回黑暗向他走来，她的脸庞因淫邪而变样，她的眼睛则因野性的欢乐而闪亮。到了早晨，那阴暗、狂欢似骚扰的朦胧回忆，那敏锐而羞辱人的犯罪感才开始令他感到痛苦。

他恢复了漫游的生活。朦胧的秋日的傍晚指引他逐街而行，像几年前沿着黑岩那些阒静的街道漫游一样。但现在既见不到修整的前园，也见不到窗户中安详的灯光投给他一片温情。只是有时他欲情稍抑，损耗他的恣纵让步于一种较为柔和的慵倦，梅瑟蒂丝的形貌就从记忆深处迢迢而来。他再度看见那座小白屋，上山路旁的玫瑰花园，于是他忆起当初打算在多年分别并各有各的经历后，跟她在花园的月下相会时摆出那种无动于衷的悲壮姿态。在那些时刻他不自觉地念出克劳德·梅诺特的轻柔言辞来缓和他的不安。一种温存的预感使他想起他从前所期待的幽会的人，尽管在他过去与现在的希望中间横亘着可怕的现实，他仍忆起他从前想象的神圣重逢，而到那时，软弱、怯懦与幼稚都将离开他。

这样的时刻一消逝，损伤精力的欲火又烧了起来。他嘴里不自觉地念着诗句，脑子里涌出无言的呐喊与喑哑的粗野言语就要脱口而出。他骨子里的血液在反叛。他沿着那些阴暗污秽的街道来回逛荡，窥视幽深的巷弄与门廊，热切地倾听每一种声音。他暗自悲鸣，宛如一头受阻挠的野兽。他想与另一个同类去犯罪，迫使别人跟他犯罪，并与他在罪中享受欢乐。他感觉到有样阴险的东西从黑暗里不可阻挡地向他扑来，那东西隐约而喃喃出声，有如一片潮水漫过了他的身体。那如怨如诉的声音充斥着他的双耳，犹如一群梦中人的低语：那幽隐的流水渗透了他的整个身体。他握紧双手，咬紧牙关，忍受着它的渗透和因此带来的痛苦。他在大街上张开双臂，抱紧闪避他又煽动他的那个瘦弱却令人昏晕的形象：他喉咙里长久抑制的呼喊脱口而出。它从他身体里面进出的声音犹如地狱的苦命鬼发出的一声声绝望的哀号，最后在一片激越的呼救声中消失，那是因为一次不公正的放弃而发出的哭喊，简直就是他在厕所湿淋淋的墙上读到的猥亵涂鸦的呼应。

他荡进由狭窄、肮脏的街道构成的迷宫中，发臭的小巷传来阵阵粗野的吼叫和争吵，以及醉汉唱的拖长的歌声。他不慌不忙地往前走，心里想他大概走到了犹太人的住区。穿鲜艳长裙的妇人与少女在街上走家串户。她们很悠闲，浑身散发着香气。他一阵震颤，两眼模糊起来。黄色的瓦斯火焰衬着迷蒙的天空，在他模糊的视线中升起，如在一座祭坛之前燃烧什么东西。各家门前及明亮的客厅里人头攒动且都穿戴整齐，像在参加哪种仪式。他在另一个世界：他从几个世纪的昏睡中醒了过来。

他站定在路中间，他的心慌乱地冲撞着他的胸膛。一个穿淡红长衣裙的年轻女郎为了挽留他，把手按在他胳膊上，并凝视着他的面孔。她开心地说：

——亲爱的威里，晚安！

她的房间暖和而明亮。一只大洋娃娃叉开腿坐在床边宽敞的安乐椅上。他极力想开口说话，好让自己显得不拘束。他看她脱去长裙，并注意到她骄傲地摆动那洒了香水的脑袋。

他默默地站在房间中央，她向他走过来，开心又庄重地拥抱他。她圆圆的双臂稳稳地把他抱住，而他看到她沉静地望着他，同时感到她胸脯温暖而平静地起伏，几乎要歇斯底里地大哭起来。欢乐与解脱的眼泪在他欣然的眼睛里闪耀，他虽然不说话，却张开了嘴。

她伸出会使他心神荡漾的手穿过他的头发，还叫他小流氓。

——吻我一下，她说。

他想吻她，但是低不下头。他只想被她的双臂紧紧抱住，慢慢地、慢慢地、慢慢地受她爱抚。在她的怀抱里，他突然觉得他已变得坚强、无畏及自信。然而他还是不能低下头去吻她。

她忽然把他的头压下来，用她的双唇贴合他的双唇，而他从她坦然的目光里了解到她这些动作的意思。这是他消受不了的。他合上眼睛，把自己全部交给了她，连肉体带心灵，除了她柔和张开的双唇给予他的隐隐压力以外，他感受不到世上其他一切。她的嘴唇压上他的唇一如压在他的脑子里，仿佛它们是一种暧昧语言的媒介。在她双唇之间，他感到一种难以名状的羞怯的压力，比罪恶深沉，但比声音或香气柔媚。

第三章

只有一件事是必需的，那就是拯救自己的灵魂。

腊月的傍晚随一个无聊的白日过完后悄然降临，他透过教室窗户的方格向外凝视，只觉饥肠辘辘。他希望有炖菜供餐，包含芜菁、胡萝卜、洋芋泥及麻辣酱拌过的肥羊肉片。他的肚子在劝他把这道菜填进去。

那将是一个阴郁神秘的夜晚。夜幕降临以后，肮脏的妓女区到处点上了黄灯。他循一条曲折的路线走，在害怕与喜悦的震颤中总是越绕越靠近，直到双脚突然带他绕过一个黑暗的街角。妓女们大约刚走出屋准备过夜生活，由于才睡醒，她们还在打着哈欠，把发卡别在头发上。他会平静地走过她们身旁，等待自己的意志突然萌动，或等待她们柔软酥香的肉体突然召唤他那罪恶的灵魂。但在窥伺那呼唤时，他那仅为欲情控制的五感敏锐地留意着一切伤害过或羞辱过它们的东西：他的眼睛看到了一张没铺桌布的桌面上留下的一圈啤酒泡沫，或一张两个士兵立正站着的照片，或一份俗丽的节目单：他的耳朵听到了懒懒的召唤语：

——喂，柏地，心里想什么呢？

——小鸽子，是你吗？

——十号房间。俏娜丽来伺候你。

——客官，晚上好！不进来玩玩吗？

他作业本上的方程式开始展开，变成一条越来越宽的尾巴，上面如孔雀尾巴般嵌着眼睛与星星。等指数上的眼睛与星星被消除了，就又再慢慢自行收敛起来。出现又消失的指数，都是开开合合的眼睛，而开开合合的眼睛都是生而复灭的星星。浩瀚的生命周期将他疲惫的心灵向外带到它的边缘，向内到其中心，一支远处传来的乐曲在内外陪伴着他。什么乐曲？乐声越来越近，他想起了雪莱的一句诗，咏叹疲惫苍白的月亮在天上孤独地漂泊。众星开始粉碎，一片片星尘自高空降落。

益发微弱、昏暗的灯光落在这一页上，上面另一道方程式开始慢慢自行展开，并扩散成一条越来越宽的尾巴。那是他自己的灵魂出去体验，通过一个罪恶展开自己另一个罪恶，向外扩散其燃烧众星的燎原大火，再折返回来，慢慢消退，熄灭它本身的光与火。光与火被扑灭了，而寒冷的黑暗里一片混沌。

一种寒冷、清澈的冷漠占据了他的灵魂。在他初犯致死的重罪之时，他感到身体里有股活力离他而去，因而唯恐见到自己的肉体或灵魂被纵欲所摧残。没想到这股活力先把他抱在它胸口逸出他自己，然后在波退时又回来了：身体和灵魂丝毫未损，反而在它们之间有一种隐隐的平静。他的热情在混沌里自行熄灭，他对自己漠不关心。他不止一次犯下死罪，而且一犯再犯，他知道，他既因初犯而已处于万劫不复的险境，必会因累犯倍增他的罪过与惩罚。他的日子、工作与思想，都不能为他赎罪，那座洗涤罪恶的圣泉也不再能涤净他的灵魂。他至多通过向一个乞丐施舍，希冀能为自己赢得某种程度的实际宽恕。信心早已消耗殆尽。当他知道自己的灵魂被毁灭后会遭到诅咒时，祈祷又有何用呢？他虽然知道神能在他睡觉时带走他的生命，并在他求饶前将他的灵魂抛向地狱，但矜持于自己的罪，对神怀着无爱的敬畏，使他认定对无所不见、无所不知的神的虚伪敬拜，已无法使他的罪过得到全部或部分的赎免。

——那么，恩尼斯，我说你果然有脑袋，我的棍子也是！难道说你真不知道无理数是什么吗？

那轻率的答复激起了他对班上同学的轻视。在别人面前，他既不觉得羞耻也不觉得害怕。每个星期天早晨，他经过教会门口总会冷冷地瞧一瞧那些脱帽敛肢站在教堂外的崇拜者，在精神上参加他们既看不到也听不到的弥撒。他们的愚诚及他们涂在头上的廉价发油散发的怪味，使他远离他们在那儿祈祷的圣坛。他跟大家一样屈从伪善之恶，而怀疑他们那种他可以轻易欺哄的天真无知。

他卧房的墙上挂着一幅插图卷轴，这是他所在地区的圣母玛利亚教会学校颁给他担任会长的证书。每逢周六早晨，联谊会在小教堂里聚会祈祷，他的位置是在祭坛右边那张加垫跪桌上，他领着他的孩子们从那里回应祷告中的答词。他虚伪的立场并不使他痛苦。他有时感到冲动，想从充满荣誉的地位中走出来，当着大家的面承认自己完全不配拥有这个位置，并离开小教堂，但一瞧他们的脸又退缩不前。预言诗篇显现的意象安抚了他空洞的骄矜。圣母玛利亚的荣光控制了他的灵魂。香粉、没药与乳香象征她的王族血统，那迟开花的植物及迟开花的树象征她受越来越多的世人崇拜。轮到他在日课结束时读这一课时，他以假声来读，用语调的节奏来催眠自己的良心。

我像黎巴嫩的一棵香柏，又像锡安山上的一棵丝柏一样受人颂扬。我像加德斯的一棵棕榈树，又像耶利哥的一株玫瑰一样受人颂扬。我像平原上的一棵橄榄树，又如街道水边的一棵筱悬木一样受人颂扬。我散发出肉桂与香脂的芳馨，我散发出上等没药的馨香。

他自恃凭借罪障神看不见他，越发接近罪人的避难所。她的眼睛似乎以温和的怜悯之情看着他，她的圣洁，一种微微闪耀在她虚弱身体上的奇异光辉，并未使接近她的罪人感觉受到羞辱。倘若他曾想过要抛掉身上的罪孽，并进行忏悔，那促使他做出这样的行为的原因就是希望做她的骑士。在他肉欲的狂躁尽泄后，他的灵魂果然曾经腼腆地重入过她的居所，向她仰望——

她的标志是晨星、光芒和音乐，讲述着天堂，带来和平——这时候他拿说淫词秽语的双唇低诵她的名字，像是一种猥亵的吻的味道。

那真奇妙。他想弄明白这何以可能，但教室里渐深的暮色占据了他的思绪。铃声响了，老师标出下节课要做的加减法作业后就走了出去。赫伦在斯蒂芬旁边开始不成调地哼了起来：

我的好朋友朋巴多斯。

走到院子去的恩尼斯回来说：

——大楼来的人要找院长。

斯蒂芬后面一位高大男孩搓搓双手说：

——那太棒了。我们可以整整混一小时。两点半以前他都不会到教室里来。迪达勒斯，那时你再请问他有关教义问答的问题吧。

斯蒂芬身子向后靠，懒懒地在本子上涂画，听同学们谈论他，而赫伦不时打岔说：

——请大家闭嘴。别这么大声嚷嚷！

同样奇怪的是，他发现了一种无趣的乐趣，他把教会教义的死板线条一直拉到尽头，进入昏暗的寂静中，却听到和感觉到他自己受到的谴责更深了。圣詹姆斯的圣训说过，凡遵守全律法的人，只要犯了其中一条罪，就等于犯了所有的罪，那句话在他终于在自己黑暗的光景中开始摸索以前，对他而言是一句言过其实的话。其他一切死罪都源自肉欲这种恶：其如自傲与傲人，贪婪地用金钱买取不法之乐，嫉妒自己无法企及的邪恶之人，中伤虔敬的信徒贪于口腹之乐，沉溺于因不能得到自己渴望的而闷在心头的怒火，整个人沉沦于精神与肉体的懒惰深渊。

坐在板凳上平静地凝视院长那张精明严厉的脸庞时，他的心思便在所询及的那些古怪问题之间迂回出入。如果有个人年轻时偷了一镑钱，并用以积敛大笔财富，他该归还失主多少？只是他偷来的那一镑，还是连本带利，抑或是他的全部财富？如果俗人在施洗前没说出祷词就把水倒掉，那那个孩子算不算受过洗礼呢？用矿水给人施洗是否有效？为什么第一次祝福要向穷人许诺天堂，而第二次祝福舞会，也向温顺的人承诺他们将拥有这片土地？圣餐礼为何分别以饼与酒设立，难道耶稣基督的肉体、血液、灵魂和神性仅在面包和葡萄酒中？圣化的面包的每一小片，是否都包含耶稣基督全部的血肉，还是仅含圣体和圣血的一部分？如果圣化后的酒变成了醋，面包也霉烂了，耶稣基督是否仍以神与人的身份存在其中呢？

——他来了！他来了！

一个坐在窗边的男孩看见院长从大楼出来。大家都把教理问答翻开，一齐默默地低头去读。院长进来坐在讲坛位子上。后面长凳上的一个高个子轻踢斯蒂芬，催促他问个难题。

院长并不以教义问答来了解学习状况。他在桌上握起两手说：

——静修从星期三下午开始，以纪念圣弗朗西斯·泽维尔，他的圣日在星期六。静修将从星期三持续到星期五。星期五祷告后，一整个下午都听大家忏悔。如果大家有特约忏悔神父，最好不要更改。弥撒将在星期六早晨九点钟举行，并为全院举行总圣餐礼。星期六放假，但由于星期六、日两天放假，有些学生恐怕会以为星期一也放假。千万别搞错了。罗雷斯，我想你可能会弄错。

——我，院长？为什么，院长？

全班同学看到院长的冷笑，脸上显露出一小阵哑笑的涟漪。由于害怕，斯蒂芬的心好像变成了一朵慢慢收拢褪色的枯萎花朵。

院长严肃地往下说：

——你们全都熟悉圣弗朗西斯·泽维尔——他是本院的守护圣徒。他出身于一个显赫的西班牙世家，你们必定知道他是圣伊格内修斯最初的门徒之一。他们在巴黎相识，圣弗朗西斯·泽维尔是巴黎大学的哲学教授。这位年轻有为的贵族与文学家全心全意地融入了我们光荣的创立者的思想，你们也知道，他自愿由圣伊格内修斯派往印度传教。大家知道他被称为印度群岛的使徒。他在东方列国周游，从非洲到印度，从印度到日本，为百姓施洗。据说他在一个月内施洗了一万名原先拜偶像的百姓。据说他的右臂因长久举起为人们行洗礼而变得无力。那时他还希望前往中国，以便为神赢取更多的灵魂，但他下车后在仙山岛上因为热病去世了。伟大圣徒，圣弗朗西斯·泽维尔，神的伟大战士！

院长停了下来，然后，晃动他面前握住的双手往下说：

——他心里的信仰可以移山，单单一个月里就为神赢得了一万个灵魂！这才是真正的征服者，完全实现本教会的格言：归神大荣耀！各位记住，他是一位在天堂里有强大能力的圣徒：这能力在我们忧伤时替我们祈祷，这能力成就我们所求有益于我们灵魂的一切，这能力尤其成就我们若陷身于罪即得以忏悔的恩宠。伟大的圣徒——圣弗朗西斯·泽维尔！一个伟大的灵魂渔民！

他不再晃动紧握的双手，而把它们放在额头上，他那黑色、严肃的眼睛敏锐地注视着他的听众。

这双眼睛中的黑色火焰在静默中照亮了黄昏。斯蒂芬的心像沙漠里的大风吹来的花朵一样枯萎了。

——只要你记住最后几件事，那就永远不会再犯罪了——我亲爱的基督徒们，这些话出自《传道书》第七章第四十节。以圣父、圣子、圣灵之名，阿门。

斯蒂芬坐在小教堂前排的长板凳上。阿纳尔神父坐在祭坛左边的一张桌子旁边。他披着一件厚重的外套，苍白的脸绷着，说话声因患有鼻黏膜炎而断断续续。他这位老师的身影如此奇特地重现，令斯蒂芬又想起他在克朗戈斯生活的那段时光：广阔的操场挤满男孩；臭水沟，石灰大路旁的小坟场，他曾梦到自己被埋在那儿，他曾生病而躺在医疗室里看到的墙上的火光，麦可兄弟那张悲伤的脸庞。当这些记忆重回心头，他的灵魂又变成了孩子的灵魂。

——亲爱的基督徒兄弟们，我们今天远离繁忙的世俗暂时聚在这里，来歌颂并纪念一位最伟大的圣徒，他是印度的使徒，也是本院的守护圣徒：圣弗朗西斯·泽维尔。我亲爱的孩子们，年复一年，远超过你们记忆中的，也超过我记忆中的，本院学生都曾相聚在这座小教拜堂里，每年在守护圣徒的节日来临之前，他们都要进行静修。岁月如梭，世事多变。即使在最近几年，有什么变化是你们大多数人记不起来的？几年前原本坐在前面几排的许多学生，现在也许正置身于遥远的异域，或在火热的赤道，或在专业岗位上，或在神学院里，或正航行在浩瀚的深海里，或可能已经被伟大的上帝召唤去过另一种生活，发挥他们的管理才能。然而，随着岁月飞逝，不论变化好坏，这位伟大的圣徒始终受到本院学生的缅怀与尊崇，因而在纪念他的节日前一连几天都要进行静修，这一节日是由本圣母教会设定，使得圣母教会向所有年龄段的人传颂西班牙天主教最伟大的儿子的名声和名望。

——静修到底是什么意思？为什么大家都认为对那些有心在神面前及世人面前过基督徒生活的人来说，它是最有益处的一种活动？我亲爱的孩子们，静修意味着暂时放下我们的生活顾虑，放下平日的烦恼，以便审问我们的良心，思考圣教的奥秘，并更加明白我们何以活在这个世界上。在这几天，我要把有关最要紧的四件事情的想法向大家说明。各位知道，这四件事就是教义问答里提到的死亡、审判、地狱与天堂。在这几天我们要尽可能地去了解它们，从中我们的灵魂可以不断获得福祉。亲爱的孩子们，我们只为一件事而被派到世上来：执行神的神圣旨意并拯救我们不朽的灵魂。其他一切都毫无价值。只有一件事是必需的，那就是拯救自己的灵魂。人若赚得全世界却没了灵魂，那有什么意义呢？啊，亲爱的孩子们，相信我，在这个可悲的世界里没什么能弥补这样的损失。

——因此，亲爱的同学们，我要求在这几天你们把一切世俗的思想，不管是关于读书还是娱乐或抱负，都从你们心上除去，专注于你们灵魂的状况。我不再提醒你们，在静修的这几天里，所有的孩子都应保持静穆、虔诚的举止，并避免一切喧嚣、用邪恶换来的玩乐。当然，高年级同学要尽到责任，不让这一惯例受到侵犯，我特别希望圣母会与天使会的导师及执事能为他们的同学树立一个好榜样。

——因此，让我们全心全意来做好这个纪念圣弗朗西斯·泽维尔的静修活动。神的祝福将降临在你们全年的学业里。然而最最重要的，是让这次静修在几年后成为值得各位回忆的静修，那时候各位可能已离开本院，生活在截然不同的环境中；那时候各位可以怀着喜悦与感激来回忆，感谢神赐你良机，奠定了虔诚、可敬、热心的基督徒生活的最初基石。万一事与愿违，此刻在座的有哪个灵魂遭遇难以启齿的不幸，因而失去神的圣宠并陷入重罪，我坚信并祈求这次静修成为那个灵魂的生命转折点。我凭神的热心仆人圣弗朗西斯·泽维尔的功劳向他祈求，愿这样一个灵魂受引领而诚心忏悔，并愿今年圣弗朗西斯节的圣餐成为神与那灵魂之间的永久盟约。对公正和不公正，圣人和罪人来说，希望这次的静修是值得纪念的。

——帮助我吧，我亲爱的基督教兄弟们，用你们虔诚的注意力，用你们自己的奉献，用你们外在的品行帮助我吧。从你的头脑里摒除一切世俗的思虑，只思考最后的大事：死亡、审判、地狱与天堂。《传道书》说，凡记住此四大事者，永不犯罪。凡记住最后大事者，必会在他做事时依照它们来指导方向。他必在世喜乐而死时平安，因为他相信并知道，如果他在这一生牺牲很多，来生必得到千百倍的回报，作为赐福他在天堂将被赋予千百倍时间长的生命。亲爱的孩子们，以圣父、圣子、圣灵之名，我衷心这样祝福你们。阿门。

他跟着大家默默走回去，心头似乎笼着一层薄雾。他忍耐着心中的恍惚，等这层浓雾散开，显露它所隐藏的东西。他了然无味地吃完饭后，任油腻的盘子摆在桌上，他起身走到窗口，一面用舌头清除嘴里的食渣，同时舐咂双唇。这样他便和动物没什么两样。这是末日，一片隐约闪烁的恐惧开始刺透他心里的迷雾。他把脸压在玻璃窗上，向外凝视渐趋黑暗的街道。暗淡的光线里人影来来去去，而这就是生活。都柏林这个名字的字母重重压在他心上，缓慢、粗野而乖戾地彼此推来挤去，他的灵魂膨胀起来，凝成了一大块油脂，在暧昧的恐惧中比以前陷得更深，陷入了一片阴郁、有威胁性的薄暮里，而他的身体冷漠无聊地站着，阴沉的眼睛向外望，在失神的眼中他显得无助且不安，但人形还在。

翌日带来了死亡与审判，他的灵魂从冷漠、绝望中慢慢激动起来。传教士用他粗哑的声音使他的灵魂死亡后，那隐约闪烁的恐惧就变成了一种夺魄的恐惧。他忍受这种苦恼。他感到死亡的寒气触及四肢，继而爬向心脏。死亡的薄膜遮住双眼。脑袋中的光亮像灯一一熄灭，最后的汗液从皮肤渗出，垂死的四肢软弱无力，言语模糊、前后不搭而意思不明，心跳越发微弱，几乎要停止了。呼吸，贫乏的呼吸，可怜的无助的人类精神在喉咙里啜泣叹息，哽咽失声。无奈！无奈！他——他自己——使他屈服的肉体在垂死。跟它进坟墓吧：把这具尸体钉入木盒，由抬棺人扛出这座房子。悄悄投入地底，投入坟墓，任其腐朽，被蛆群啃噬，并被疾走的大肚鼠吞掉。

朋友们还含泪站在床边时，这罪人的灵魂已受审判。在清醒的最后一刻，尘世生活的一切在灵魂眼前经过，而在它还没来得及反省之前，肉体便已死亡，任灵魂惊恐地站在审判席前。长久慈悲的神，这时也公正无私了。他一直很有耐心，规劝这有罪的灵魂，给它时间去忏悔，饶恕它片刻。但那段时间已经过去了。时间被用于犯罪与享乐，被用于嘲笑神与他的圣教会的警告，被用于轻蔑神的威严，违背他的戒律，蒙蔽自己的同类，不断造孽，在人前遮掩自己的堕落行径。然而那段时间已过。现在轮到神的时间，而他不应该被蒙蔽或欺骗。每样罪那时都会从潜藏处走出来，包括最背叛神旨意的及我们本性中最堕落的，包括最细微的过失与最令人发指的暴行。做一个大皇帝、大将军、了不起的发明家、最有学问的学者，到那时又有何用？在神的审判席前，所有人都一样，他要赏善惩恶。一刹那即足够审判一个人的灵魂。肉体死后的一刹那，灵魂便已在天平上称过。这项特别的审判过后，灵魂或转往极乐世界，或被送去炼狱，或被抛入地狱。

这还不行，神的公义仍需要在世人面前伸张：在那个特别的审判之后，还有总审判。末日已临，大难的日子近了。天上众星纷纷落向尘世，犹如风吹动无花果树落下的无花果。太阳，这宇宙伟大的照明体，已变成如用人发编成的忏悔服。月色血红，苍穹如卷轴般卷起。天使长迈克尔，天堂三军司令，在天空中显得光荣而可畏。他一脚跨海，一脚跨地，用天使般的号角宣告时间的死灭。天使的三声号角充满了整个宇宙。现在有时间，过去有时间，但将来不再有时间。在最后一声号角响起时全人类的灵魂拥往耶和沙法山谷，不分富贵与贫穷，温柔与纯朴，聪明与愚笨，善良与邪恶。曾经存在过的每个人的灵魂，所有将来要出生的人的灵魂，亚当的所有儿女，在那个至高无上的日子里全被召集起来。看哪，至高无上的审判官快来了，他不再是卑微的神的羔羊，不再是拿撒勒的谦和耶稣，不再是悲伤之人，不再是好的牧羊人，他现在正驾云而来，带着大权力与大威仪，随侍有九队天使诗班、众天使与天使长、众掌权者、权力与美德、宝座与领域、有翼小天使与六翼大天使、全能之神、永生之神。他开口，他的声音传到了最远的空间，甚至在无底的深渊都能听到。至高无上的审判官，对他的判决将不会也不能申辩。他召唤正义到他的身边，命令他们进入天堂，去享受为他们预备的永恒福气。他抛弃了不义之人，在他受到冒犯后庄严地喊道，远离我，尔等受诅咒者跳入为魔鬼及天使预备的地狱之火中去。啊，那时悲惨的罪人该多苦恼！朋友分离，亲子分离，夫妻分离。可怜的罪人伸出双手哀求这世上的亲人，哀求那些他以前嘲笑过的纯朴虔诚的人，哀求那些开导过他并设法引导他走向正路的人，哀求一位仁慈的兄弟，哀求一位爱护的姐妹，哀求曾疼爱过他的父母亲。然而为时已晚：善良的人都远离那些可怜的定了罪的灵魂，他们的丑陋邪恶的性格如今正呈现在世人眼前。啊，你们这些假冒伪善的人；啊，你们这些粉饰的坟墓；啊，你们向世人露出逢迎的笑脸，而内心的灵魂却是罪恶的沼泽，在那可怕的一天来临时你们将得到什么报应？

而这一天将会降临，必会降临，势必降临：死亡的日子与审判的日子。死亡是确切的。时间与方式则未定，或由痼疾，或由意外：神的孩子会在你对他无所期待时来临。因此时刻都要准备好，因为你哪一刻都会死。死亡是我们所有人的结局。死亡与审判，是由人类始祖的罪而进入这世界，是关上我们尘世生命的黑暗门户，是通往未知与未见世界的门户，除了靠善行的帮助，每个灵魂必须独自经过，没有朋友、兄弟、父母或老师的帮助，孤独而战栗。我们内心要常作此想，那我们就不会犯罪。死亡是使罪人恐惧的原因，而对一向走正路、承担生命里的各种职责，参加晨祷与晚祷，经常领圣体与行善良慈善之事的人来说，则是幸福的一刻。对虔诚笃信的天主教徒和正义的人来说，死亡不是恐惧的原因。临终时召来邪恶少年华威克伯爵，好让他一见基督徒如何面对死亡的，不是艾迪生这位伟大的英国作家吗？正是他，也只有他，这位虔诚而笃信的基督徒，能在心里这么说：

啊，坟墓，你的胜利在哪里？

死亡啊，你为何给人带来无限痛苦？

其中每个字都是对他说的。神的全部愤怒都指向他污秽而隐秘的罪，传教士的刀尖深深刺入他显露的良心，他现在感到自己的灵魂正因罪而溃烂。对的，传教士说得对。轮到神了。像是巢穴里的野兽，他的灵魂躺在自己的污秽中，但天使的号角声把他从罪孽的黑暗赶进光明中来。天使的末日呼喊刹那间粉碎了他自以为是的安逸。末日的风吹过他的心：他的重重罪孽，他那想象的眼似明珠的娼妓，在这阵飓风前逃窜，像恐惧的群鼠蜷缩在一撮头发下吱吱地叫。

在他穿过广场朝家里走时，一个女孩子的浅笑声传入他发热的耳朵。那细碎悦耳的声音比一声号角更震撼他的内心，他走着，不敢抬起双眼，只好走向别处，一边走一边凝视着枝叶缠绕的矮树丛的阴影。羞耻从他受到痛责的内心升起，充斥全身。爱玛的形貌出现在他前面，在她面前，羞耻的洪流重新从心里冲出。她若知道他曾把她比作什么，或知道他的兽欲如何撕裂并践踏她的天真，可就糟了！那是孩子的爱情吗？是骑士精神吗？是诗吗？他放纵一切污秽在他鼻孔下散发出恶臭。他把一沓烟熏黑的照片藏在壁炉烟道里，而面对这些无耻的荒淫，他一躺数小时，在思想与行为上都犯罪：他做怪异的梦，梦见猿猴般的野兽及有珠宝般闪耀的眼睛的娼妓。他抱着罪恶的喜悦写下几封猥亵的长信，一天天暗中揣着，最后借黑夜的掩护把它投入一块田地转角的草丛里，或投在一扇无铰链的门下面，或投在女孩子会走过而发现并暗自览读的灌木树丛里的角落。疯狂！疯狂！他果然会做出这些事吗？他污秽的记忆在脑际凝缩，前额直冒冷汗。

当羞愧的痛苦消失时，他试着把自己的灵魂从可怜的无力中唤醒。神与圣母都离他太远：神太伟大、严厉，而圣母太纯净、圣洁。但他想象自己在一片开阔的土地上，站在爱玛身旁，谦卑地含着泪，弯腰吻她的衣袖。

在这片柔净夜空下的开阔土地上，一朵白云在碧海青天里向西飘，他们两个犯了错的孩子一块儿站着，虽只是两个孩子的错，但已深深触犯神的庄严。然而这可没触犯她，她的美不像尘世的美，看了危险，而是像晨星，灿烂且有如音乐。她望向他俩的眼睛，既没有愠怒，也没有责骂。她把他俩的手摆在一起，对他俩说：

——斯蒂芬跟爱玛，牵起手来。此刻是良辰美景。你们犯了错，但总是我的孩子。一颗心爱着另一颗心。我亲爱的孩子们，牵起手来，你们要幸福厮守，你们的心要彼此相爱。

从拉下的百叶窗照进来的暗红灯光照亮了小教堂：最后一个窗帘与窗框之间的缝隙射入一束尖矛般的幽光，照在了祭坛上烛台的浮雕铜座上，祭坛闪闪发光，像久经沙场的战士的盔甲。

雨落在小教堂上，落在花园中，落在校园里。它会默默地下个不停。水会时时上涨，淹没草地与灌木丛，淹没树木与房屋，淹没纪念碑与山顶。所有的生命均将默默地窒息而死：鸟、人、象、猪、孩子。无声的浮尸在这世界的残渣当中漂流。雨会不停地下四十个昼夜，直到洪水淹没地表。

这是可能的。怎么不可能？

——阴间扩张其欲，开了无限大的口——我亲爱的耶稣基督里的兄弟们，这句话出自《以赛亚书》第五章第十四节。以圣父、圣子、圣灵之名，阿门。

传教士从黑袍口袋里拿出一只没有链子的表，默默注视了一会儿，又默默地把它放在面前的桌上。

他开始以平静的语气说话：

——我亲爱的孩子们，你们知道，亚当和夏娃是我们的祖先，你们也记得，他们由上帝创造出来，是为了填补撒旦及跟随他的那伙叛徒死后在天堂留下的空位。据说，撒旦是清晨之子，一位光芒四射且有大能力的天使。可是他堕落了。他堕落了，另有三分之一的天堂众军随他一起堕落；他与那群随从都被抛入地狱。我们说不清他犯了什么罪。神学家认为这是骄傲之罪，刹那间产生的有罪想法：non servia（我不伺候了）。那一刹那便使他毁灭了。他因那一刹那的罪恶念头触犯了神的威严，因此神把他从天堂抛进地狱，直到永远。

——因而神创造了亚当与夏娃，把他们安置在大马士革平原的伊甸园里，那是座闪耀着光彩、植被茂密的可爱花园。富饶的大地给他们以恩赐，野兽与飞鸟甘愿做他们的仆人。他们不知道我们的肉体所承受的疾病、贫穷与死亡：凡是伟大而慷慨的神能为他们做的，都已做了。但神对他们提出了一个条件：要听他的话。他们不能吃那棵禁果树上结的果子。

——可怜，我亲爱的孩子们，他们也堕落了。撒旦，那曾是闪闪发光的天使，清晨之子，如今却成了恶魔，化为蛇身潜入，而蛇是地上一切动物中最奸诈的东西。他嫉妒他们。他，这堕落的大人物。想到泥土之躯的人类，竟然拥有他因自己犯罪而永远损失的产业，就无法忍受。他走向这个女人，这个较软弱的器皿，将他滔滔的毒言灌入她的耳朵，向她应许——啊，那应许里的亵渎！——只要她和亚当吃了禁果，他们便会成神，不，就像神自己一样。夏娃上了这个大骗子的当。她吃了那苹果，又分给那个没道德没勇气来抗拒她的亚当。撒旦的毒舌得逞。他们就堕落了。

——然后伊甸园里传来神的声音，召唤他创造的人，要他认罪：天堂众军军长迈克尔，手拿一把火焰剑，来见这对犯罪夫妻，把他们从伊甸园赶入这世界，这个有疾病与挣扎、有残酷与失望、要劳苦流汗赚取面包的世界。但即便在那时，神也很仁慈！他怜悯我们堕落的始祖，等惩罚时间到时，就从天上派下一人来救赎他们，使他们再成为神的子民及天堂的继承者：而那一位，堕落的人的救主，是神唯一的独生子，至福三位神灵的第二个人，即永恒的道。

——他已降临。生他的是一位纯洁的处女，圣母玛利亚。他生在犹太省一间简陋马房里，做了三十年卑微的木匠，直到他传道的时候。然后，满怀对人类的大爱，他出去召唤世人来听新的福音。

——他们听了吗？不错，他们听了，但没听进去。他像犯人那样被捉拿绑起，像傻子那样被人嘲笑，被人鞭打了五千下，还要让位给一个大盗，被扣上一顶满是荆棘的冠冕，由犹太暴民与罗马士兵挟着游行街道，接着脱去他的衣服，把衣服挂在木架上，用刀刺他的双肋，于是水和血从我主身上不断流出。

——但即使在那无比痛苦的时刻，我们慈悲的救世主仍对人类充满悲悯。就在那里，在那髑髅山上，他建立了神圣的天主教会，保证地狱的门户不能胜过它。他将它建立在古老的岩石上，赐以他的恩宠、圣礼与献祭，并应许世人若遵守他教会的圣道，他们还是能进入永生；但是若帮助世人做了他们想做的一切后，他们仍然坚持走作恶之路，他们只好接受永世的折磨：地狱。

传道士的声音低下去。他停了片刻，合起双掌，随后又分开。然后他又说：

——现在我们要尽可能地来认清那被定罪者的归宿的样子，那是一位发怒的神的正义所造，用以永久惩罚罪人。地狱是座狭窄、黑暗、臭不可闻的牢狱，充满了火与烟雾，是魔鬼与损失灵魂者的居所。这牢房极其狭窄，是神特意设计的，以惩罚那些不肯受他律法约束的人。在尘世的监狱里，那可怜的囚犯至少还有少许的行动自由，纵使这自由仅限于囚房的四壁之内或仅在监牢的阴暗天井。地狱则不然。这里由于罪人数目庞大，囚犯都被堆在可怕的牢里，牢墙据说厚达四千里，由于定罪者彻底被缚而无从求助，圣安赛姆在他所著的书里比喻说，他们甚至无法除掉一条咬着他们眼睛的虫子。

——他们躺在外在的黑暗中。各位记住，地狱之火并不发光。照神的吩咐，巴比伦火炉虽无热而发光，因此照神的吩咐，地狱之火的热度始终不灭，永远在黑暗中燃烧。那是一场永不终止的黑暗风暴，有黑暗的火焰和燃烧着的硫黄的黑烟，其间，尸体堆积如山，遮天蔽日。在法老王土地遭受的所有灾祸当中，唯独黑暗之灾被称为恐怖。那么，对于持续不是三天而是永恒的地狱黑暗，我们该怎么形容呢？

——这狭窄、黑暗的牢狱由于可怕的恶臭而变得更加恐怖。据说，世界的一切污秽，世界的一切残屑，在世界末日那可怕的大火烧遍这个世界时，都将流向那儿形成一道散发着恶臭的巨大的下水道。在那儿又有无尽地燃烧着的硫矿，使整个地狱充满了难以忍受的臭味：定罪之人的身体也散发出一种瘟疫般的气味，以致正如圣波拿文都拉所言，只用其中一个便足以污染全世界。这世界的空气，这种纯净的元素，一经长久封闭就变得污秽而难以呼吸，那就可以想象地狱的空气该有多污秽。试想一具一直躺在坟墓里腐烂发臭的尸体，一大摊酱状的烂泥。试想一下这样的尸体为火焰所攫夺，为熊熊硫火所吞噬，散发出令人作呕的呛人浓烟。再想象这种令人恶心的臭气，由于堆积在阴湿、黑暗的环境中，百万年腐臭的尸体乘以百万。堆积如山的人类的腐肉。试着想象这一切，你就会对地狱里这种恐怖的恶臭有所了解了。

——但尽管恐怖，这恶臭还不是被定罪之人会受到的最大肉体折磨。火的折磨是暴君施加在同类身上最大的折磨。把手指放到烛焰中，你马上就会感受到被灼伤的痛苦。但尘世之火由神创造以造福世人，维持他里面的生命火花，并帮助他从事有用的工艺；地狱之火则性质迥异，是神所造，折磨并惩罚不知悔改的人。我们地球上的火，由于其燃烧的对象或多或少是可燃的，所以燃烧的速度也差不多，因此人类才通过自己的聪明才智发明各种化学制品控制或扑灭火势。但地狱里燃烧的硫矿是一种特殊的物质，以难以言喻的凶焰，永远燃烧。此外，尘世之火在燃烧的同时焚毁一切，因此火势越猛烧的时间也越短；地狱之火却有保存其所燃物的特质，所以火势虽猛烈到难以置信，但永远不熄。

——其次，尘世之火，不论多么凶猛广阔，总有一定幅度；地狱之火则无界、无岸、无限。记载上说，有个士兵向魔鬼本人请教这个问题，他不得不承认，把一整座山投入燃烧的地狱的火海，会立即像一小块蜡一样被销毁。这魔鬼不仅从外在折磨被定罪之人，每一个损失的灵魂也会成为它自己的地狱，那无边之火在它体内燃烧。喔，那些可怜人的命运多可怕！血在血管里沸腾，脑在头颅里沸腾，心在胸腔里燃烧迸裂，肠肚里是一大堆燃烧着的肉酱，那对柔眼则像烧红欲熔的铁丸。

——然而，我所说的这种火的力量、性质与无边无际，跟它的强度相比，便显得微不足道，这种强度是神用以惩罚灵魂与肉体的工具。这是直接来自神的愤怒，不按自己的活动习性而只作为神圣报复的工具。就像施洗圣水同时洗涤躯体灵魂，这惩罚之火也同时折磨肉与灵。肉体的每一处感觉都受到折磨，而灵魂的每个方面也连带受苦。眼睛被蒙上，眼前一片漆黑，鼻子闻到的是有毒的气息，耳朵听到的是呼喊、号叫与诅咒，嘴巴尝到的是秽物、癞腐、令人窒息的无名污物，体肤触到的是烧得灼热的刺棒及尖刀，外加残酷的火舌。经由五官所受的折磨，不死的灵魂的本质也受到永世的折磨，陷于无边际的大火中，那是发怒的全能的神庄严地在深渊里点燃，复由神发怒的呼吸吹成永恒的、越烧越旺的烈火。

——最后要想想这种地狱折磨还会因被定罪人的陪伴而增加痛苦。地球上的邪恶伙伴多么歹毒啊，连植物都出于本能地躲开致命或对自己有害的伙伴。在地狱里，一切律法都遭到推翻——人没有任何家国、情义、关系的念头。被定罪的人彼此号叫呼喊，他们的折磨与愤怒，由于眼见别人像自己一样受难而加深。人性已全被遗忘。受苦的罪人的喊叫充斥着广阔深渊中最远的角落。定罪之人满口都是对神的亵渎，对同难的仇恨，以及对共犯的诅咒。古人惩罚弑父之罪的方式，是把罪人装在放有一只公鸡、一只猴子及一条蛇的麻袋里，然后投进深海。制定这条今人看作残酷的法律的立法者本意，就是要使犯人与有害可恶的野兽为伍，以作惩罚。但当被定罪者在悲惨的同伴中看到那些曾帮劝并教唆他们犯罪的人，那些用言语在他们心里最初播下邪恶想法与邪恶生活的种子的人，那些用荒淫的想法引诱他们犯罪的人，那些用目光诱引他们离开正道的人，那些哑口野兽的愤怒与他们焦渴的嘴唇与疼痛的喉咙迸发出诅咒的厉声相比，又算得了什么？他们转向那些共犯，痛骂他们，诅咒他们。但他们都无助而绝望：现在后悔已经太迟了。

——最后还要想想与魔鬼为伍的那些有罪的灵魂——包括诱惑者与被诱惑者在内——所受到的可怕折磨。这些恶魔会以在场与谴责这两种方式来折磨被定罪的人。我们无从知道这些恶魔有多可怕。锡耶纳的圣凯瑟琳曾经看见一个魔鬼，她写道，与其对这可怕的怪物多看一眼，她倒宁愿沿着烧红的路的轨迹继续行走，直到命终。这些魔鬼，从前是可爱的天使，现在却变得这么丑陋可厌。他们嘲笑被自己拖到死亡里去的那些损失的灵魂。代表地狱良心的，就是他们这些恶鬼。你们为什么犯罪？你们为什么要听信魔鬼的诱惑？你们为什么远离虔诚善良的行为？你们为什么不逃避罪恶的场合？你们为什么不离开邪恶的同伴？你们为什么不戒掉淫荡肮脏的习惯？你们为什么不听从忏悔神父的忠告？在你们第一次，第二次，第三次，第四次，抑或第一百次堕落后，你们为什么不悔改邪行，而转向正等着你们悔改好赦免你们罪过的神？现在，悔改的时间已过。现在有时间，过去有时间，但将来不再有时间！时间供人暗中犯罪，沉溺于懒惰与骄矜中，贪求法律之外的人，屈服于卑下本性的怂恿，有如野兽。唉，比野兽更坏，因为他们不过是牲畜，没有理性引导他们的行为：过去有时间，但将来不再有。神曾用许多声音向你们说话，你们却不听。你们不愿祛除心里的骄矜与愤怒，不肯归还不义之财，不服从圣教会的诫命，不遵行宗教职事，不放弃那些坏朋友，不避开那些危险的诱惑。这便是那些魔鬼般的折磨者所说，尽是讥讽责骂的话，仇恨厌恶的话。厌恶的话。不错！因为连他们——这些魔鬼自己——当初犯罪，所犯的罪也只是与天使本性正好相容的罪，即理智的反叛：他们，连他们这些恶鬼，也必须厌恶、远离那些不可说的罪，而堕落的人竟因这些罪亵渎了圣灵的圣殿[1]，玷污了自己。

——啊，我亲爱的基督内的小兄弟们，但愿我们不是生来注定要听那种话！我说啊，但愿这不是我们的命运！我热切地向神祈祷，在可怕的审判的末日，但愿今天坐在这小教堂里的灵魂没有一个是遭这大法官判决要永远离开他的凄惨的人，但愿我们当中没有一个会听到这拒绝的可怕判决：*远离我，你们这些受诅咒者，这是为魔鬼及其天使预备的永恒的火！*

走过小教堂的过道，他的双腿发抖，头皮发颤，仿佛被鬼的手指摸过似的。他走上阶梯，沿着墙壁走进走廊，外衣、雨衣像绞架上的罪犯般在上面挂着，无头、滴水而不成形。每跨一步，他都担心自己已死，想象灵魂被拽出躯壳，想象他正一头扎进太空。

他的双腿无法站稳，因而跌坐在课桌边，他随意翻开一本书来读。每句话都是针对他的！千真万确。神无所不能。神现在就可以召唤他，在他坐在课桌边时召唤他，使他来不及意识到这些召唤。上帝已经召唤了他。是吗？

1　指人的身体。《新约・哥林多前书》第六章第十九节：“且不知你们的身子就是圣灵的殿嘛。”

什么？是吗？他的躯壳收缩起来仿佛感到贪婪的火舌已接近，他的躯壳被烤干了，仿佛感到周遭令人窒息的空气在旋转。他已死亡。不错。他已受审判。一阵火浪扫过他的身体，一阵又一阵。他的头脑开始燃烧。另外一阵大火。他的脑浆在头颅里噼啪作响地沸腾、冒泡。火焰从头颅里迸裂出来如花冠，仿佛在尖叫着：

——地狱！地狱！地狱！地狱！地狱！

有人在他身旁说话：

——专讲地狱。

——我想他一定狠狠折磨了你们一番。

——那还用说。他把我们吓得灵魂都出窍了。

——这正是你们这些家伙需要的：多说些你们才会用功。

他虚弱地向后靠着书桌。他没死。神仍然放过了他。他仍然在这所学校熟悉的环境里。泰特先生跟赫伦站在窗户旁谈话、开玩笑，望着窗外凄凉的雨，摇着他们的脑袋。

——我希望天气转晴。我已跟一些学生讲好骑单车去马拉海德兜风。但路上积水怕是到膝盖深了。

——老师，天气说不定会转晴。

熟稔的说话声，这些平常话，没人说时教室中十分寂静，只听得见牛群轻轻啃草的声音，其他同学在悄悄咀嚼午餐时带来的这份静谧，安抚着他痛楚的灵魂。

还有时间。啊，玛利亚，罪人的避难所，请为他求情！啊！没有被玷污过的处女，请把他从死亡的深渊里救出来吧！

英文课一开始是听老师念历史。皇族人物、宠臣、阴谋家、主教，在他们名字的面纱后面，像无声的幻影一一走过。都已死了：都已被审判了。人若损失了灵魂而赚得全世界，又有何用？终于明白：人类的生命就在他周遭，蚂蚁般的人在一片充满友爱的平原上劳作，他们的逝者在寂静的坟冢下长眠。同伴的胳膊肘碰了他一下，他回过神儿来：当他开口回答老师的问题时，听到自己的声音充满谦卑与悔悟的沉静。

他的灵魂往悔恨的平静中沉下去，再也不能忍受恐惧的痛苦，他在下沉时，发出了微弱的祈祷。啊，是的，他仍会幸免，他会在心里忏悔以期得到宽恕。然而那些在上面的，那些在天上的神，会看他要做什么以弥补过去犯的错：整个生命，生命里的每分每秒。你只要耐心地等待。

——一切，神啊！一切，一切！

一个信差来到门口通报说，小教堂里有人正在忏悔。四个学生离开了教室，他又听到其他人走过走廊。一阵颤抖的寒凛掠过他心头，可是，在默默地倾听与受苦中，他似乎把一只耳朵贴在了自己的心房上。感觉到它关闭起来并且收缩，倾听心室在轻轻地跳动。

逃不了的。他得忏悔，把他所有的罪行都说出来。怎么说呢？怎么说呢？

——神父，我……

忏悔这一想法像一把闪着寒光的短剑刺进他柔嫩的肉体。只要不在学院的小教堂里，他愿意诚心忏悔一切，包括行为与思想上的每样罪行，只要不在学校的同学面前。离开学校，到一个阴暗处，他会低声说出自己的耻辱。他谦卑地恳求神，不要因为他不敢在学院小教堂里忏悔而对他发怒，他在全然沮丧下默默请求他周遭那些同学能原谅他。

时间过去了。

他又坐在小教堂的前排长凳上。外面的日光已暗了下来，随着薄暮透过暗红的百叶窗慢慢落下，有如末日的太阳在沉落，而所有灵魂都被召聚起来接受审判。

——我从你的眼前被驱逐离开。我亲爱的基督内的小兄弟，这话出自《赞美诗》第三十章第二十三节。以圣父、圣子、圣灵之名，阿门。

传道士开始以平静、友善的口气布道，他一脸和善，把双手的手指轻轻搭连，借指尖结合成了一只脆弱的笼子。

——上午我们思考地狱时，努力想弄明白我们圣洁的教团创建人在他的《神操》[1]一书里所说的场所构造[2]。就是说，我们努力凭借心灵的感官设想那恐怖场所的样子及地狱中所有人遭受的种种身体折磨的物质特性。今晚我们要讨论一下地狱里心灵受到折磨的性质。

——要牢记，罪是一种具有双重意义的恶行。这是在我们卑劣的本性的怂恿下屈从于低下的本能，屈从于暴行与兽性，也可以说是背离我们高尚本性的引导，背离一切纯洁与神圣，背离圣洁的神。基于此理由，人犯的罪行在地狱里受到肉体和心灵两方面的惩罚。

——在一切心灵痛苦中最大的是损失的痛苦，事实上，可以说它本身就大得超过一切其他折磨。被称为本教会最伟大的神学家，天使般的神学家圣托马斯说，最糟糕的惩罚是人的理智全然损失了神的光彩，而其爱欲执意背离神的善念。记住，神是一个至善的存在，因此，这一存在的损失必然会让人万分痛苦。在这一生中，我们很不理解这样的损失究竟是什么，但在地狱里受罚的人，由于身体受到更大的折磨，他们完全明白自己所损失的，而且知道他们由于自己的罪孽而失去了它，并且永远失去了。就在死亡来临的一刹那，肉体的束缚被解开，灵魂立即飞向神，如同飞向她存在的中心。记住，亲爱的孩子们，我们的灵魂渴望与神同在。我们来自神，我们靠神活着，我们属于神，我们都归

1　罗耀拉于1548年写成《神操》一书，意在唤起人对罪恶、公义及审判的觉悟。

2　罗耀拉所用的方法，是在心中拟想一切与耶稣有关的物质，如十字架的木材、汗味及血腥等——而将自己置于神的面前。

他所有，永远归他所有。神以他的爱爱着每个人的灵魂，而每个人的灵魂存在于那大爱中。怎么会不是呢？我们吸入的每一口气、脑中的每一个思想、生命的每个瞬间，都来自神无尽的善良。如果母子分离，男人背井离乡，朋友分散，都会让人痛苦。那么想想看，可怜的灵魂在至善的神和造物主的面前被逐出，又该多痛苦烦恼？造物主当初把灵魂从虚无中召出来并保存在其生命中，又以无穷尽的爱来守护它。因此，这将与最大的善良分离，与神分离，而感到那种分离的痛苦，心里又完全明白这是无法改变的，这就是被创造的灵魂所能承受的最大的折磨，受诅咒的痛苦，失去的痛苦。

——折磨地狱里受罚的灵魂的第二种痛苦，是良心的痛苦。正如同死尸因腐败而生蛆，不能得救的灵魂也会因罪的腐败而产生无尽的悔恨，这是良心上的刺痛，是教皇英洛森二世所说的二重刺。这良心之蛆的第一重刺，是对过去欢乐的回忆。那该是多么可怕的回忆！在吞噬一切的火湖里，骄傲的国王会忆起宫廷的奢靡，聪明而邪恶的人会忆起他的藏书与研究仪器，爱好艺术乐趣的人会忆起他的雕刻品、绘画及其他艺术收藏，耽于宴饮的人会忆起铺张的宴会、精致的佳肴及上等名酒，守财奴会忆起他的黄金窟，强盗会忆起他的不义之财，满怀仇恨愤怒且无情的杀人犯会忆起他们恣纵过的血腥暴行，肮脏、淫荡的人会忆起他们耽溺过的难以言喻而下流的欲乐。他们会忆起这一切而憎恶自己犯下的罪孽，因为对在万劫不复的地狱大火中受难的受罚灵魂来说，那些欢乐有多可笑。他们一想到自己为了尘世的渣滓快乐，为了几件金器，为了虚荣，为了身体的舒适，为了神经的亢奋而损失了天堂的福祉，该有多懊恼。他们的确会悔恨，这是良心之蛆的第二重刺，对于犯下的罪孽产生后悔莫及的悲伤。神的公义要求凡犯了罪的人必须永久记得自己犯过的罪孽。再者，如圣奥古斯丁所指出的，神必把他对罪的认识贯注到他们心中，因此罪孽在他们眼中会显得极其凶恶可厌，一如神自己眼中所见。

他们会看清自己的一切罪孽并懊悔，但为时已晚，那他们便会悲悼从前错失的良机。这是良心之蛆最后、最深也是最残忍的一刺。良心必会说：你过去有时间有机会悔改却无动于衷。你由你的父母抚养，在浓厚的宗教教义环境中长大。你有教会的圣礼、恩宠与宽恕来帮助你。你有神的牧者向你传道，在你迷失时唤你回来，只要你供认忏悔，则不论你犯的罪多深重多大，他都会宽恕。你偏不肯。你蔑视神圣的牧师，你背弃忏悔的神父，你一步步陷入罪孽的泥淖。神恳求你，警告你，苦劝你回到他身边。多么可耻，多么凄惨！宇宙的主宰竟恳求你这个泥造的生灵，让你去爱那造了你的他并遵行他的律法。你偏不肯。而今，如果你仍能哭泣，即使拿你的眼泪淹没整个地狱，那整片忏悔之海也于你无益，得不到你有生之年流下的一滴真正忏悔的眼泪能为你得到的。你现在只求能再苟生片刻以供忏悔，却不可得。时间已过：永远过去了。这就是良心之蛆的第三重刺，这毒蛇咬住地狱里可怜人的心核，以至于他们仇恨满怀，咒骂自己的愚蠢，诅咒使他们灭亡的恶友，诅咒生前诱惑他们而今在永恒的折磨中嘲笑他们的恶魔，甚至辱骂诅咒至高无上的神，蔑视他的善良与忍耐，但他们却无从逃避他的公义与权力。

——受罚者所受的第三种心灵痛苦是展延的痛苦。人在此生虽能作许多恶，但不能一次作下所有的恶，因为一种邪恶会纠正和抵消另一种邪恶，就像一种毒药经常能克制另一种毒药一样。在地狱则相反，一种折磨不能抵消另一种折磨，反而会增强它的力量。此外，由于内在意识比外在感觉完善，也更易感受到痛苦。就像每一感觉受苦于一种相应的折磨，每一精神意识也会受到折磨。幻想生出种种恐怖的意象，感官会生出渴望与愤怒，头脑与思想会使内心变得阴暗，那比笼罩在可怕地狱的外在黑暗更可怕。占据这些鬼魅灵魂的怨毒虽然没有什么力量，却在空间上展延而无边际，时间上绵延不止，这种吓人的邪恶状态，我们几乎难以理解，除非我们心里明白神对深重、巨大的罪孽的仇视程度。

——与这种展延的痛苦对立却与之并存的，是强烈的痛苦。地狱是诸恶的中心，你们知道，万物在中心处比最远处更强烈。一切中和化解剂都不足以缓和地狱里的痛苦。不仅如此，本身善良的一切在地狱里也都变邪恶了。在别处安慰过受难者的友伴，在那儿要接受持续的折磨。甚受渴慕而被视为最高智力的首善的知识，在那儿将比无知还受到厌恶。造物主和最卑微的植物等渴望得到的光明，将受到强烈的厌弃。在这一生中，我们的悲伤时间不长也不是太严重，因为本性可借习惯来克服它们，或者在它们的重压下沉沦而终结。但在地狱里，一切折磨无法被习惯克服，因为它们除了有可怕的强度，同时还会持续变异。简而言之，每一种痛苦都是另一种痛苦引燃的，并还要把凶猛的火焰再加给那引燃它的火。人性也不能通过向这些强烈而多样的折磨屈服而逃出，由于灵魂借助邪恶得以生存与维系，所以它受的折磨恐怕更大。无疆界的折磨展延到令人难以置信的痛苦强度，永无休止的苦刑变化——这是被罪人激怒的痛苦强度，永无休止的苦刑变化——这是被罪人激怒的神的要求，这是人们只为享受肉体的卑贱情欲而被天堂圣洁所提出的要求，这是为救赎罪人而流为最恶毒的人践踏的神的无罪羔羊之血的坚持。

——那可怕场所的一切折磨中最后且最大的折磨是地狱的万劫不复。万劫不复！多阴惨可怕的字眼：万劫不复！什么人心可以了解它？各位记住，这是永恒的痛苦。纵使地狱的一切痛苦不如实际情形那么可怕，但由于它们注定要永远存在，因而是无限的。它们不但永在，同时，你们都知道，强烈到难以忍受，延展到无法承担。即使一直忍受虫刺也是可怕的折磨。那么，永久承受地狱里的多重折磨又将如何？永远！万劫不复！并非只受一年或一个世纪，而是永远。试着想象一下这件事的可怕程度。你们常看到海滩上的沙，那些沙粒多么细！小孩子抓起来玩的一小把里，有多少这种微细颗粒。再想象那由沙粒堆成的一座山，高达百万英里，从地面延伸到最远的天界，达百万英里宽，展延到最遥远的空间，且厚达百万英里。再想象这一座由无数沙粒堆成的巨大沙堆，往往如森林里的树叶、大洋里的水滴、鸟的羽毛、鱼的鳞片、动物的毛及浩瀚空气里的原子那样倍增。再想象每百万年将有一只小鸟飞到此山，用它的嘴衔走一粒细沙。要过多少百万个世纪那只鸟才能衔走那座山上一平方英尺的沙粒？又要过多少亿万个世纪，它才能把它全搬走？但在无数亿万年、兆万年之后，永世几乎还没开始。如果那座山在全部移除后又崛起，又如果那只鸟再次飞到这座山上，把整座山一粒一粒搬走，如果它升沉的次数与天上的星星、空气分子、海洋中的水滴、树上的叶子、鸟的羽毛、鱼的鳞片、动物的毛一样多，在那座高大的山经过无数起起落落之后，没有一个永世的瞬间可以说已经结束：即便如此，在这段时间结束后，仅仅是想到这一点，我们就会头晕目眩，永世几乎还没开始。

——一位圣徒（我相信他是我们的先辈）曾亲眼看见过地狱里的景象。他当时似乎站在一个厅里，里面除了一口大钟的嘀嗒声外，完全黑暗而沉寂。嘀嗒声持续不停：在这位圣徒听来，嘀嗒声似乎在反复地说：永远，不会；永远，不会。永远在地狱里，永不会上天堂；永远与神隔绝，永远不会享受到神赐的福祉；永远在烈焰中煎熬，被毒虫啃咬，被烧火的铁钉扎刺，永远不能脱离那些痛苦；永远受自己良心的斥责，被记忆激愤，让心里充满黑暗与沮丧，永远逃避不得；永远诅咒那些对不幸的受骗者幸灾乐祸的恶鬼，永不得见到神赐福的灵魂的亮丽衣服；永远从火渊里向神哭求，希望有一刹那可以免于这种可怕的痛苦，但不会得到神的一刹那宽恕；永远受苦，永不得享乐；永远受罚，永不得救；永远，不会；永远，不会。多恐怖的惩罚！这永世有无穷无尽的苦恼，有肉体与心灵无穷无尽的折磨，没有一线希望，没有片刻休止，苦恼的范围无边无际，永久而变化不止的折磨，永久持续这种苦刑，既伤害肉体又给人的心灵带来苦恼。这种永恒，其每一刹那本身都是永恒，灾祸的永恒。这就是全能公义的神判给犯死罪者的可怕的惩罚。

——不错，一位公义的神！始终用人的头脑来思考的人，自然会震惊于神竟然会让一个犯下一桩重罪的人在地狱的大火中受到无休止的惩罚。他们之所以这样想，是因为他们蒙蔽于肉体的严重幻觉与人对黑暗的理解，以至于不能理解致死的罪孽的丑恶程度。他们这样想，因为他们不能理解即使是轻罪也有极其污秽而可憎的本质，故即使全能的造物主能够终止世界上所有的不幸与悲惨，如战争、疾病、抢劫、死亡、谋杀——而以对一件轻罪不加惩罚为条件，仅仅一件轻罪、一个谎言、一个愤怒的神态、片刻的任性怠惰，他，伟大、全能的神也不能这样做，因为罪，不论在思想或行为上，都违背了法律，他若不惩罚违法之人，便不能称之为神了。

——思想上一刹那的反叛、骄矜这一罪，使撒旦及三分之一的天使从荣耀的地位堕落。一刹那的愚蠢与软弱这一罪，把亚当和夏娃赶出了伊甸园，并将死亡和苦难带到人间。为了补救这罪恶的后果，上帝派他的独生子到人间，生活、受苦并最终在最大的痛苦中死去——在十字架上挂了三小时。

——啊，亲爱的在基督耶稣里的小兄弟，这样我们还会去冲撞那位善良的救赎主，激起他的愤怒吗？我们还会再践踏那具残破不堪的尸体吗？我们还会往那张满是悲伤与大爱的脸庞上吐口水吗？我们还会像残忍的犹太人和野蛮的士兵一样，嘲弄那为了我们得救而经受可怕的痛苦的温柔而富有同情心的救世主？每个罪字都是他身上的一道创伤。每个罪行都是刺进他头上的一根刺。故意接受的每一个肮脏的想法，是戳穿那颗有着神圣爱心的尖矛。不，不。任何人都不可能做出这么大的冒犯神的事。再次把神之子钉到十字架上，让他受到永久性的惩罚，这也是对神加以嘲弄的事。

——我祈求能让我今天这番微不足道的话增强那些蒙恩的人的圣洁信念，

加大力量把那些意志不坚的、走上迷途的——假如你们当中有的话——可怜的灵魂带回到圣宠中去。我祈求神，并请你们与我一起祈求，以便我们会悔改我们的罪。我现在要求大家，在这简陋的小教堂里，跪在神面前跟着我忏悔。他在圣殿里燃烧着对人类的大爱，等着去安慰一切受难者。别害怕。只要你悔改，不论你的罪有多少，有多严重，都会获得宽恕：别让世俗的羞耻挡住你的脚步。神仍然是慈悲的主，他不愿罪人永远地死去，反而希望他能悔改，从而继续活下去。

——他召你们到身边来。你们是属于他的。他从无到有中把你们造出来，爱着你们，也唯独他能够爱。即使你们背叛他，犯了罪，他仍会伸开双臂接纳你们。可怜的罪人，可怜的、虚荣的、犯错的罪人，到他跟前来吧。现在正是时候。

祭司站起身来，走向祭坛，在笼罩下来的暮色中跪倒在圣堂的台阶上。他等着，直到小教堂里的所有人全跪下，连最细微的声音也都消失的时刻，然后他抬起头，一句句、热切地重念悔改的祷词。男孩们一句句应答。斯蒂芬低下头，舌头抵着上颌，在心里默默地祷告。

——我主啊——

——我主啊——

——我诚心痛悔——

——我诚心痛悔——

——因为曾冒犯你——

——因为曾冒犯你——

——而我憎恨我的罪孽——

——而我憎恨我的罪孽——

——比其他一切罪恶更愤恨——

——比其他一切罪恶更愤恨——

——因为他们使你不高兴，我主——

——因为他们使你不高兴，我主——

——你那样地值得我们——

——你那样地值得我们——

——用我们所有的爱来爱你——

——用我们所有的爱来爱你——

——我会下定决心——

——我会下定决心——

——在你的恩典下——

——在你的恩典下——

——不再冒犯你——

——不再冒犯你——

——修整我的生活——

——修整我的生活——

饭后他走进房里，以便与自己的灵魂独处。每走一步，他的灵魂都似乎在叹息：每走一步他的灵魂都跟着他的双脚往上攀，穿过了一片幽暗黏腻的地域。

他停在楼梯口的门前，然后抓住门柄迅速把门打开。他恐惧地等待着，灵魂在他身体里惆怅不已，默默地祷告在他走过门槛时死亡不会来摸他的头，默默地祷告守在黑暗中的恶魔不会得到控制他的力量。他像站在什么黑暗洞穴的入口处，在门槛边静静等待着。那儿有好多面孔、好些眼睛在等待着、注视着。

——我们当然完全知道，这件事最终会水落石出，但他在试图说服自己设法确定精神上的全权代表时，会发现相当艰难，因此我们当然完全知道——

那些低语的面孔在等待着、注视着：喃喃声充斥着黑暗的洞穴。他在精神及肉体上都十分恐惧，但他勇敢地抬起头来，坚定地大步走入房中。一个门洞，一间房，同样的房间，同样的窗户。他镇静地告诉自己，那似乎从黑暗中发出的喃喃话语是丝毫没有意义的。他告诉自己，这只不过是他那间敞开着的门的房间而已。

他关上了门，快速走向床边，两手掩面跪了下来。他的两手寒冷而潮湿，四肢因寒气而隐隐作痛。身体上的不安、寒凛与疲惫困扰着他，扰乱了他的思绪。他为什么像小孩做晚间祷告那样跪在那儿？他要与他的灵魂独处，要检视他的良心，要正视他的罪孽，要回想犯罪的时间、方式及环境，要为之哭泣。他哭不出来。他想不起那些罪孽。他只感到灵与肉的痛苦，感到他整个人，他的记忆、意志、理解力、肉体，麻木而疲惫。

那是魔鬼的作为，要瓦解他的思想，要遮蔽他的良心，并要在懦弱、腐化的肉体的门前攻击他。他胆怯地祈求神宽恕他的软弱，然后爬上床，拿毯子把自己紧紧地包起来，接着双手掩面。他犯了罪，他在神的面前犯了天大的罪，所以他已不配自称是神的孩子了。

难道他，斯蒂芬·迪达勒斯做了那些事情吗？他的良心叹息着回答。不错，他做了那些事情，秘密的、污秽的，一次又一次，而且怙恶不悛，尽管他内心的灵魂是一堆腐肉，但竟敢在圣殿前戴起神圣的面具。神为什么没杀死他呢？他的罪有如一群麻风病人围绕在他四周，对着他呼吸，从四面八方向他俯身过来。他努力想在祈祷中忘记他们，他把四肢抱得更紧了些，并合起眼睑。但他灵魂的感觉不受约束，他的两眼虽然闭紧了，他还是看到他犯过罪的那些地方，他的耳朵虽然掩紧了，仍能听得到。他不想听也不去看。他渴求着，直到整个身体在这种渴求的压力下发抖，直到他灵魂的感觉关闭起来。它们关闭了一刹那，随后又张开。他看见了。

他看到一片粗硬的草、蓟花与成簇荨麻的田野。在一簇簇粗硬的野草中，有许多压扁了的茶罐及成块成堆的干屎。沼泽里发出的一片微弱的幽光，透过竖直的灰绿野草从这些排泄物里挣扎而上。一阵像那光线一般微弱的恶臭气味，从茶罐及腐臭结块的粪堆袅袅升起。

那片田野里有一些动物：一只、三只、六只，这些动物在这片田野里走来走去。人面羊身的动物，犄角似的眉毛，稀松的胡须灰白如橡胶。他们拖着长尾巴到处走动之时，冷酷的眼中闪着邪恶的怨恨。一片狞恶的冷笑在他们清瘦的脸庞上显出阴森的光彩。其中一个人紧紧裹住他肋骨上的一件残破的法兰绒背心，另一个人单调地抱怨他的胡子缠在了成簇的野草上。他们在田野中四处游荡，任长尾巴掠过叮当作响的筒罐，干瘪的两唇喃喃低语着。他们缓缓地绕着圆圈转，圈子越转越小，越转越小，嘴里仍发出低语声，飕飕摆动的长尾巴沾满了臭粪，而他们那些吓人的嘴脸则仰得高高的……

救命！

他猛然把毯子从身上掀开，把脸跟脖子露出来。那就是他的地狱。神让他看见那专为他的罪而设的地狱：恶臭、野蛮、歹毒，充斥着妖魔鬼怪的地狱。为他而设！为他而设！

他从床上跃起，令人作呕的气味直冲喉咙，哽塞并翻搅着他的胃。空气！天堂的空气！他踉跄地奔向窗边，嘴里呻吟着，几乎因反胃而晕倒。他站在盥洗台边，一阵痉挛绞住他的肠胃，他猛然紧抱住冰冷的前额，在痛苦中呕吐不已。

呕吐过后，他无力地走到窗边，拉开窗框，然后坐在窗口一角，胳膊靠在窗台上。雨势已退，在浮动的水汽中，从一个地方到另一个地方，用一片黄色烟雾编织出一个柔软的茧壳。天空寂静而露出微光，空气清新宜人，仿佛置身于一片大雨冲刷过的丛林里，在一片闪烁的灯光与淡淡的芬芳中，他与自己的心立下一个约定。

他祈祷：

——他从前有心带着天堂的荣耀降临到世上，但我们犯了罪。他因此不能安全地来看我们，反而将自己的庄严掩起，将光辉蒙住，因为他是神。因此，他自己带着软弱而非权力降临，反而给予你这样一个生灵，作为他的代表，让你具有和我们同等地位的一个普通生灵的风采与光辉。而今，亲爱的圣母，你的仪容和形态都让我们想到永生的神。它是你的象征，它不像尘俗之美，人要是看到是很危险的；而像晨星，光辉愉悦，呼吸纯洁，讲述天堂并普施平安。白日的先躯！朝圣者的亮光！请引领我等一如既往，在黑夜里引我们横越荒凉的野地，走向我主耶稣，请带我们回家。

他泪眼模糊，谦卑地仰视天空，为已经失去的纯真痛哭。

等到暮色低垂，他离开屋子，刚一接触到潮湿、阴暗的空气及关门时发出的声响，又使他那被祈祷与泪水催眠的良心发痛。忏悔！忏悔！用泪水与祈祷来安抚良心是不管用的。他得跪在圣灵的牧师面前，真诚忏悔，倾诉自己不为人知的罪行。在他再听见大门底板滑过门槛放他进去以前，在他再看到厨房里的餐桌摆好晚餐以前，他要先跪下来忏悔。这很简单。

良心的痛楚止住了，他快速地向前走过黑暗的大街小巷。在那条街的人行道上有那么多铺地石，那座城里有那么多街道，而这世界里有那么多城市，且永世无尽。他犯了致死的罪，即使只有一次也是致死的罪。这能在刹那间发生，但怎么这么快？由于所见或想着见，眼睛看到一事，起初无意去看，然后事情就在刹那间发生了。但身体的那部分是否明白？蛇，这旷野里最狡猾的兽类，它在刹那间起意，然后可以将犯罪的想法一分钟一分钟地延续下去，它必然有所明白。他感觉，他明白，他有欲望。多么恐怖的事！人身上的一个兽性部分能够像兽那样的明白，有像兽那样的欲望，这是谁造成的？难道说是他或一样非人性的东西受到一个低于他灵魂的灵魂所鼓动？一想到一条迟钝的蛇一样的生命，以他生命的嫩髓为食，以他情欲的黏液不断发育，他的灵魂就觉得很恶心。为什么会这样？为什么呢？

他畏缩在这念头的阴影里，在那创造万物及人类的神的面前自觉卑下、疯狂。谁会有这样的念头？他畏缩在黑暗里，默默向他的守护天使祈求，想用他的剑把对着他脑子耳语的恶魔赶走。

那耳语停止了，他这才清楚，他自己的灵魂借自己的肉体已在思想、言语及行为上犯了罪。忏悔吧！他必须忏悔每一个罪行。他怎能向神父说出他做过的事？但他必须这样做，必须，否则他怎能把事情都说出来而不羞惭而死？否则他怎能恬不知耻地做了这样的事？一个疯子，一个令人生厌的疯子啊！忏悔吧！那他必会再度被无罪释放，获得自由！也许神父会知道。亲爱的神啊！

他穿过灯光暗淡的街道一直走下去，片刻也不敢停止，唯恐显得他抗拒那等待他的事情，唯恐抵达他将要到达的地方。神以大爱眷顾一个灵魂的时候，它就处于恩宠中，这是多么美好！

几个邋遢的女孩子守着她们的篮子坐在路边的石头上。她们湿了的头发垂挂在眉毛上面。她们蹲伏在泥淖中，所以看起来都不美。但她们的灵魂却为神所鉴察，因而她们的灵魂是蒙恩的，那她们看起来便光芒四射。因为神看着她们，爱着她们。

一想到他是多么堕落，一意识到那些灵魂比他更亲近神，就有一阵让人无力的羞辱气息瑟瑟拂过他的灵魂。这阵风吹过他的身体，再吹过无数别的灵魂的身体，他们都蒙神恩照拂，有时多些，有时少些，有如星星，时而灿烂，时而暗淡，或继续存在或渐趋衰微。那些灵魂一闪而过，或继续存在或趋向衰微，而为一股运行中的气息所收纳。有个灵魂消失了，那是个渺小的灵魂：就是他的。它闪亮了一下，就熄灭了，消失了。结局是这样黑暗、寒冷、空虚和乏味。

场所意识像潮水般漫过一片没有光照、没有知觉、无人生活过的土地，又在他的心里重现。一片肮脏的景象在他周围自行形成，有俚俗的腔调，有燃着煤气灯的店铺，有鱼、烈酒与湿锯末的气味，有往来的男女。有个老妇人手里提了个油罐正要过街。他欠身问她附近有没有一座小教堂。

——先生，小教堂？先生，有的！教堂街就有座小教堂。

她把罐子换到另一只手，给他指路。她从披肩下面伸出那只发臭干枯的右手，他就对她低下头去，听了她的声音，感到悲伤和安慰。

——谢谢。

——别客气，先生。

高坛上蜡烛已熄，但馨香仍飘向暗淡的本堂。留着胡子而表情虔诚的工人正扶着一座圣灵的顶盖从侧门出去，圣器守护者悄悄用手势及话语帮他们的忙。少数几个信徒仍逗留未去，或在一座侧坛前祈祷，或跪在忏悔室附近的长凳上。他怯怯地往前走，跪在本堂最后一张长凳上，感谢教堂里那平和、宁静与馨香的空气。他跪着的那块板子狭窄而破旧，而他身边跪着的都是耶稣谦卑的门徒。耶稣也生在穷苦人家，且在一家木匠店里切锯木板，制作器用，而且最初向贫穷的渔夫宣扬天国，教导所有的人要温柔与谦卑。

他把头低下去，用手抱着头，祈祷使他的心温柔而谦卑，就像跪在他旁边的那些人一样，而使自己的祈祷跟他们的一样被神接受。他在他们旁边祈祷，但是很难。他的灵魂被罪孽所玷污，他不敢像这些人一样用单纯的信念来恳求宽恕。耶稣从前用各种神秘的方式，最初召唤他们到他身边，其中有木匠、渔夫这些处于底层职业的纯朴的穷人，或裁制木器，或耐心修补渔网。

有个高个子走过通道，忏悔者骚动起来。他赶快抬眼去看，却只看到一把长长的灰胡子及一位方剂僧侣穿的褐色袍子。那神父走进忏悔室就不见踪影了。两位忏悔者起身各从一侧走进忏悔室。那扇木滑门被拉开，一阵隐隐的呢喃声打破了沉寂。

他的血液开始在血管里呢喃低语，有如一座罪恶之城从昏睡中受召来听候它被毁灭的命运。一片片火花落下，粉状的灰烬轻轻落下，落在人们的房子上。他们受到热空气的搅扰而惊醒过来。

滑门又被拉开，有位忏悔者从小室的一边出现。另一边的滑门也被拉开了。一位妇女沉静而快速地走进起先那位忏悔者跪过的地方。微弱的呢喃声又响起来。

他还可以离开这座小教堂。他可以站起来，把一只脚放在另一只脚前面悄悄地走出去，然后跑开，快速跑过那些黑暗的街道。他还可以逃离羞耻。要不是那件罪而是别的可怕罪状就好了！那要是杀人罪就好了，小片火花落下，触及他全身每个地方，其中有可耻的思想、可耻的言语、可耻的行动。羞耻覆盖他全身，犹如火灰不断落下。把这些说出来！他的灵魂，窒息而无助，恐怕会化为乌有了吧。

滑门又被打开了。一位忏悔者从小室的那一侧出来。这一侧的滑门被拉开了。一位忏悔者进入另一位忏悔者进去过的地方。一片轻柔的嗡嗡声以蒸气状的小云朵从小室飘出来。这是那个妇人的声音：轻柔低语的小云朵，轻柔低语的蒸气，低语着、消失着。

他在木质扶手的掩盖下，谦卑而悄悄地用拳头捶打自己的胸膛。他要与神合而为一。他要爱邻居。他要去爱创造了他并爱他的神。他要跟别人一起跪下祈祷，并因此感到幸福。神会垂顾他，垂顾他们，并爱他们。

行善是容易的。神的轭轻松而甜蜜。最好是从不犯罪，永远做个小孩子，因为神爱小孩子，容许他们靠近他。犯罪是件可怕而可悲的事情。但神对真正忧愁的可怜的罪人是慈悲的。那是真的！那确实是善良。

滑门突然又打开了，那忏悔者走了出来。下次就轮到他了。他恐惧地站起来，惘然地走进那间小室。

这一刻终于到了，他跪在沉寂的黑暗里，抬眼望向悬挂在他头上的白色十字架。神看得出他是忧愁的，他要把他的罪全都说出来。他的忏悔时间会很长很长，于是小教堂里的每个人都知道他是个大罪人。让他们知道吧，这是真的。但神答应他，如果他悔悟了，就宽恕他。他是后悔的，他紧握双手，举向那白色十字架，带着阴暗的目光祈祷，浑身颤抖，像一头走失的牲口那样把头来回晃着，以呜咽的声音祈祷。

——后悔！后悔！后悔啊！

滑门咔一声弹回，他的心就在胸口猛跳。一张老神父的脸靠近栅栏，背着他，倚在一只手上。他画了十字，求神父祝福他，因为他犯了罪。然后他低下头，在恐惧中复诵忏悔词。念到“我最深重的罪过”时，他尖声停下。

——孩子，自你上一次忏悔以来有多久了？

——很长一段时间了，神父。

——一个月，孩子？

——还要长一些，神父。

——三个月，孩子？

——还久些，神父。

——六个月？

——八个月，神父。

他已经开始了。神父问：

——从那时候起你可记得什么？

他开始忏悔他的罪：逃避弥撒、不做祈祷、撒谎等。

——还有别的吗，孩子？

愤怒、嫉妒、贪吃、虚荣、冒犯等罪。

——还有别的吗，孩子？

——懒惰。

——还有别的吗，孩子？

躲不过了。他喃喃道：

——我……犯了淫乱之罪，神父。

神父并没转过头来。

——跟你自己，孩子？

——也……跟别人。

——跟女人，孩子？

——是的，神父。

——她们是结过婚的女人吗，孩子？

他不知道。他的罪从嘴唇涓滴流出，一滴接一滴，像从发炎流脓的灵魂伤口流出来的可耻水滴，形成一条罪孽的秽流。最后的罪孽也缓缓地渗出。再没什么可诉说的了。他低着头，整个人都瘫痪了。

神父没说话，然后问：

——你多大年纪了，孩子？

——十六岁，神父。

神父用手几次抹脸。然后，前额抵着手，斜靠到栅栏上，两眼仍望着别处，缓缓地说话。他的声音疲乏而苍老。

——孩子，你很年轻，他说，容我求你抛掉那个罪。那是个可怕的罪。那伤害身子又伤害灵魂，是许多罪行与不幸的原因。孩子，为了神的缘故，抛弃它。那是下流的行为，也不够男子气概。你无从知道那邪恶习惯会把你带向哪里，也不知道它什么时候会来对付你。只要你继续犯那种罪，可怜的孩子，你对神来说就一文不值。向我们的圣母玛利亚祷告吧。孩子，她必会救你。当那罪进入你的心时，就向我们的圣母玛利亚祷告。我相信你会那样做，会吗？你悔改了一切罪孽。我相信你悔改了。现在你要向神许愿，在他的圣宠下，你绝不再犯那罪来冒犯他。你愿意许下这庄重的诺言吗，你愿意吗？

——愿意，神父。

这苍老而疲乏的语声，像甘霖一样落在他那颗颤抖焦干的心上。多么甜美而悲伤！

——照我的话去做，可怜的孩子。魔鬼把你引入迷途。他引诱你，那样污辱的身体之时，你便把他赶回地狱去——他是怀恨我们主的恶魔。现在向神许愿，说你愿抛弃那种罪，那非常邪恶的罪。

泪水与神的慈光遮住了他的视线，他低头听到赦免词的庄重言辞，又看到神父举手在他头上做了宽恕的手势。

——神祝福你，孩子。请替我祷告。

他跪下来忏悔，在阴暗的一角祈祷，他的祈祷从他净化的心田上升到天堂，犹如从白玫瑰散发出的馨香袅绕而上。

泥泞的街道一片灰暗。他大步走回家，自觉有一股无形的恩宠弥漫身心，使四肢变得轻快。不管怎么样，他已做了这件事。他已忏悔，而神已饶恕了他。他的灵魂又变得美好而圣洁，向天堂飞去。

如果神要他死，死就是美好的；如果神要他活，那么在恩典里过着平安、高尚且宽容他人的一生也是美好的。

他坐在厨房里的火炉旁边，幸福得不敢说话。在那一刻之前，他从不知道生命原来能这么美好而平安。钉在灯周围的绿色方格纸投下柔和的光影。橱柜上摆着一碟香肠与白布丁，架子上有几个鸡蛋。这些东西将在学院、教堂的圣餐礼举行以后当作早餐食用。白布丁、鸡蛋、香肠与热茶。生命是多么单纯美好！生命完全展陈在他眼前。

他在恍惚中睡着了。等醒来时，看到天已大亮。他在醒着的梦境里穿过寂静的清晨向学校走去。

学生全到齐了，跪在各人的位置上。他跪在他们中间，又幸福又羞赧。圣坛上堆着芬芳的白花。在晨光下，白花中的蜡烛的火焰清澈无声，就像他自己的灵魂一样。

他跟同班同学一起跪在圣坛前，跟他们在众手构成的栏杆上握住坛布。他的双手颤抖着，当他听到神父拿着圣体容器走过一个个领圣体者之际，他的灵魂也跟着颤抖起来。

——我主圣体。

这是真的吗？他虽无罪却心生胆怯地跪在那里，他要把圣饼含在舌上，神就会进入他净化了的身体。

——归于永生，阿门。

另一种生活！一种优雅、美善与喜乐的生活！这是真实的。这不是一个他会醒过来的梦。过去的已经过去了。

——我主圣体。

圣体容器已送到他跟前。

第四章

去生活、去犯错、去堕落、去取胜，从生命中重造生命！

凡能让人赏心悦目的事物即是美的！

星期日被用来举行三位神灵的神圣仪式，星期一奉献给圣灵，星期二奉献给守护天使，星期三奉献给圣约瑟夫，星期四奉献给圣坛的至福圣体，星期五奉献给受难的耶稣，星期六奉献给圣母玛利亚。

每天早晨他都会在某一圣像或神迹之前重新净化自己的心灵。他每天一开始就勇敢地献上他每时每刻的思想和行动以迎合教皇旨意，并做一次清晨弥撒。刺骨的晨风加强了他坚定的信念。他常常会跪在侧台边的少数敬拜者当中，看着插页祈祷书，跟随神父低诵。他抬起头来匆匆望一下那个站在两根蜡烛——代表新旧约——中间阴暗处披祭服的人影，想象他正跪在古代地下的墓穴里做弥撒。

他每日的生活都安排在各种祈祷上。他借呼号与祈祷为炼狱里的灵魂争得了经年累月悔罪的日子，那些日子加起来都有几百年了。但他自觉轻易为他们争取的几百年的忏悔时间只让他感觉到精神上胜利了，并未充分满足他祈祷的热情，因为他不知道他为受苦灵魂所做的祷告究竟豁免了多少现世惩罚。他唯恐在炼狱之火中——跟地狱之火的不同处只在于它不是永不熄灭的——他的忏悔可能无异于杯水车薪，因此他每天都在不断增加的工作中驱策自己的灵魂做更多的善举。

他的每一天都照他现在视为他生命职责的事情来分配，围绕着它自己的精神能量中心。他的生命似渐接近永恒，每一个思想、言语及行为，每个瞬间的思绪都可以做到在天堂里闪耀的地步。有时候，他这种直接产生的意识，生动得使他感到他的灵魂在祈祷中像手指般按着一个巨大收款机的键盘，并看到他的购买量马上在天堂里显现，不是一个数字，而被视为一炷细香，或呈现为一朵纤弱的花。

他常数的念珠——因为他将念珠散放在裤袋里，好在街上走的时候数它们——自己也变形为难以言喻、超凡绝俗的花冠，以至于在他看来是无名、无色、无气味的。他献上每天祈祷用的三串数珠中的一串，以便他的灵魂在三种品德的每一方面都变得茁壮，因为他相信创造了他的圣父，希望救赎他的儿子，并爱着奉他为圣人的圣灵，而他奉圣母玛利亚喜乐、悲伤、荣耀神迹之名将这三重祈祷献给三位神灵。

在每星期七天中的每一天，他进而祈祷圣灵七恩赐[1]之一能降临他的灵魂，一天天把过去污染它的死罪驱走。他在指定的日子祈求每一个恩赐，坚信它会降临，虽然有时候他觉得奇怪，思想、了解与知识三者本质殊异，每一个应该分别祈求。可是他相信，在他未来心灵进展到某一阶段时，等三位神灵里的圣灵将他有罪的灵魂中的软弱剔除并加以启发，这一难处就会消除。由于看不见的圣灵居住地方的神圣、幽暗而肃穆，他更加怀着敬畏之心相信这一点，圣灵的象征是一只鸽子和一股强风，冒犯他是不可饶恕的罪。他是一个永恒神秘的存在，犹如神，每年要穿上火红的法袍为他的神父举行弥撒。

在他读的祈祷书中，隐约显现出来的三位神灵中第三个的本质与关系的意象——圣父从永世如揽镜自照那样欣赏自己的神性完美，从而产生了永世的圣子，而圣灵也出自圣父与圣子——比较易于接受他的思想，他们神圣且不可理解的儿子，比上帝永远爱他的灵魂这一简单的事实更令人费解，这种爱在他出生前的很长一段时间里，在世界本身还没有存在之前已经有了很长一段时间。

1　智慧、了解、勉励、虔诚、坚毅、知识及敬畏神。

爱与恨这两个名字，他曾在舞台上及教坛上听过有人庄重宣说，在书上见到它们被人庄重解说，他曾疑惑，他的灵魂为何不能容忍它们一时，也无法强迫自己的嘴带着信念说出它们。短暂的愤怒在他的心里萦绕不去，但他总能控制住那些愤怒，他总自认为能脱离它，犹如从他的身体轻易剥去一层皮。他曾感到一个隐约、阴暗而低语的东西穿过他的身体，并以一种飘忽的邪欲燃烧他，这也不在他掌控范围以内，使他的心变得清醒、冷漠。看来，这是他的灵魂会容纳的唯一的爱和恨了。

但是他再也不能不相信爱的真实性，因为神一直以神圣的爱爱他的灵魂。渐渐地，随着他的灵魂的精神方面的知识越来越多样化，他明白整个世界是神的力量与神爱的一个浩瀚而平衡的表象。在每时每刻，生命变成了一种神圣的恩赐，为此，纵使他见到挂在枝头上的一片树叶，他都觉得该赞美感谢那赐予者。尽管这世界上有那么多东西复杂多变，但于他的灵魂而言已不复存在，除非它是神的力量、大爱、普遍性定理的体现。赐予他灵魂的这种对一切自然所含神圣意义的感受，是这么的完善而不容怀疑，因此他几乎不明白，为什么他还有再活下去的必要。然而，那是神圣旨意的一部分，而他不敢猜测其中的用意，他曾冒犯过神意而犯的罪孽超过其他人。他的灵魂有感于这一永世、无所不在、完美的现实，而变得温柔谦卑，再度负起虔诚、弥撒、祈祷、圣礼与苦修的重担，只有那时候，从他对神的爱的奥秘沉思以来，他才头一次感到有一股暖和的东西，心里像是有什么新生命在动，或灵魂本身的灵性在动。神圣境界里的狂喜姿态，举起、分开的双手，一个将晕厥的人张开的嘴唇与眼睛，于他已成为祈祷中灵魂的形象，卑微软弱地面对造物主。

但是事先有人提醒过他，留意心灵亢奋时的各种险境，因此不容他自己中断哪怕是最微小或最卑微的奉献，也借恒久的禁欲力量恳求消弭罪孽的过去，而不汲汲于达到充满危险的圣洁状态。他严格约束他的每一个感官。为了抑制视觉，他强迫自己在街上垂目而行，既不左顾右盼，也绝不往后看，他的目光一与妇女目光相遇即闪开。他也常常凭一股意志突然努力挡住目光，有如在未读完一句话时突然抬头而把书本合上。为了抑制听觉，他不再关心他那当时已变声的嗓子，既不歌唱、吹口哨，也不努力逃避那些使他心神烦躁的噪声，如磨刀声、铲煤渣声、掸地毯声。抑制嗅觉较难，因为他发觉自己对于恶臭并无本能的厌恶，不管是外面世界的气味，还是粪便与焦油的气味，或是他曾做过许多奇怪的比较以及实验的他自己身上的气味。他最后发现，唯一令他的嗅觉嫌恶的气味，是如宿尿发出的一种腐鱼的腥臭味，于是他就尽可能强迫自己闻这种难闻的气味。为了抑制味觉，他严守食仪，遵行教会的全部斋期，并力求借分心法使心思不专注于菜肴。但最令他费尽心机的是对触觉的抑制。他绝不是有意改变卧姿，坐最不舒服的姿势，忍耐每种痛痒，远离火炉，弥撒当中除诵福音文外始终跪着，任颈和脸湿着受空气刺痛，不数念珠时，将双臂如跪姿僵垂于双腿两侧，绝不插入衣袋或反握于背后。

他不曾遇到犯死罪的诱惑。不过，令他惊讶的是，在这番繁复的虔诚与自控的修行结束时，他容易听任幼稚和不值得做的事情的摆布。他的祈祷与斋戒并不足以平抑他在听到母亲的喷嚏声或祈祷受干扰时产生的愤怒。他得用极大的意志力，一直克制那促使他对此种干扰产生的冲动。他常在老师当中注意到他们发脾气时的情形，如抽动的嘴巴、紧闭的双唇与泛红的脸，在他的脑海里重现，这使他感到沮丧，因为他的谦卑行为与之相提并论。尽管他有心持守谦卑，把自己的生命汇入其他生命的洪流里，但于他而言，这比任何斋戒或祈祷都困难，这一点他总做不到令自己满意，因此他的灵魂最终产生了一种精神上的干涩感，并随之生出种种怀疑与顾忌。他的灵魂经过一段荒芜期，在这期间，那些圣礼本身似已变为干涸了的泉源。他的忏悔变成了一个供有所顾忌而未悔悟的罪孽脱逃的渠道。他领受圣餐，实际上却并未使他达到纯真舍己的浑然境界，就像他有时候在跪拜圣体终了时所做的那些精神交流一样。他用于参拜的这些书是由圣阿方萨斯·尼戈里写的一本为人所忽视的旧书，现在那书已是字迹模糊，书页枯黄了。这本书里的雅歌意象与领受圣餐者的祈祷词穿插交织，在他读的时候，有一个充满热情与纯真感受的褪色世界，似乎被唤醒来赐予他的灵魂。一个无言的声音似在安抚他的灵魂，告诉他伟人的名字与荣耀的事迹，吩咐他起身去迎接良人，吩咐他守望来自阿玛纳、豹子山的良人，他的灵魂似乎在献上自己时以同样无言的声音回答：他常在我的怀中。

献身这个想法，现在对他的思想有一种危险的吸引力，他因而觉得，他的灵魂再度受到肉体执着的困扰，它们又开始在他祈祷和沉思期间对他低语。那给他一种很明显的感觉，觉得只要在思想的一瞬间做一个苟且的动作，便可以瓦解他过去所成就的一切。他似乎可以感到一股洪流慢慢流向他赤裸的双脚，并似乎在期待一阵微弱、胆怯、无声无息的微波来触碰他发热的皮肤。继而几乎在碰到的一刹那，几乎在犯罪的边缘，他发现自己已远离洪流而站在一片干涸岸边了，而这正是被自己的意志或一声突然呼喊所救。然后，他看到远处洪流的那银色边缘又开始缓缓流向他的双脚，一种新的力量和满足的兴奋感震撼了他的灵魂，他知道自己既没有屈服，也没有毁掉自己的一切。

他屡屡这样逃过诱惑的洪流，渐渐担心和怀疑起来，不知道自己所执着不放的圣宠是否已从他身上悄悄消失。他对自己纯洁的确信逐渐黯淡，继之而起的是一种隐约的恐惧，怕他的灵魂已不知不觉堕落了。他好不容易才赢回他确实蒙受神恩这个原有的意识，不断告诉自己说，每遇诱惑他都曾向神祷告，又说他所祈求的恩宠，只要是神该赐予的，必已赐给了他。诱惑的频度和强力，终于使他明白他所听到的关于圣者必受试探这一真理。频繁、强烈的诱惑，证明他的灵魂堡垒并未倾倒，并证明魔鬼急欲将它推倒。

他承认了他的怀疑与顾忌——祈祷时的片刻不经心，灵魂里轻微的愤怒，言行上隐约的任性——忏悔神父要求他在赦免他之前说出自己前世犯的一些罪，然后进行赦免仪式。他怀着谦卑与羞耻说了，并再一次为之忏悔。他想到，不论他过得怎样圣洁或达到怎样的美德与完善，他都绝不会完全摆脱这些罪孽，因而觉得卑微和羞耻。他怀有一种不安的罪恶感，他会忏悔、悔改而获宽恕，再忏悔、悔改并再获宽恕，但最终也不会有什么结果。难道他起初被恐怖的地狱逼出来的匆忙忏悔不好？也许，他当时只关心眼前的劫难，而对自己的罪没有由衷地忏悔？但他知道，他的忏悔是发自内心的，他知道，这是对他生命的修正。

——我已经改过向善了，不是吗？他自问。

监理神父站在窗口，背向阳光，一只胳膊靠在棕褐色的百叶窗上，他一面发笑低语，一面缓缓摆荡并把紧另一扇百叶窗上的绳结。斯蒂芬站在他前面，目光追随着屋顶上渐渐暗下来的长夏日光，或神父缓慢、敏捷的手指动作游移。神父的脸全在阴影里，但暗下来的阳光从他背后照到他那有深深皱纹的太阳穴及头颅的曲线上。斯蒂芬也倾听着神父说话声的抑扬顿挫，他的语气庄重而热情，讲一些无关好恶的话题：刚刚结束的假期，教团在海外的院校，老师的调动情况。那庄重而热情的说话声与叙述的事情配合得很融洽，因此在停顿当中，斯蒂芬很想提些得体的问题让他再说下去。他知道这一段只是个开场白，他在等待下文。自从得到监理神父的传唤信息以来，他就极力想弄清楚找他到底要做什么，在他坐在学校会客室等待监理神父进来那段漫长的时间里，他的目光环视墙上一幅幅森严的画像，忍不住猜测，直到几乎快要明白了传唤的含义。这时，他正希望有什么意外的原因阻止监理神父前来，就听到门把转动及衣袍的摆动声。

监理神父说到多明我会及方济各会里的情况，及圣托马斯与圣博纳凡契尔之间的友谊。他以为，方济各会的僧服有点太……

斯蒂芬的脸回应了神父开心的微笑，他并不急于发表意见，只以嘴唇做了一个轻微的将信将疑的动作。

——我相信，监理神父往下说，方济各会都在谈论要把现在的衣服样式废除，而学其他方济各教派的样式。

——我想他们会把它保留在修道院里吧？斯蒂芬说。

——哦，一定的，监理神父说。这对修道院是很合适的，但在大街上，我真的以为最好把它废了，你认为对吗？

——我想它必定不是很方便？

——当然，当然。你想想看，我在比利时常看到他们，不分春夏秋冬下身都穿着这样的衣服骑单车出去！这真是可笑。比利时人说那是“裙子”。

他说得有点含糊。

——他们叫它什么？

——裙子。

——噢。

斯蒂芬又一次微笑，因为他看不见牧师那暗淡的脸上的微笑，他的神像或幽灵只在他的脑海中迅速掠过，低沉的说话声似乎进入了他的耳朵。他在他面前凝视着那渐渐暗下来的天色，为夜晚的凉爽和淡黄的夕阳光芒感到高兴，那正好掩住了在他脸上烧着般的一星火焰。

听到妇女穿的衣裳，或裁制用的那些柔软、细腻的料子的名称，他心里总会飘过一阵纤细而罪恶的芳香。当他还是个小孩时，曾把驾马用的缰绳想象为纤细的丝绦，又因曾在斯特拉德河摸到马鞍的油腻皮革，而感到十分讶异。他第一回用颤抖的手指摸到一只女袜的脆薄肌理时，也十分讶异，因为，他只能——除了在他看来是自身状况的回响或预兆以外，他所读到的任何东西都没有留下——在柔词软语间或在柔如玫瑰的质料里想象那活在温柔生命里的女人的灵魂或肉体。

但神父嘴里说出来的那个字眼并不真切，因为他知道神父本来不会轻易讲这种事情。这个字眼既然被他有意说了出来，他就感到对方那双眼睛在阴影中观察着他的脸色。凡是听到或是读到有关耶稣会士手腕的一切，他一向都认为非所亲历而坦然地置身事外。他的老师们，即使后来已不再吸引他了，在他看来总还是些有才识而严肃的神父，身手矫健而精神饱满的导师。他认定他们是以冷水冲洗身体并穿清寒布衣之人。在克朗戈斯及贝尔维迪尔与他们相处的那些年里，他只被打过两下手心，虽然这两下是被冤枉的，但他心里有数，自己常常逃避惩罚。在那些年里，他从未从哪位老师嘴里听到一句不负责任的话，是他们教他基督教义，并督促他过善良的生活，而在他陷入重罪时把他领回圣宠的，也是他们。在克朗戈斯他还是个不懂事的孩子，见到他们就自惭形秽，而当他在贝尔维迪尔处于模棱两可的情况下，他们也使他自惭形秽。这种感觉留在他心里，直到他学校生活的最后一年。他从未违背师命，也未让好事的同伴诱使他背离这种沉默服从的习惯。即使他心里有点怀疑老师的一句话，也绝不会佞妄到公然质疑。近来，他们有些论断在他听来显得有点幼稚，这使他感到怅惘若失，仿佛他正在慢慢走出一个习惯了的世界，而最后一次倾听它的言语。有天一群学生在小教堂附近的棚子底下围着一位神父，他听到这位神父说：

——我相信麦考利爵士很可能是一生没犯过死罪的人，也就是说，从来无意犯死罪。

然后有些学生问这位神父，雨果是不是法国最伟大的作家，这位神父回答说，雨果背叛教会后写的大不如他做天主教徒时写的。

——但有许多卓越的法国批评家，神父说，认为雨果纵然了不起，他的法国风格不像路易·弗尔约[1]那样纯粹。

眼前这位神父的暗示在斯蒂芬脸上点燃的那星微弱火焰，又暗淡了下去，他的两眼仍然平静地凝视那无色的天空。但有一种不安的疑虑在他心里飞来飞去，有些面目不明的记忆在他面前匆匆闪过：他认得出情景与人物，然而他意识到，自己并没有想到其中的一些重要情况。他看到自己在克朗戈斯操场上闲荡，一边观看球赛，一边从板球帽子里拿出口香糖吃着。有几位耶稣会修士由仕女陪着，绕单车道散步。克朗戈斯学生讲的一些话语，回响在他心头的隐秘角落。

他的耳朵正在静寂的会客室中倾听这些遥远的回声，忽然意识到监理神父已换了语气在向他说话。

——斯蒂芬，今天我叫你来，是想跟你谈一件非常重要的事情。

——是，老师。

——你可曾觉得你听到了神的召唤？

斯蒂芬张嘴要回答是，又突然打住了。神父等待他的回答并补充说：

——我是说，你可曾在心里，在你灵魂深处感觉到加入本教会的意愿。想想看。

——我有时想过这件事，斯蒂芬说。

神父将百叶窗的绳索放在一边，合起双手，托住下巴，心里斟酌着。

1　与活泼轻快的雨果相比，他的笔触显得苍白、平庸、有贵族气。他写了一些精致的宗教性浪漫小说，支持天主教在法国的在俗势力。

——在这样的学校里，终于他说，有一个或两三个学生蒙神的召唤去过宗教生活。这样的学生由于他的虔诚、模范行为而显然与众不同。他受到他们的尊敬，他参加的教会会推选他做教督。而你，斯蒂芬，正是本院这样的一个学生，是圣母玛利亚教会的教督。说不定你就是本院蒙神召唤为他所有的一个学生。

神父庄重的话语，因为一种明显的荣誉感而增强，使得斯蒂芬的心跳跟着加快。

——接受召唤，斯蒂芬，神父说，是全能的神赐予一个人的最大荣耀。在这世上，没有哪个国王或皇帝拥有神的祭司所拥有的权力。在天堂，没有哪个天使或大天使，没有哪个圣者，甚至圣母本身，都没有神的祭司所拥有的权力：掌管钥匙的权力，让人犯罪与解脱罪孽的权力，驱邪伏魔的权力，从邪灵附体的神所造的人身上赶出魔鬼的权力，使天堂的神降临到祭坛并化作面包与酒的能力和权力。这是一种多么令人可畏的权力，斯蒂芬！

斯蒂芬在这番骄傲的游说里听到了他自己骄傲冥想的回响，他的脸上再度闪耀起一片火焰。有多少次他看见自己变成神父，冷静而谦卑地运用那可畏的权力，慑服众天使与众圣者！他的灵魂喜欢暗自冥想满足自己的愿望。他曾看见自己是位年轻而沉默的神父，快步跨入忏悔室，登上祭坛阶梯，上香、跪拜，行使祭司做的那些暧昧动作，而因为这些动作似真似虚，引以为快。他在冥想中的那种幽秘生活里模仿着不同神父的说话声与姿态。他曾像一位神父那样在跪下时向两旁屈膝，曾像另一位神父那样轻摇香炉，在他祝福大众以后转向祭坛时，又曾像另一位神父那样掀开祭服，在袖褶里端着祭碟，等到献礼完成，那穿金布法衣的执事，站在主领弥撒神父底下的台阶上，双手合十，面朝大众唱着，走吧，一切都结束了。如果他曾经看到自己做主领弥撒神父，那一定是在他的儿童弥撒书中的那些弥撒图片里，在一所除了献祭天使以外别无敬拜者的教堂里，站在那由一个跟他差不多孩子气的侍童供奉的光秃秃的祭坛旁。在想象献祭或圣礼的这些暧昧动作时，他的意志显然要面对真实的情况，或许因为没参加过一项指定的仪式，他始终不知如何是好，或由沉默来掩饰他的愤怒或骄傲，或勉强容忍他渴望给予人的拥抱。

他现在以敬重的沉默倾听神父的游说，从这些话里，他甚至更清楚地听到一个说话声吩咐他向前走，要给他神秘的知识与能力。那样他就会知道西蒙·马格斯[1]犯了什么罪，违背圣灵而不得宽恕的罪又是什么。他就会知道那些隐秘的事情，那是别人都不知道的。他就会知道他人的罪，他们罪恶的渴望、罪恶的思想与罪恶的行为，并在一座阴暗小教堂的羞耻笼罩下的忏悔室里听妇人或少女的嘴唇将这些罪行低声传入他的耳朵，但在他凭双手按礼授恩时，即神秘地得以豁免，他的灵魂将再一次不受圣坛白色安宁的污染。没有任何罪的触碰会停留在他举起并击垮军队的双手上；也不会有任何罪恶的触碰停留在他的嘴唇上，祈祷着让他在自己面前吃喝玩乐，而不辨别主的身体。他既然像那无罪者一样无罪，就会保守他隐秘的知识与隐秘的能力，他就得依照最高神灵梅尔基塞得克的等次永为祭司。

——明天早上我要献上我的弥撒，监理神父说，以便全能的神向你默示他的圣洁旨意。斯蒂芬，你要向你的圣洁守护圣徒——他是神面前很有势力的第一位殉道者——你必须十分确信你已蒙神召唤，因为如果你日后发觉神并没有召唤你，那可就糟糕了。记住，一日为祭司，永远是祭司。教义问答告诉你，圣教团圣礼只能接受一次，因为它在灵魂上留下一个不可磨灭的精神印记。你得事先而非事后善加衡量。斯蒂芬，这是个严肃的问题，因为你

1　西蒙·马格斯，见《新约》使徒行传第八章第九节和第二十四节。西蒙·马格斯是个术士，想由众使徒买取借按手礼所赐给信徒的圣灵权力，有时被称为“最初异端”或“异端之父”。

永生灵魂能否得救有赖于它，所以我们要一起向神祈祷。

他拉开沉重的大厅门，好像对待一位精神伙伴那样把他的手伸出来。斯蒂芬走到高出台阶的宽阔台阶上，感觉到晚风柔和拂过身体。一些青年演奏着四重唱正挽臂跨大步走向芬勒特教堂，他们摇头晃脑、踏着节拍向前走着。他听着这支小曲微笑起来，并抬头望向神父的脸庞，在那上面看到一抹了无情趣的落日返照，于是慢慢把他的手从那原先有那么点默契的友谊中抽了出来。

当他走下台阶时，从校门那里望过来的一张反映落日的没有一点愉悦的表情，抹掉了他本来不稳定的心思。接着，学校生活的阴影，在他的意识上面飘过。等待他的是一种严肃、规律而无欢情的生活，一种没有物质烦恼的生活。他心里想，他在修道院要怎么度过第一晚，他又会带着何种恐慌的心情在僧侣宿舍的第一个早晨醒来。克朗戈斯那些长廊的难闻的气味重回心头，他还听到燃烧中煤气火焰的细细低语。一种不安的心绪立即贯穿他全身的每个细胞，接着他的脉搏一阵发热似的加速跳动，一阵没有意义的嘈杂话语，驱散了他那些被说服过的一片混乱的思绪。他的肺像吸进了一股温暖、潮湿而无法留存的空气般扩张又下沉，他又闻到弥漫在克朗戈斯浴室那片草皮色积水上面那股潮湿温暖的空气。

有种本能被这些回忆所激醒，比教育或虔诚的思想都强烈，在他接近那种生活的每一步唤醒他心里一种隐约而敌对的本能，把他武装起来对抗默认。这种生活的冷峻与规律使他非常厌烦。他看到自己在寒冷的早晨起身，排队跟其他人去参加早弥撒，而且妄想拿他的祈祷对抗胃里的隐隐恶心。他看到自己跟院校教会共坐进食。那么，那曾使他不愿在陌生人屋里吃喝的那种深植的羞赧现在哪里去了？那一向使他自认不同于每个僧团的精神自豪感去哪里了？

耶稣会神父斯蒂芬·迪达勒斯。

在那种新生活里的他的名字，在他眼前跃入各种性格的人，接着出现一张给人感觉模糊的脸庞或一张脸的颜色。这颜色褪去后又像无光泽的砖的红色那样多变、闪亮起来。这难道不是冬天的早晨他常在神父刮过的腮帮上见到的裸红色的光泽？这张脸没有眼睛，愤世而虔诚，闪现着隐怒的淡红色彩。这不就是有些学生叫下巴颏儿，而其他学生叫他狐狸将军的耶稣会修士脸上的神韵吗？

那一刻他正从加德纳街耶稣会堂前面经过，他不自觉地猜想，如果自己加入了这教团，不知哪扇窗户是他的。然后，他对这个想法自嘲，他自己的灵魂与他迄今想象的它的避难所的遥远，对他多年来一味服从和无意义的坚持感到奇怪，仅仅因曾经一种明确和不可挽回的行为，就威胁着他将永远、永远地结束他的自由。用教会的荣耀召唤及祭司职位的神秘与权力劝告他那位监理神父的话，在他的记忆里恹恹反复。他的灵魂无心倾听和接受那些话，他现在明白，他原先凝神聆听的那种劝诫，早已流为一种无趣的故事了。他绝不会作为一个祭司在圣殿前摆荡香炉。他的命运是不符合社会或宗教秩序的。神父那番诉求中的思想并未打动他。他注定要从自己身上知道什么是智慧的行为，而非借助别人，或者是他自己在世界的陷阱后去学别人的智慧做法。

世界上的种种陷阱，实则是它犯罪的道路。他会堕落。他尚未堕落，但是他会在一刹那悄声堕落。不堕落太难了，他感到自己的灵魂的空虚，就好像在某一刹那会发生的情形，在堕落，堕落着，但尚未堕落，还没有堕落，但将要堕落。

他走过托尔卡河上的桥梁，目光片刻间冷冷地转向那座褪淡了的蓝色圣母神龛，它有如鸟儿，站在一片由几间破农舍构成的臀形地面中央的一根竿子上。然后向左弯，他走向他家门前的小巷。包心菜腐烂的微弱酸臭，从在河边高地上的菜园里传来。他微笑着想道，这一天在他灵魂里得胜的，就是他父亲房舍的这种混乱芜杂及植物生命的迟滞，然后，他想到屋后菜园那个被他们叫作“戴帽人”的孤独长工，竟失声笑了出来。他又想起“戴帽人”的工作情形，先依次考虑天空上的四点，再聊表歉意地把铲子插入土中，于是开始大笑起来。

他推开廊上没门闩的门，然后经过空空的门洞进入厨房。他的一群兄弟姐妹正围坐在桌边。午茶将过，只有泡了两遍的茶还剩下一点，留在那些小玻璃瓶及当茶杯用的果酱瓶底。吃剩的小片面包及碎屑，被倒在上面的茶染成褐色，散在桌上。小摊小摊的茶水积在桌板上，一把残损了的带象牙柄的小刀插进一块切过的酥卷里面。

悲伤的、安静的、灰蓝色的光芒从窗户和敞开的门里射了出来，照在上面，悄悄减轻并抚慰着斯蒂芬心里一阵突发而来的惭愧。他们得不到的一切，这个长子却轻易得到了，但静寂的夕阳的余晖使他无法在他们脸上看出什么怨艾的神色。

他靠近他们坐到桌边，问起爸妈。有一个回答说：

——去波罗去波罗房波罗波罗了波罗。

又要搬家了！贝尔维迪尔学院有个名叫富隆的同学，常带着傻笑问他们为什么老搬家。他又听到这个好事者的傻笑，不悦的神色马上出现在他的额头。

他问：

——可不可以请教，我们干吗又要搬家？

——因波罗为波罗房波罗东波罗要波罗我波罗们波罗搬波罗家波罗。

离火炉最远的小弟开始唱起《常在静夜里》：

常在静静的夜里，

在睡眠的锁链把我捆起之前，

温馨的回忆带来，

昔日的光辉围绕我身旁：

那些笑靥，那些泪眼，

那些童稚的岁月，

而爱的言语就在此时吐露。

其他几人也一个接一个地唱起来，汇成了大合唱。他们会这样唱上几小时，一曲接一曲，唱到最后一片夕晖在地平线消失，唱到最初的夜云出现而夜幕低垂为止。

他先倾听了一会儿，才跟上他们唱这首歌。他怀着隐痛去听那藏在他们脆弱、稚嫩、天真的歌声后面的倦怠泛音。他们还不曾踏上人生的旅途，却似乎对这条路厌倦了。

他听到厨房里的合唱透过世世代代孩子的合唱，得到了无尽的共鸣而回响倍增：在这一切回音中他也听到疲乏与苦楚的反复音调。所有的人在踏上人生路之前就已厌倦了人生。他记得纽曼在维吉尔的诗中也体会到了同样的况味：像大自然本身的呼声，唱出那种痛楚与疲乏而又期望转好的一切，这向来是每个时代的儿女的经验。

他再也等不下去了。

从拜伦酒店门口到克隆塔夫小教堂大门，从克隆塔夫小教堂大门到拜伦酒店的门口，然后又回到小教堂，而后再回到那酒店。他起初慢慢踱着步，脚步小心地踩在拼砖的人行道空地上，然后和着诗句的节奏来走。从父亲跟家庭教师丹·克罗斯比进去为他探询这所大学的事情到现在，已过了整整一小时。期间他一直踱步等待着，但他再也等不下去了。

他突然折向北牛岛方向，大步疾行，唯恐父亲尖锐的叫喊声会把他唤回。不一会儿，他就绕过警察营区的弯路，因此不用担心了。

是的，他从母亲冷冷的沉默中，可以体会到她不赞成这个主意。然而，她的不信任比父亲的骄傲更刺痛着他，他心寒地想起，他怎样留意到那在他灵魂里渐渐消退但在她眼里随岁月而渐强的宗教信仰。一种隐约的敌意在他内心升起，又像一朵反对她不守信用的云那样遮住了他的心。而当这股力量像云一般浮过，又留下他宁静而尽责的心意，他隐隐而无悔地意识到，他们的生活头一次有了巨大的鸿沟。

这所大学！原来他已经克服了那些校门守卫的阻挡，他们有如他童年岁月的守卫，站在那儿，设法把他留在他们中间，好叫他归属于他们，为他们效劳。得意后的骄矜像阵阵长而缓慢的波浪，将他推高。他生来要效劳但还未见到的目的，引导他循着一条看不见的路径逃脱，现在它又向他招手，而一番新的历险就要向他展开。他似乎听到了间歇的乐音，向上跳一个音调，又向下倒降四度，向上一个音调，又向下一个长三度，像是三条火焰从一堆午夜柴火里一把接一把地跳出。这是小精灵的前奏曲，无尽而且无形，待音乐变得更加激烈而快速，那些火焰也不再按拍子跳跃，他似乎听到树丛和草丛底下有野生动物在追逐，他们的脚步像雨点落在树叶上啪嗒作响。他们的脚步啪嗒啪嗒踏过他的心，野兔的脚步，牡鹿、红鹿与羚羊的脚步，直到他再也听不见他们了，而只想起纽曼一句得意的诗句：

——他们的脚步像是鹿群的脚步，而底下是那永恒的怀抱。

那个朦胧形象表现出的骄傲，把他那已拒绝职事的尊严带回心里。他在童年岁月里冥想着常认为是自己命运的对象，但等到要他顺从召唤的时刻到来时，他却转而去顺从一种任性的本能。现在时间横在两者之间：神职授命仪式的油绝不会涂上他的身体。他已经拒绝了，为什么？

他离开多利蒙特道路而转向海边，当他走上那座薄板木桥时，他感到那些木板在他穿重鞋的双脚下摇晃着。一群基督徒兄弟从北牛岛走回来，他们成对地过桥，整个桥马上就震颤回响着。那一张张笨拙的脸，成对地从他面前通过，被海水照得泛黄或发红或现出死灰，在他尽量装得自在而冷漠地去看他们时，他自己脸上泛起了一阵轻微的羞耻与同情。他恼恨自己，极力把目光斜睨桥底浅而旋转的水面，想隐藏起自己的脸庞，然而他仍旧看到他们那些上重下轻的丝帽，素朴如窄带的领子，以及松垂的修士衣袂映在水里的倒影。

希其兄弟。

桂德兄弟。

麦克阿德兄弟。

基欧兄弟。

他们的虔诚有如他们的名字、脸、衣服，他大可不必告诉自己他们谦卑而忏悔的心，比他所曾有过的，大约付出了更多的敬拜赞美的那种恩赐，比他的刻意敬慕更能让神容易接受十倍以上。他大可不必说自己对他们慷慨，他不必告诉自己说，倘若他去他们大门口，一副丧志落魄而褴褛无告的样子，会让他们对他慷慨，爱他如己。最后，他觉得，爱的戒律并不是以同样的爱的数量和强度来爱我们的邻居，而是以同样的爱来爱我们自己。他从自己的锦囊妙句里抽出一个词组，轻轻说给自己听：

——这是海上一个有斑驳云彩的日子。

这一词组、这日子和这片景色融合成一个和弦，一些词语，这就是它们的色彩？他让各种色调闪耀与褪色，日出的金黄、苹果园的赤褐与青绿、波浪的靛蓝与云朵衬灰边的洁白羊毛。不！这不是它们的色彩，这是句子本身的姿态与平衡。那么，他喜爱词语的节奏起落是否甚于它们的传奇与色彩的魅力？抑或由于视力衰弱与心思彷徨，他通过一种五颜六色和丰富的语言棱镜，从发光的理性世界的折射中得到的快乐，还不如沉思在一篇清澈、细腻的散文里反映出的个人内在的情感世界？

他从这座摇摇晃晃的桥梁再次踏上坚实的土地。在那个瞬间，他觉得空气凛冽，他斜视着海面，感到一阵疾飞的狂风，突然遮暗并吹皱了潮水。他心里轻轻的一声滴答，喉咙里一阵隐隐的悸动再次告诉他，他是多么恐惧海水的冰冷气味，但他并不取道左边的沙地，仍沿着指向河口的笔直岩脊走去。

一道淡淡的阳光隐约照亮了河湾处的灰白水面。远处，沿缓缓而流的里菲河水道，一些纤细的桅樯缀着天空，更远处，城市的模糊轮廓平躺在薄雾里。像乱针花毡上的一幅画，人疲惫的样子，基督教世界第七大城市[1]的形象，横过无时间性的空气，若隐若现，不比在北欧战国时代更老更疲惫或更容易臣服。

他心情沮丧，望着缓缓飘过的云彩点缀着海面。它们正要经过天际的沙漠，一群游牧民在游行，他们在爱尔兰上空航行，向西航行。他们来自爱尔兰海以外的欧洲，他们是陌生的口音、山谷林木、城堡及筑壕对峙的各族。他心里听到一片混乱的音乐，是那些他几乎意识到却连片刻也记不起的名字。接着，这片音乐似乎远退，远退，远退，而从每一朵星云般远退的乐音中总会落下一个拉长的音调，像一颗星刺穿沉寂的暮色。又来了！又来了！又来了！来自世界以外的声音在呼喊着。

——喂，斯蒂芬诺斯。

——迪达勒斯来了！

——噢呜！……哎，你放开，我告诉你，要不，你可要挨我的耳光了……

1　指中世纪时代的都柏林。

噢呜！

——好家伙，陶塞！把他抛下水！

——过来，迪达勒斯！包斯·斯蒂芬诺曼诺斯！包斯·斯蒂芬尼佛洛斯！

——把他抛下去！现在灌他水，陶塞！

——救命！救命！……噢呜！

他先听出他们几个人的说话声后才认出他们的面貌。看到那一堆混杂在一块儿的潮湿、赤裸的东西，他觉得寒凛透骨。他们的肉体，或如泛白的尸体，或透出一种苍白的金黄，或被阳光晒成褐色，沾着海水就发光。他们摆在简陋支架上而在他们跳水动作下摇晃的潜水石，以及他们嬉闹中攀爬的粗切石块铺成的倾斜防波堤，也闪着冷冷的水光。他们用以拍打身体的毛巾浸透寒冷的海水，而他们的乱发也被寒冷的海水所浸透。

他听从他们的呼唤站定，用轻松的话打断了他们的嘲弄。他们看起来毫不起眼：舒利没有他的深扣领子，埃尼斯没有带着蛇钩的猩红色腰带，康诺利没有他的带着亮闪闪口袋的诺福克外套！看到他们是一种痛苦，看到青春期的迹象就像被剑刺伤一样痛苦，这使他们无法忍受可怜巴巴的赤身裸体。或许他们要凝聚起来，以嘈杂胡闹作庇护，来逃避他们灵魂深处的恐惧。但离开他们而保持沉默的他，却记得他面对自己肉体的神秘曾有多恐惧。

——斯蒂芬诺斯·迪达勒斯！包斯·斯蒂芬诺曼诺斯！包斯·斯蒂芬尼佛洛斯！

他们的嘲弄对他来说并不新鲜，这是对他温和而令人自豪的奉承。现在不像以前，他的奇怪名字于他似是一种预言。灰白温暖的空气显得那样亘古无尽，他自己的情绪是如此的变化莫测，没有人情味，所以所有的年龄对他来说都是一样的。片刻之前，古丹麦王国的幽灵经由烟气笼罩的城市轮廓向外窥看。现在，想起那个传奇巧匠的名字[1]，他似乎听到了隐隐的涛声，看到了一个有翅膀的物体飞越在波涛上，缓缓飞上天空。这是什么意思？这是一种古色古香的装置吗？它翻开了某本中世纪的书，书上写着各种符号，一个像鹰一样的人，在海面上朝天空飞行，这是他生来为服务而生的预言，并一直追随着童年和童年的迷雾，艺术家的象征——在他的作品中重新锻造出地球上缓慢的物质，一个新的高耸的、不可一世的存在？

他的心在颤抖，他的呼吸更快了，一个狂野的灵魂从他的四肢上掠过，仿佛他在向太阳翱翔。他的心因一阵恐惧的狂喜而颤抖，而他的灵魂在翱翔。他的灵魂在世界以外的空气里飞翔，而他熟悉的身体则在一瞬间得到净化，解脱了疑虑而光芒四射，与灵气相糅合。一股飞行的狂喜使得他目光如炬，呼吸舒畅，使他那迎风的四肢颤抖、自由、光芒四射。

——一！二！……注意！

——噢！

——一！二！三！快跑！

——该我了！该我了！

——一！……啊！

——斯蒂芬内弗罗斯！

他的喉咙想大喊，那高空鹰鹫的呼叫，将他的喜悦向风疾呼。这是对他灵魂而发的生命呼唤，而不是向充满责任与失望的世界发出的那种沉闷、粗俗的呼声，也不是召唤他到祭坛做无趣侍奉的非人呼声。一刹那的狂飞已解救了他，而他那声留住未发出的胜利呼喊几乎要震裂他的脑子。

——斯蒂芬内弗罗斯！

1　指希腊神话中因制造蜡翼而升天的巧匠迪达勒斯。

它们现在只不过是从尸体上剥下来的寿衣——那日夜紧随着他的恐惧，那包围在他身边的疑惑，那在内外都使他感觉难堪的羞耻——除了寿衣、坟墓里的裹尸布，还会是什么？

他的灵魂已从童年的坟墓中升起，一脚踢开他的裹尸布。是的！是的！是的！他会用他灵魂的自由与力量，傲然创造出一个活生生的东西，新颖、高飞而美丽，不可触摸，不会毁灭，就像那位与他同名的伟大巧匠一样。

他从那块跳水石上猛然跃起，因为他再也扑不灭自己血液里的火焰。他感到脸颊滚烫，用他喉咙的颤声唱起歌来。他觉得他有股从脚上烧起来的要浪迹天涯的欲望。前进！前进！他的心似乎要喊出来。黄昏会在海面上深浓起来，夜色降临在平原上面，黎明在这位漫游者眼前出现，并向他展现奇异的田野、山丘与一张张脸庞。在哪里呢？

他朝北向霍斯望去。海洋已在防波堤浅侧上的海草线以下退落，潮水已顺前滩疾速流出。已经有一长条椭圆沙堤温暖而干燥地躺在小溪流当中。到处有暖和的沙屿在浅潮上面闪耀，在沙屿周遭、长堤四围，以及海滩浅潮中间，有些穿着悦目、鲜明衣服的人影在涉水与挖掘。

过了一会儿，他光着脚，把长袜塞在袋里，而把布鞋的鞋带打了结，挂在他的双肩上，接着从岩石间的漂流物中捡起一根被盐水浸泡过的棍子，然后向防波堤的斜坡走去。

那岩矶中有条长长的小溪，当他循着河道慢慢涉水而上之际，心里惊讶于那无尽的海草。翠绿的、深黑的、赤褐的、黄褐的，在潮水下面漂动，旋转摇晃。小溪的水因这无穷尽的海草而显得阴暗，把浮云清晰地显现出来。云朵在他头顶上默默飘着，而海藻默默在他脚下漂着，灰白、温暖的空气是静寂的，一股新的自由生命正在他血脉里唱歌。

他的童年而今还在吗？他的灵魂，从前逃避他的命运，独自愁对他的创伤与羞耻，披上褪色的尸衣，戴上一碰就枯萎的花冠，还要在她那肮脏、简陋的屋子里自封为后，如今又在哪里？换句话说，他自己还在吗？他是孤独的。很少有人注意，他过得快乐而贴近自身的狷介心脏。

他孤独、年轻、任性、狷介，独在一片荒野，那儿有自由的空气，有海水，有繁多的贝壳与海藻，有朦胧苍白的阳光，有穿漂亮、亮丽衣服的人影，有儿童及少女，以及空中传来的童稚与少女的说话声。

一个少女站在他前面的河水中，孤独而文静，向外凝望着海洋。她似乎受到魔术点化而变成了一只奇幻而美丽的海鸟。她那双细长的裸脚，像苍鹭一样纤巧，除了一缕翠绿的海草附在肌肤上成为一个标记之外，再没有任何瑕疵。她的大腿丰满、色如象牙，几乎裸到臀边，那里，她内裤的边缘有如柔白的羽绒。她大胆地将蓝灰裙撩到腰际，而在她背后掖住。她的胸脯柔软得像一只有着深色羽毛的鸽子的胸脯。但她那头长长的秀发充满了女孩气，她的脸也是女孩气的，颇有几分美人的秀丽。

她孤独而文静，向外凝望着海洋，她意识到他在场又觉察到他爱慕的目光，就把她的目光向他转过来，默默接受他的凝视，坦然无邪。很久，很久，她容忍他的凝视，然后悄悄把目光移开，低头去望溪流，用她的脚到处轻轻踢着流水。流水发出的轻柔声响划破了沉寂，低沉、微弱，像耳语一般，微弱得如同睡眠钟声。这儿、那儿、这儿、那儿，一阵微弱的火焰飞掠过她的脸。

——神啊！斯蒂芬的灵魂在一阵突发的世俗喜悦中呼喊。

他突然转身离开她，动身横过岩矶。他的脸泛红，身体炽热，四肢颤抖。他跨步向前、向前、向前再向前，终于走到远远的沙滩上，激越地向海洋高歌，迎接那向他呼喊的生活来临。

她的形象已永远刻进他的灵魂，并没有一句话划破他狂喜的圣洁的静默。她的眼睛已召唤了他，而他的灵魂已向这召唤跳跃过去。去生活、去犯错、去堕落、去取胜，从生命中重造生命！一个野性的天使在他面前出现，代表凡人的青春与美丽的天使，从生命的美好宫廷中派出来的特使，在一刹那的狂喜中，在他面前推倒通往错误与荣耀的大门。向前，向前，向前，向前！

他突然驻足，在静寂中听到了自己的心跳。他走了多远了？现在是什么时候了？

他附近没有一个人，也没有什么声音从空气中传来。但潮水已将回头，白日已将尽。他转向陆地，朝岸边跑去，跑上了倾斜的沙滩，不顾尖锐的沙砾，在一圈覆有草皮的沙丘中间找到了一处沙坑，就躺了上去，好让黄昏的安宁与沉静平息他激荡的热血。

他感觉到了他头上浩瀚无情的苍穹与无声运行着的天体，他下面的尘壤，那生他的尘壤。

他在倦怠中合起眼睛。他的眼皮颤抖起来，仿佛察觉到地球与那些观望她的人在一起以广大的周期同时运行着，仿佛意识到发现一个新世界的奇异亮光而颤抖起来。他的灵魂在晕眩中进入一个新世界，奇幻、幽暗，像在海里漂浮不定，而被云雾般的形状与生灵所横越。一个世界，一下闪光，还是一朵花？闪耀着颤抖着，颤抖着展开着，一道破晓的光芒，一朵绽放的花朵，它本身无穷延续而扩散，以鲜红绽露、展开，再褪成最淡的玫瑰色，一叶又一叶，一阵光波接一阵光波，以其柔和的红潮泛滥于天空，每一片红潮都比以前更加深浓。

他醒来时，暮色已落下，作为他床铺的海沙与枯草丛，已不再闪光。他慢慢起身，回想着他睡眠时的喜乐，满足地叹了口气。

他攀上沙丘顶，凝望周遭。黄昏已经降临，一弯新月劈开天空的灰白荒原，有如一圈银环嵌在灰白的沙滩上，潮水挟着波浪的低沉细语疾流到陆地上，围住远处水塘里几个流连的人影。

第五章

在世界快结束时必会出现很多可怕、奇怪的人。

他把第三杯淡茶喝得一滴不剩，接着咀嚼散置在他手边的油炸面包块，同时凝视那只粗口瓶里的那摊积水，黄色的油滴已经被倒尽，留下一个有如泥洞的凹处，洞底的积水使他想起克朗戈斯的浴室里那草皮色的积水。他胳膊边的当票盒刚被人翻过，他懒洋洋地把那些字迹潦草、满是尘土又揉皱了的蓝白相间的标签一张张拿在那油腻的手上，标签上写着当主的名字——戴里或麦克沃伊之类。

一双半高筒靴

一件四号上衣

杂物三件和白油漆

一条男裤

然后他把这些放在一边，若有所思地注视那有虱斑的盒盖，含糊地问：

——我们那个钟现在快多长时间？

母亲把横放在厨房壁炉中央那只破旧的闹钟摆正，直到钟面显出十一点三刻，然后又把它侧放下去。

——快一小时二十五分，她说。现在正确时间是十点二十分。天知道，你说不定还赶得上上课。

——给我放水洗脸，斯蒂芬说。

——凯蒂，给斯蒂芬放水洗脸。

——布蒂，给斯蒂芬放水洗脸。

——我不行。我要去拿蓝染料。你，玛吉，放水。

等在水槽里把搪瓷脸盆放好而那双旧盥洗手套被扔到它旁边时，他便让母亲擦洗他的脖子，洗他的耳朵及鼻子两翼的细缝。

——唉，真不像话，她说，一个大学生竟然脏得要母亲给他洗脸。

——你可是乐在其中呢，斯蒂芬平静地说。

楼上传来一声震耳的口哨声，他母亲把一条湿湿的罩衣塞到他手里说：

——乖孩子，你自己擦干了就上学去吧。

第二声口哨声没好气地拖得很长，慌得女孩中的一个急忙走到楼梯口。

——什么事，爸？

——你那个懒丫头的哥哥走了没有？

——走了，爸。

——真的？

——真的，爸。

——哼！

这女孩走回来，做手势叫他动作快点并悄悄从后门出去。斯蒂芬笑起来说：

——他对性别的看法有点奇怪，他好像把懒丫头看成男性了。

——啊，斯蒂芬，你脸皮可真厚，他母亲说，总有一天你会后悔去那种地方。我看你整个人都变了。

——大家早，斯蒂芬一边说，一边微笑着吻自己的指尖表示再会。

台子后面的巷子淹了水，他慢慢走过这条巷子，在潮湿的垃圾堆中找路走，这时他听到一个发疯了的修女在墙那边的疯人院里尖叫。

——耶稣啊！耶稣！耶稣！

他做了一个愤然摇头的动作，把那声音抖出耳外，并匆匆往前走，踉跄着穿过那堆腐烂的垃圾，他的心已经被一种憎恶、痛苦的情绪所啃噬。他父亲的口哨、母亲的啰唆、一个看不见的疯子的尖叫，此刻都让他感到十分痛苦，并威胁着要贬抑他的少年傲气。他甚至诅咒起来，要把这些回响从心里赶出去。但当他走上了大街，感到灰白的晨光穿过湿漉漉的树木照在他四周，并且闻到湿叶子和树皮的新鲜、奇特的气息，他的灵魂便摆脱了那些苦恼。

大街旁那些被雨水浸透的树木，像以往一样使他想起格哈特·霍卜特曼戏剧中的少女与妇人，她们怆楚的身世与湿枝干上飘落的芬芳，糅合成一股平静喜悦的气氛。他已开始了横越市区的晨间步行，他事先知道，经过美景公园的泽地时，他会想起纽曼清冽绝俗的散文，走在北滩路上看到那些粮食店的橱窗，他会因想起吉多·卡瓦尔坎迪[1]的阴郁幽默而微笑。当他走过塔博特街贝尔德瓷器店时，易卜生精神会像一阵劲风吹过他心上，那又是像一种任性的孩子气的美的精神。而他经过里菲河外一家肮脏的船具店时，他会反复唱起本·琼森所写的那首以下面这句开始的歌：

等我躺下了也不觉倦怠。

每次当他的心厌倦于从亚里士多德或亚奎纳斯的古文幽思中寻找美的底蕴，就会转向伊丽莎白时代诗人的优美诗歌以自娱。他的心披着一袭怀疑的僧袍，常站在那个时代的几扇窗户下的阴影里，听琵琶手弹出的似庄重而谐谵的乐曲，或听那些穿背心的女子[2]的爽朗笑声，直到一阵过于低俗的笑声、一句受

1　意大利诗人，与但丁是同时代人。

2　指低级妓女。

时代玷污的淫词浮语刺中他那僧侣似的傲气，而迫使他从背后走了出来。

别人以为他把日子都用于钻研学问，以至于弃绝少年游伴，可谁又知，那学问只不过是亚里士多德的诗学、心理学与圣多马《经院哲学纲要》的精句汇集而已。他当时的思想是一种由怀疑与自疑构成的薄幕，偶尔被直觉的灵光照亮，但这些灵光如此清明华丽，以至于这个世界那时在他脚下片刻消失，犹如被大火所焚毁。从此，他的言语变得滞重，而以无反应的目光来迎接别人的目光。因为他自觉美的精神像一件大氅已把他周身包住，同时自觉至少已在白日梦中浸染了高尚的优点。一旦这阵短暂的沉默骄矜不足以继续支撑他时，他便欣然发现，自己仍生活在普通人当中，在城市的龌龊、嘈杂与怠惰当中，无畏而心安理得地走他的路。

在运河岸上的仓库附近，他遇到了那个娃娃脸、戴无边帽的肺痨病人，他沿着桥的斜坡朝他走来，穿一件黑褐色的大衣，拿着一把折好的雨伞，像拿一根探矿杖一样举在身旁。现在必定十一点了，他想，并探头到一家奶品店看时间。奶品店里的时钟指着四点五十五分，但在他转开时，他听到附近某个地方看不见的时钟迅速、准确地敲了十一下。他听到钟声便笑了起来，因为这使他想起麦堪，而且似乎看到了他的矮胖身形，穿着一件打猎上装及马裤，留了一把漂亮山羊胡子，正站在霍普金斯街角的风口，并听到他说：

——迪达勒斯，你真是个活在自我内心世界的反社会分子。我不是。我是个民主派，我要为未来欧洲合众国各阶级男女谋社会自由与平等。

十一点！那一堂课他也迟到了。今天是星期几？他在一家报摊停下来看一张布告的大标题。星期四。十点到十一点，英文；十一点到十二点，法文；十二点到一点，物理。他自己想象着那堂英文课，即使离得这么远，也觉得不安而无奈。他看到班上同学都顺从地低下头，在簿本上照吩咐抄写字义、要义释例、生卒年月、主要作品以及对其观点的赞赏和批评。他自己的头没低下，因为他已经神游物外，不论他环顾班上的同学，或望向窗外那些荒凉的草地，总有一股令人感到沮丧的地窖潮湿与腐烂的气味袭来。他正前方的第一排板凳上另有一个人，昂然抬起头，犹如一个神父的头为周遭恭顺的礼拜者不谦卑地向神龛祈求。他想起克兰利时，为什么总不能在心中想起他身体的整个形象，而只想起他的头与脸？即使现在面对着灰白的晨幕，他也看到它像梦里的幽灵一样出现在他眼前，像一张断头或死人脸上压下的模型，眉上覆着一顶铁冠似的黑而硬直的头发。这是一张神父的脸，像神父那样苍白，那样的宽翼鼻子，那样落在眼睛底下与下巴旁边的阴影，又像神父那样有长而无血色的淡淡微笑着的双唇。斯蒂芬马上想起来，他怎样把他灵魂里日复一日、夜复一夜的一切骚扰、不安与渴望告诉了克兰利，而他的朋友只是沉默地聆听，他于是告诉自己，这是一个神父的愧疚的脸，他听了那些他无力赦免者的忏悔，只是，他在记忆中，又觉得那是阴沉女子般的目光的凝视。

他透过这形象瞥见了一个奇异、阴暗且可供冥想的洞穴，但立刻又扭过脸去，他觉得还不是走进去的时候。但他朋友如夜色般阴森的漫不经心的表情，似乎在他周遭空气里发散出一种稀薄而致命的毒气，他发现自己从一个随意的词向另一个不经意的右或左看了一眼，还纳闷儿为什么他们是如此悄无声息地丧失了瞬间的含义，直到街头巷尾的传说都像咒语一样束缚了他的头脑。随着年龄的增长，灵魂枯萎了，他走在由一堆死掉的语言组成的小路上。他自己的语言意识正从他的大脑中消失，慢慢地渗透到单词本身，这些词开始以随意的节奏束缚和瓦解自己：

常春藤在墙上呜咽，
在墙上呜咽并缠绕，
常春藤在墙上呜咽，

墙上黄色的常春藤，

爬上了墙的常春藤，常春藤。

谁曾听过这种梦呓？全能的主啊！谁曾听说常春藤在墙上呜咽？黄色常春藤，那没问题。还有黄色象牙。可是有没有象牙般的常春藤呢？

这个字眼现在在他脑子里闪耀，比从斑驳的大象的长牙上锯下的任何象牙都更清楚更明亮。Ivory，ivoire，avorio，ebur.[1] 他学过的头一个拉丁文例句是：India mittit ebur，[2] 他想起院长那张精明的北方人的脸，他曾教他用一种宫廷英文意译奥维德的《变形记》，但因提到小猪肉、陶片和猪肉火腿而使他想入非非。他从一位葡萄牙神父写的一本旧书上学到了一点拉丁诗格律：

演说家言简意赅，诗人预言家用他们的诗来渲染铺张。

罗马历史上的危机、胜利与分裂都在 in tanto discrimine[3] 这几个平凡的字里传给了他，他又想透过 implere ollam denatiorum[4] 这些字眼来探索这座众城之城的社会生活，而院长曾以填币入壶的铿锵声把它朗诵出来。他那本古董《霍勒斯诗集》上的书页，即使在他手指僵冷的时候去摸，也一点都不冷，它们都是有人性的书页，五十年前约翰·邓肯·英弗拉里蒂与他兄弟威廉·马尔科姆·英弗拉里蒂的人性手指翻过这些书页。是的，那都是写在幽暗扉页上的高贵名字，即使像他这样一个差劲的拉丁语学者看来，这些幽暗的诗章

1 分别是英语、法语、意大利语及拉丁语的象牙。
2 意为“印度出象牙”。
3 意为“一次大危机”。
4 意为“瓷瓶里塞满硬币”。

都是芳香的，犹如这些年来摆在桃金娘、薰衣草、马鞭草里一般。然而，想起他在世界文化盛宴上只不过是一个羞怯的食客，又想起他欲借之熔铸成一种美学哲学的祭司学识，而在他生活的时代里，这并不比纹章学与驯鹰术里那些难懂的奇怪术语更受人重视，他就难过起来。

他左边代表三位一体的灰色四方建筑，像一颗笨重的圆环上嵌入沉闷的石头一样重重落在这座无知的城市里，使他的心直往下沉。就在他这样挣扎，并使两脚摆脱革新了的良心的桎梏时，无意间邂逅了爱尔兰国家诗人的滑稽铜像。

他并无怒意地看着这座铜像，因为虽然身体和灵魂的懒惰像看不见的害虫一样，爬过不停移动着的脚，爬过斗篷的褶皱和奴仆的头，但它似乎谦卑地意识到它的愤怒。那是一个菲尔博格人穿着一个向米里西亚人借来的斗篷，他想到他的朋友达文，这个农夫学生。这是他们之间一个开玩笑的称呼，但这位青年农夫不以为意而且轻松地说：

——没关系，斯蒂维，你说我的脑袋瓜儿硬。你怎么叫我都行。

他朋友用平易的口气叫他的教名，斯蒂芬头一回听到就觉得亲切，因为无论他跟别人说话还是别人跟他说话，一向是拘泥的。常常，他坐在达文在格兰瑟姆街的房间时，一边好奇地看着他朋友那些靠墙而立、做工考究的靴子，一边为满足他朋友要求简单的耳朵朗诵前人的铿锵韵文——这些都是遮掩他自己的渴望与忧郁的帷幕——他那倾听者粗鲁的菲尔博格气质，将他的心思吸引过去而又把它抛了回来。吸引他的，是一种天生的默默聆听的礼貌，或一句古怪、有趣的古英语用法，或用粗俗、野蛮的身体技巧——因为达文拜师于高卢人迈克尔·丘萨克的门下——而马上转而令他厌弃的，是一种智识上的粗陋，或一种感受上的鲁钝，或目光中一抹莫名的恐惧神色——那种灵魂里的恐惧，来自一个饥荒的爱尔兰村，在那里，夜晚催人熄灯的钟声至今仍然令人心寒。

除了缅怀他叔叔麦特·达文——这位强壮的体育家的一生功绩，这位青年农夫还崇敬爱尔兰的悲伤传说。他那些不惜代价要让学校的刻板生活变得有声有色的同学，爱把他说成是年轻的芬尼亚分子。他的奶妈教他说爱尔兰话，并拿零碎的爱尔兰神话塑造了他那朴实的想象空间。他热爱这种神话，虽然从来没从其中得到灵感，写过一句美丽的诗；他爱这种神话里的笨拙掌故，尽管它们在代代传递中自行分化，一如他倾心于罗马天主教的态度，而那是一个愚忠农奴的态度。不论什么思想或感受，由英国或由英国文化传到了他身上，他的心就会像服从一个口令那样马上武装起来，而加以抗拒。对于英国以外的世界，他只知道他曾说起要去投效法国外籍军团。

斯蒂芬把这个抱负和这个青年的性情连在一起，就常把他说成是一只乖鹅，这个绰号里甚至隐含着他对朋友的寡言谨行的恼怒，因为那似乎常常把斯蒂芬好打听的心思阻挡，而不能一窥他隐秘的爱尔兰生活。

有天晚上，斯蒂芬为了打破回避对方的冷漠的沉默，说了些过激、随性的话，想不到这位青年农夫由于不堪其扰，讲出的话又让斯蒂芬的头脑里产生了一阵奇异的想象。他们两人当时正穿过穷苦的犹太人阴暗、狭窄的街道，慢慢走向达文的房间。

——去年秋末冬初之际，斯蒂维，我遇到了一件事，这我从来没跟别人提起过，你是头一个听到这事的人。我忘记了那是十月还是十一月。应该是十月，因为发生在我来校参加入学考试之前。

斯蒂芬微笑着转向他朋友的脸庞，他的信任令他欣喜，而且他也倾心于他纯朴的腔调。

——那一整天我都离家在巴特凡特——不知道你是否知道那地方——参加克洛克本地少年队和瑟尔斯无畏队之间的曲棍球比赛，那打得可真叫玩儿命，有一半时间都跟着前锋到处跑，狂呼大吼，热得把衣服都脱光了，可是对他来说这是很酷的。我永远不会忘记那一天。有次克洛克队一位队员用球棍狠狠朝他扫过去，说真的，只差那么一点就挨到他的太阳穴了。老实说，要是挨上那一棍，他可完了。

——真高兴他逃了！斯蒂芬笑着说，但老实说，你要讲的奇事不会就是这个吧?

——嗯，我确信这些是不会让你感兴趣的，比赛过后大家着实兴奋了一阵，以致我没赶上回家的火车，也搭不上什么便车。屋漏偏逢连夜雨，当天凯瑟登罗西那儿有场弥撒大会，村子里所有的车子都在那里。我只好留下过夜，不然就只能走路回去，没别的办法了。嗯，我只好一路走下去，走进巴利霍拉山，这时已入夜，距离基尔马洛克少说也还有十多里路，那又是一条漫长孤寂的道路。沿路看不到一间像样的房子，也听不到一点声音。天色几乎一片漆黑。有一两次我停在路边树丛下点燃烟斗，要不是露水太重，我早就躺在那儿睡了。最后，经过一处弯路，我瞥见了一间窗口有灯光的小农舍，便走上去敲门。有人问外边是谁，我回答说，我去巴特凡特参加完球赛走路回家，正好经过这儿，想要一杯开水喝。过了一会儿，有个年轻的女人开门端给我一大杯牛奶。她衣服穿得很少，好像在我敲门时正要上床睡觉，她的头发也散着。我从她的身材与眼神判断，她八成是怀了孩子。她跟我在门口谈了好一阵，我觉得怪怪的，因为她的胸脯跟肩膀都裸露着。她问我是不是疲倦了，要不要留下来过夜。她说屋里只有她一个人，她丈夫那天早晨去女王镇为他妹妹送行。斯蒂维，她说话时双眼一直盯着我的脸，站得离我很近，近得都能听到她的呼吸。最后，我递还她杯子时，她把我的手拽过了门槛说："进来过夜吧。你别怕，屋里除了我们没别的人……"斯蒂维，我可没进去。我谢了她，又继续走路，浑身发烫像得了热病一样。在那条路的第一道弯处，我回头望去，她还站在门口。

达文所说故事的余音，在他的记忆里唱歌，那个女人的身形宛然若显，投影在校车经过克兰利时他所看到的其他农妇身上，成为她的族人及他自己族人的一个典型象征，一个蝙蝠般的灵魂在黑暗、秘密和孤独中摇摆着自己的意识，并以一个坦诚的女子的目光、言语及姿态，来邀请陌生人与她上床。

有只手落在他的胳膊上，同时听到一个年轻的声音喊道：

——先生，为你的女朋友，先生！今天头一遭生意。买一束可爱的花吧，先生，买吗？

她向他举起的花篮跟她年轻的蓝眼睛，那一刹那在他看来都是坦诚无邪的形象，他迟疑了，直到那个形象消失，于是，他只看到她褴褛的衣衫，潮湿、粗糙的头发以及淘气的脸。

——买吧，先生！别忘了你的女朋友，先生！

——我没钱。斯蒂芬说。

——买些可爱的花给她们，先生，买吗？只要一个便士。

——你听见我说的话了吗？斯蒂芬弯下身去问她。我告诉你我没钱。现在再告诉你一遍。

——那么，先生，以后您总会买的。这女孩片刻后回答。

——大概吧，斯蒂芬说，但我想不可能。

他迅速地离她而去，唯恐她的亲昵转为狎侮，同时想让开路，好让她把这些东西兜售给别的人——从英国来的一位旅客或三一学院的学生什么的。他正走着的那条格拉夫顿大街，延长了令人沮丧的贫困情形。在这条街上，有一块纪念沃尔夫·托恩的石碑，他记得那块石碑铺设时他与父亲都在场。他痛心地回忆着那华而不实的献礼仪式。当时有四个法国代表坐在一辆高大的四轮马车里，其中一个满脸笑容的胖胖的年轻人，挑着一张夹在手杖上的卡片，上面写着：“爱尔兰万岁！”

但斯蒂芬广场上的树木散发着雨水的芬芳，而饱浸雨水的土壤散发出瘴气，一阵微弱的香气透过沃土从许多人发了霉的心中升起。他的长辈以前向他说起的这座华丽、拜金的城市，它的灵魂现已随时间萎缩，成了从土壤中散发出的一股微弱的瘴气，他知道在他进入这所阴郁的大学以后，就会意识到除了非巴克·伊根及伯恩查佩尔·惠利以外，还有别的腐败情况。

上楼去上法文课已经太迟了。他穿过大厅，向左边走去，那是通向物理教室的走廊。走廊阴暗、沉寂，但并非没有戒备。他怎么觉得它并非没有戒备呢？是否因为他听说在巴克·伊根时代时，这里有道暗梯？抑或耶稣会舍属于治外之地，而他正走在外族人民之间？托恩及巴涅尔的爱尔兰似乎已在空中退远了。

他打开物理教室的门，停步在好不容易从尘封窗口照进来的冷冷的灰白光线里。有个人蹲在大炉架前面，由那身瘦削与灰白的衣服判断，他知道那是教导主任在生火。斯蒂芬悄悄地把门关上，走近火炉。

——老师，早！要我帮忙吗？

这位神父马上抬起头说：

——稍等一会儿，迪达勒斯先生，你就会知道了。生火也是门艺术。我们有文学艺术，也有实用的艺术。这是一种实用的艺术。

——我要学学看。斯蒂芬说。

——不要放太多煤，这是秘诀之一。主任一边说，一边不停地忙着。

他从黑袍的侧袋里拿出四个烛头，娴熟地把它们放在煤炭中间，随后揉搓纸张。斯蒂芬默默注视着他。他这样跪在铺地石板上生火，忙着处理小团的纸张与烛头，看起来似乎比以往任何时候都更谦卑，准备在一座空殿里献祭的是主的一位侍仆。那身褪色的黑袍，有如一位侍仆穿的素麻长袍，在一个跪着的人身上披着，而这正是情愿容忍神职、法袍与祭司衣袂折磨的人之一。他的身体本身已因替主效劳——照顾祭坛圣火，暗自传递福音，伺候俗人，听吩咐马上行动等——虽然他已衰老得不成样子，却仍然丝毫未受到圣徒或高僧的恩宠。不，他的灵魂本身虽在那种侍奉里变老，却没有向着光明与美丽生长，也没有散发出主的芬芳——这是一种受尽屈辱的意志力，既不热心于顺服，也不热心于爱惜或反抗老去的肉体，而他的身体又干又瘦，上面覆着一层灰白的汗毛。

主任蹲下身去，查看木柴被烧着的样子。斯蒂芬开口说话，来打破沉闷：

——我不信我生不出一炉火来。

——你是个艺术家，可不是吗，斯蒂芬？主任说着向上瞥视，眨了眨他那双灰白的眼睛。艺术家的目的在于创造美的东西。至于美的东西是什么，是另一个问题。

他为这一难题缓慢而无奈地搓着双手。

——你现在能解决这个问题了吗？他问。

——亚奎纳斯说，斯蒂芬回答，美是让人赏心悦目的东西。

——我们眼前的火，主任说，看起来很悦目。因而它就是美的吗？

——我想我们现在谈的是审美思辨，那么就其视觉体会而言，火当然是美的。但亚奎纳斯也说“食欲所向者为善”。就其满足动物求暖的渴望而言，火是一善。然而在地狱里，火是一恶。

——确实如此，主任说，你说话的确一针见血。

他快速起身走向门口，把门打开说：

——有人说穿堂风对这些小事有帮助。

走回火炉时，他的脚有点跛，但很轻快，斯蒂芬看到一位耶稣会员的暗哑灵魂，用一双苍白无爱的眼睛向他望过来。像伊格内修斯一样，他跛着腿，但眼里却没有伊格内修斯那热情的火花。即使这个僧团传奇性的巧术——这巧术比它那些离奇的藏着隐秘、妙智的书籍还更微妙隐秘——也未能在他的心中点燃耶稣门徒的灵魂。看来，他似乎为了神更大的荣耀，仿佛完全是奉命行事，利用世俗的手段、学问与狡黠，既在运用它们时没有任何快乐，也无所憎恶于那种运用它们在恶人身上的喜乐，但以坚定的服从姿态，把它们转过来对付它们自己。他尽管这样默默侍奉，却似乎根本不爱他的主人，并且也很少爱——假如爱的话——也不爱他所服务的目的。如造物者所要求他的那样，他像老人手里的一根拐杖，被冷落在一个角落里，供夜晚或天气恶劣时行路倚靠之用，与一位贵妇的花束一起放在花园的坐凳上，有时还可以把他举起来吓唬人。

主任转回到火炉边，开始轻抚他的下巴。

——我们什么时候可以得到你对这一美学问题的答复？他问。

——我的答复！斯蒂芬吃惊地说，假如我运气好，也得隔两个星期，才会对一个观念有所领悟。

——迪达勒斯先生，这些问题都非常深刻，主任说，就像从墨黑山上向那深渊里远望。有许多人走进那深渊就再也上不来了。只有训练有素的潜水员，可以游进那些深渊里去，加以探索，并且再浮到水面上。

——先生，如果您是指思辨问题，斯蒂芬说，我敢说并没有自由思想这回事，因为一切思维必须受到其特有法则的约束。

——哈！

——就我的目的而言，我目前能够依循亚里士多德与亚奎纳斯的一两个观念的指引而研究下去。

——我懂了。我很清楚你的观点。

——我需要它们，只供我自己运用，并当作指引，直到我凭它们的指引有所成就。如果这盏灯冒烟或有气味，我必加以修理；如果光亮不足，我必会把它卖掉，再另买一盏。

——耶庇克蒂忒斯也有一盏灯，主任说，这盏灯在他死后要以可观的高价出售。那是他借以著述哲学论文的一盏灯。你可知道耶庇克蒂忒斯？

——一位老先生，斯蒂芬粗哑地说，他说一个人的灵魂就像一桶水。

——他用平易的方式告诉我们，主任往下说，他曾把一盏铁灯摆在一座神像前，而遭小偷光顾。这位哲学家怎么办呢？他回想，那盏灯正投小偷之所好，因此决定翌日买一盏陶灯，而不用铁灯。

熔化了的蜡油气味从主任的烛蒂传上来，在斯蒂芬的意识里，与这些话的韵味、桶子与灯、灯与桶子的叮当声融成一片。这位神父的声音，也有一种响亮的声调。斯蒂芬的思想本能地随之停止思索，抑制它的，是那奇异的说话音调与所说的那个形象以及这神父的面孔，那就像一盏没点着的灯，或一具焦点没调准的反射器。那这张脸后面或里面到底有些什么呢？是一种迟钝、麻痹的灵魂，或一团智慧，能表现出神的愤怒的包藏雷电的乌云？

——老师，我指的是另外一种灯。斯蒂芬说。

——那当然。主任说。

——美学讨论的一个难题，斯蒂芬说，困难在于词语是按照文学传统使用，还是按照市井间流传的来用。我记得纽曼的一个句子，里头有句提到圣母玛利亚，说她由众多圣徒陪着。可是在市井中使用这个字就大不相同了。我希望我没误导你。

——一点也没有。主任客气地说。

——不，不，斯蒂芬微笑着说，我是说……

——是，是，我明白了，主任忙说，我很明白你的意思，就是“耽误”。

他把下嘴唇突出来，发出一阵短暂的干咳。

——再回过头来说油灯吧，他说，添油也有讲究。你得选择纯油，倒时也得小心，别倒多了，不要倒得超过漏斗的容量。

——什么漏斗？斯蒂芬问。

——把油倒进油灯时所用的漏斗。

——那个？斯蒂芬问，那能叫作漏斗吗？那难道不是滴盘吗？

——滴盘是什么？

——那个。就是……是漏斗。

——在爱尔兰把它叫滴盘吗？主任问。我平生没听过这个字眼。

——在下德朗康德拉，这叫作滴盘，斯蒂芬大笑着说，那里的人说的是最棒的英语。

——滴盘，主任推敲着说，这是个非常有趣的词。我得查查看。我一定要查。

他的礼貌显得有点虚假，斯蒂芬看这位英国皈依者的目光，一如寓言中那位长兄看浪子的目光。爱尔兰境内一个可怜的英国人，在喧嚣的转变精神的热潮后面，跟着一位谦卑的追随者，在那出包含阴谋、苦难、妒忌、争斗与侮辱的奇怪戏剧快要演完之时，他好像才走上耶稣教会历史的舞台——一个迟来之客，一个落伍的心灵。他的宗教思想从什么地方出发？或许他在持不同政见者中出生和成长，只相信靠耶稣才能得救，而憎恶既有教会的浮夸。他可曾感到，在各教派的混乱的、标新立异的种种名目中间——如六位守原则者、特选子民、圣人的后裔、毒蛇洗礼会、教派独断者——他需要一种明白的信仰？就像一卷棉花一样缠绕到尽头，在双手行礼或在圣灵诞生时，他突然找到了真正的宗教吗？或者是他打着哈欠坐在教堂门口收到便士时，耶稣基督碰了他一下，吩咐他跟随他，就像那个原先坐在税务所的门徒？

主任把这个词又念了一遍。

——滴盘！嗯，真有趣！

——您刚才问我的问题，我觉得更有趣。艺术家努力要用泥土块来表达的美是什么？斯蒂芬冷冷地问。

这个小字眼似乎已将他敏感的剑尖转了过来，对抗这位有礼貌而机警的敌人。当他知道跟他谈话的那个人是本·琼森的同胞，就有点落寞颓丧起来。他想：

——我们所说的语言，在属于我之前原是他的。“家、基督、啤酒、主人”这些字眼在他嘴里跟在我嘴里多有不同，我每说到或写到这些字眼，都会感到心神不安。他的语言，既熟悉又陌生，于我而言永远是一种习来的语言。我既没创造也没承认过它用的那些词语。我的说话声拒绝它们。我的灵魂在他语言的阴影中坐立不安。

——要区分美与崇高，主任又说，要区分精神美与物质美，并且要探究哪种美适合于哪种不同的艺术。这些都是我们或许可以讨论的要点。

主任平稳单调的语调突然令斯蒂芬气馁，他因此沉默了，主任也沉默了。远处传来许多长筒靴与混杂话语的吵闹声，打破了沉默并传上了楼梯。

——对这些进行探索时，主任下结论说，这其中必有看不见的危险。首先，你得修习学位，把它作为你的第一目的。然后渐渐地，你必会看清楚你的路子，我是指你生活与思想的路子。起初是上坡攀登，以孟南为例，他花了很长的岁月才登上山顶，但他最终抵达那儿了。

——我恐怕没有他的才华，斯蒂芬低声说。

——那可很难说，主任说，谁也不知道我们有什么天分。无论如何都不可气馁，“要踏尽崎岖才能望见星斗”。

他匆匆离开火炉，走向楼梯口去监督人文科第一班学生来上课。

斯蒂芬斜靠在火炉上，听到他轻快而一视同仁地与班上的每一个学生打招呼，而且几乎能看到那些较粗犷的学生的爽朗的笑容。一种怜悯的情绪开始像露水一样落在他那容易发愁的心田上，他同情那一世英豪洛约拉门下这位忠信侍者，这位圣职的庶出兄弟，他在言语上比他们随俗，在灵魂上比他们坚定，是位他再也不会称之为神父的人。他又想，这个人及其伙伴，以他们的整个历史而言，都在神的公义法庭上为那些怠惰、冷漠及有所顾忌的人祈求，所以他们在出世者和普通俗人的眼中都有一定的声誉。

教授进入教室，而在那些阴暗教室的布满蛛丝的灰色窗户下方最高排的学生，用长筒靴跺出几阵鼓噪表示热情，点名开始，应答的腔调形形色色，一直到彼得·伯恩的名字。

——有！

一声深沉的回答从上排传来，其他座位发出一片表示抗议的咳嗽声。

教授停下点名，然后念下一个名字：

——克兰利！

没有回答。

——克兰利先生！

斯蒂芬想到他朋友的学习情况，脸上闪过一抹微笑。

——到李欧巴镇去问问他吧！

那张由灰色光线衬出的大鼻子脸上没有任何表情。教授写出一个公式。斯蒂芬在翻笔记本的沙沙声中回过头说：

——拜托，给我一张纸。

——难道你落魄到这地步？莫伊尼汉咧开了嘴笑着问。

他从草稿本上撕了一页传过来，低声说：

——事所必需时，俗人与女人都可以做。

他顺从地写在纸上的公式，那位教授所写的线圈与解线圈的计算，那些幽灵状的力与速的符号，既迷惑又壅塞斯蒂芬的心灵。他听人说，这位老教授是位无神论的自由思想者。啊，这灰暗无趣的一天！这似乎是一个没有痛苦却需要耐心的意识的境界，数学家的灵魂或可流连其中，把越来越稀薄、苍白的薄暮的余晖，从一个平面投射到另一个平面，并将疾速的涡流辐射到一个越来越广阔、遥远与不可捉摸的宇宙边缘。

——因此我们必须区别椭圆形与椭圆体。也许各位当中有人熟悉吉尔伯特先生的作品。他在一首歌里提到一个天生的撞球高手：

在一块不真实的布上
有根扭曲的球杆
与椭圆的球

——他指的就是我刚才提到的一个有主轴的椭圆球。

莫伊尼汉俯身到斯蒂芬的耳边低语：好贵的椭圆球！小姐们，来追我吧，我在骑兵队里！

他同学的粗鲁、幽默像一阵狂风，掠过斯蒂芬心头的隐秘处，把那些挂在墙上的软塌塌的祭司衣袍吹得有了开心的生气，使它们在一个不按规矩的安息日里飘来荡去。校园的形形色色，都从这些为强风吹刮的祭袍中浮现出来，各科主任，那有一头灰发、肥胖而脸色红润的会计，那校长，那写宗教诗而头发似羽毛的小修士，那农夫般矮胖的经济学教授，那在楼梯口跟学生讨论一个良心问题的高大的年轻的心理学教授，有如一头长颈鹿在一群羚羊中间吃着高处的树叶，那心事重重的教会负责人，那位有对凶恶眼睛的脑满肠肥的意大利教授，他们走着、跑着、蹦着、跳着而来，撩起外袍做蛙跳，彼此打着别人的屁股，发出深沉虚假的大笑，笑话他们粗鲁的恶作剧，用彼此熟悉的绰号打招呼，突然装作对一句不堪入耳的用语表示抗议，用手遮掩着说些根本不是秘密的话。

这位教授先走到侧墙的玻璃橱前，从一个架子上拿下一套线圈，把各处灰尘吹走，再把它们仔细摆在桌上，讲课时他把一个手指按在上面。他解释，现代线圈的电线是新近由马帝诺发现的一种叫作赛白金的合金。

他清楚念出了发明者姓名的起首字母及姓氏。莫伊尼汉在后面低语：

——好个清水马丁！

——问他，斯蒂芬以懒懒的幽默低声回应，要不要找个人坐电椅。他可以找我。

莫伊尼汉看到教授俯身在线圈上，就在长凳上站起来，无声地弹着右手手指，开始用顽童耍赖的声音叫起来：

——老师，你看！老师，你看！老师，那个坏孩子在说脏话。

——赛白金，教授庄重地说，比德国的银子好，因为不管温度怎么变化，而它始终有较低的抗热系数。赛白金线是绝缘的，隔绝赛白金的包银，正好在我的手所指的缠绕在硬橡胶线的轴上。如果单缠一次，则额外的电流会在线圈里感应。线轴是固体石蜡饱浸过的……

有人用尖锐的北爱尔兰口音在斯蒂芬下面的长凳上说话：

——我们会考应用科学的问题吗？

教授开始严肃地搬弄纯粹科学与应用科学这两个名词。一个戴金边眼镜的肥胖学生，带着惊讶的神色瞪着那个发问者。莫伊尼汉用他本来的口音在后面低语：

——以他那身肉来讲，麦卡利斯岂不是个魔鬼吗？

斯蒂芬冷眼俯视着他底下那个一头杂色乱发的长圆脑袋。那发问者的声音、腔调及心思令他痛苦，使他的情绪由原本的听之任之转变成不可抑制的愤怒，心里就横过来想，要是这个学生的父亲把他送到贝尔法斯特去读书，倒可以节省一笔火车票钱。

底下这颗长圆的头，并未转过来迎接这支思绪的暗箭，可是这箭又回到它的弓弦上，因为他一会儿就看到了这个学生苍白的脸庞。

——那想法并不是我的，他赶紧在自己心里说。它来自后排那个爱逗笑的爱尔兰人。忍耐。你能肯定说，你们种族的灵魂是被谁出卖的？——是那发问者或那嘲弄者？忍耐。请你想想耶庇克蒂忒斯，照他的性格，他也许会在这一刻以这种语气问这样的问题，而且把科学这个词念得像一个字一样。

教授单调的低音，继续慢慢绕着所说的那个线圈打转，其催眠力随着线圈电阻量的增加而两倍、三倍、四倍地递增。

莫伊尼汉听到一阵遥远的铃声，从后面喊道：

——下课了，各位！

礼堂入口拥挤而喧哗。在门首一张台子上有两幅带框的照片，中间是一长卷有不规则签名行列的纸张。麦堪在学生中间敏捷来去，迅速交谈，应付恳辞，并把人一一带到台边。主任站在内厅正跟一位青年教授谈话，他严肃地摸着下巴，并频频点头。

斯蒂芬在门口受到人群阻拦，只好停下脚步。克兰利的阴沉目光，正从一顶宽边、下垂的软帽下面望着他。

——你签了没？斯蒂芬问。

克兰利紧闭他那长而薄的嘴唇，先自己思量了片刻，才回答说：

——签了。

——这是干吗？

——什么？

——这是干吗？

克兰利把他那张脸转向斯蒂芬，温和而慷慨地说：

——为了宇宙和平。

斯蒂芬用手指着沙皇的照片说：

——他的脸像个神志不清的基督。

他声音里的轻视和愤怒，把克兰利本在平静浏览四壁的目光招了回来。

——你生气了吗？他问。

——没有，斯蒂芬回答。

——你心情不好吗？

——没有。

——我相信你是个说谎者，克兰利说，因为看你的脸色，我就知道你的心情很差劲。

莫伊尼汉走向台子途中时附在斯蒂芬的耳旁说：

——麦堪现在处于巅峰状态。他准备流完最后一滴血！崭新的世界，女人们不准喝酒也不准投票。

斯蒂芬对这种推心置腹的态度报以微笑，待莫伊尼汉走过，又转身去看克兰利。

——也许你可以告诉我，他说，他为什么把自己的心事这么大方地说给我听？

一抹阴沉、不悦的神色出现在克兰利的额头。他瞪着莫伊尼汉方才俯身在卷轴上签名的那张台子，继而冷淡地说：

——一个马屁精！

——是谁使性子？斯蒂芬问，是我还是你？

克兰利并不体会这句嘲弄话。他很快思索自己的判断，并以同样冷淡的口气重复说：

——一个臭马屁精，那就是他！

那是他给予所有已死友谊的墓志铭，斯蒂芬猜想，他是否会以同样的语调对自己说这种话。这一沉重、迟钝的词语，像一块沉入沼地的石子儿，慢慢沉下去，让人听不见。斯蒂芬看着这块石头下沉，觉得它的重量压在他的心上，一如他以前见到的其他那些。克兰利的言语不像达文的，既没有伊丽莎白时代英语的冷僻词，也没有爱尔兰成语的奇特用法。它的温暾调，是由一个腐朽中的荒凉海港发出的都柏林码头的回声，而其精神则是由一个威克洛讲坛所反射的都柏林神圣雄辩的回声。

等到麦堪从礼堂那一边朝他们快速走来时，克兰利脸上的愤怒就消失了。

——你在这里啊！麦堪高兴地说。

——我在这里啊！斯蒂芬说。

——像平常一样迟到了。难道你不能把进步趋向和守时态度结合在一起吗？

——那个问题不在讨论之中，斯蒂芬说，谈下一件事。

他微笑的眼睛，盯住这位宣传家胸袋里探出来的一块银箔纸包着的牛奶巧克力糖。一群听众围拢过来听这场舌战。一个有着橄榄色皮肤、细软黑发的瘦长学生把脸伸到两人之间，每听一句都拿眼睛瞟一下两人，似乎要用他张开的濡湿嘴巴接住每句飞过去的话。克兰利从裤袋里拿出一个灰色小手球，转来转去，仔细审视着。

——下一件事？麦堪问。哼！

他发出一阵大笑接着咳嗽了几声，一脸微笑地扯了两次他宽下巴下面的草色山羊胡子。

——下一件事是签见证书。

——如果我签的话，你会付一笔钱给我吗？斯蒂芬问。

——我原以为你是个理想主义者。麦堪说。

这个貌似吉卜赛人的学生环顾四周，同时用一种不清晰的哼声向旁观者说：

——哎呀，这是个古怪想法。我认为这想法太市侩了。

他说完后，大家渐趋沉默。大家都没注意他说了什么。他把表情像马的橄榄色的脸转向斯蒂芬，央求他再开口。

麦堪开始一个劲儿说起沙皇的诏书，说到斯特德、普遍裁军、国际纠纷仲裁、时代的迹象、新的人类和新的生活福音，这些都将使社会事务以尽可能小的代价让尽可能多的人获得最大的幸福。

这位吉卜赛学生在他快要说完时顺势高呼：

——为四海一家欢呼！

——坦普尔，你说呀，他旁边一个矮壮的、脸色红润的学生说——回头我请你喝一杯。

——我是个四海一家的信徒，坦普尔说，一边用他阴沉、椭圆的眼睛环视周遭。

克兰利使劲抓着他的胳膊，以制止他讲话，同时面露不安地微笑着一再说：

——别急！别急！别急！

坦普尔的嘴上沾着一层薄薄的唾沫，他挣脱了胳膊，继续说：

——社会主义由一位爱尔兰人所创立，而欧洲首先宣扬自由思想的是柯林斯。这发生在两百年前，他抨击神职政略，抨击那米德尔塞克斯的哲学家，为约翰·安东尼·柯林斯欢呼三次：

那圈人最外边有个微弱的声音应道：

——万岁！万岁！

莫伊尼汉附着斯蒂芬的耳朵低声说：

——约翰·柯林斯那可怜的小妹妹结果如何？

洛蒂·柯林斯丢了她的内裤：

你难道不肯把你的借给她？

斯蒂芬大笑，莫伊尼汉觉得很高兴，又低声说：

——对于约翰·安东尼·柯林斯，我们可以用五个先令来做赌注。

——我等你的回答呢。麦堪简短地说。

——这件事我一点也不感兴趣，斯蒂芬疲倦地说，这你很明白。你为什么要来这儿胡闹？

——好哇！麦堪咂着唇说，那么，你是反动派吗？

——你以为你挥舞木剑，斯蒂芬问，就把我给吓着了吗？

——好个比喻！麦堪粗鲁地说，就事论事吧。

斯蒂芬红着脸把头扭到一边。麦堪不肯罢休，带着敌意的幽默说：

——我想，小诗人是不会谈世界和平这种琐碎问题的。

克兰利抬起头来，同时以和事佬的姿态把手球举在这两位学生之间，他说：

——整个地球上的和平。

斯蒂芬离开那些旁观者，对着沙皇照片愤怒地耸耸肩膀说：

——留着你的偶像吧！如果非要有个耶稣不可，那就让我们有个合法的耶稣吧！

——哎呀！说得好！那吉卜赛学生对周围的人说，这话说得漂亮，我太喜欢这句话了。

他吞下喉咙的唾液，就像吞下了这句话，他一面摸索自己的粗呢帽顶，一面转向斯蒂芬问：

——对不起，先生，你刚才冒出的那句话是什么意思？

他感到旁边有学生在推他，就向他们说：

——我现在真想知道他说那句话的意思。

他再转向斯蒂芬轻声说：

——你相信耶稣吗？我相信的是人。当然，我不知道你是否相信人。先生，我钦佩你。我钦佩那脱离一切宗教思想而独立的心灵。这是你对耶稣心灵的想法吗？

——你说吧，坦普尔，那位矮壮、红脸蛋的学生照他的习惯回到他起先那个想法说，那一杯正等着你呢。

——他以为我是个笨蛋，坦普尔向斯蒂芬解释，因为我相信人的思想的巨大能力。

克兰利伸出双臂，分别拉起斯蒂芬和他崇拜者的手来说：

——我们去玩手球。

斯蒂芬被拉着离开时，瞥见了麦堪那张五官迟钝的大红脸。

——我的签名无足轻重，他礼貌地说，你尽管走你的路，让我走我的吧。

——迪达勒斯，麦堪爽快地说，我相信你是个好人，但你还不懂博爱主义的尊严及个人对人类的责任。

有个声音说：

——装疯作傻的知识分子最好别介入这个运动。

斯蒂芬听出那是麦卡利斯特的刺耳的声音，因此并未循着声音转过身去。克兰利挽着斯蒂芬和坦普尔的胳膊从学生人群中挤过，就像众神父簇拥着一位主领着弥撒神父前往祭坛。

坦普尔急切地俯身越过克兰利的胸口说：

——你听到麦卡利斯特说的话了吗？那个青年嫉妒你。你看出来了吗？我敢打赌，克兰利看不出来。哎呀，我一眼就看出来了。

他们走过内厅时，主任正要躲开那个缠住他要和他说话的学生。他站在楼梯口，一只脚踏在最下一阶，以女子般的细心把身上的旧袍子揽起登上楼去，还不时点头反复说：

——哈克特先生，你说得一点不错，很好！一点不错！

学院教会监督员站在礼堂中央，用温和的抱怨声跟一个寄宿生在认真交谈。他说话时，那对长了雀斑的眉毛微微皱起来，而且在说话当中咬一根细细的骨质铅笔。

——我希望注册了的全都来。头一批文科生很确定。第二批文科生也一样。我们必须把握住新生。

他们经过门廊时，坦普尔再次俯身越过克兰利，用快速的耳语说：

——你知道他是个结过婚的男人吗？他在皈依神以前就已结了婚。他有妻儿。哎呀，我想这是我听人说过的最怪的事！对吗？

他的耳语拖长变成了咯咯的大笑声。他们经过门廊时，克兰利狠狠抓住他的脖子，摇着说：

——你这个该死的笨蛋！我凭脑袋发誓，在整个要命的世界里，你知道吗，你是个最混蛋的大笨猴！

坦普尔在他的手中扭动着，仍然狡猾、得意地大笑，而克兰利每次使劲摇他就再说一句：

——该死的大白痴！

他们一起走过长满野草的花园。裹了一袭厚重、宽松的斗篷的校长，正沿一条散步道读着日课朝他们走来。他在步道尽头转弯之前停下来，并抬起头看着。这几个学生向他致敬，坦普尔照先前那样摸着他的帽顶。他们默默地向前走。走近巷子时，斯蒂芬听见球员双手的重击声、湿球的吧嗒声，以及达文跟着每打一下球发出的兴奋喊叫。

这三个学生围到达文坐着的观球赛的箱子旁边。没多一会儿，坦普尔侧身过去向斯蒂芬说：

——对不起，我想问你，你可相信卢梭是个诚实的人？

斯蒂芬马上大笑出来。克兰利从他脚边的草地上捡起一块破桶板子，迅速转身厉声说：

——坦普尔，我郑重宣布，如果你再向任何人就任何题目说一个字，你可知道，我就当场宰了你。

——我想，斯蒂芬说，他就像你一样是个感情用事的人。

——去他的，咒他！克兰利露骨地说。千万别跟他讲话。跟坦普尔讲话，你可知道，还不如跟一口要命的铁锅讲话。回家去吧，坦普尔。看在老天的分上，回家去吧！

——克兰利，我可压根儿没把你放在心上。坦普尔回答，他站到那块高举的桶板挥击的范围以外，并用手指着斯蒂芬。他才是我在本学院里见到的唯一有个人见地的。

——学院！个人！克兰利喊着说。回家去吧，去你的吧，因为你是个没指望的混蛋。

——我是个感情用事的人，坦普尔说，这话说得对极了。我很高兴自己是个感情至上者。

他一边横行走出巷子，一边狡猾地微笑着。克兰利一脸茫然地看着他。

——瞧他！他说，你可见过这样一个贴着墙壁走的人？

他这话招来一阵奇怪的大笑声，原来有个学生正靠在墙上，用尖顶帽遮着眼睛。那笑声音调既高，又出自这么一副肌肉发达的躯体，听起来似大象嘶鸣。这个学生笑得浑身哆嗦，为了松一口气，他乐不可支地将两手叉在腰际。

——林奇醒了。克兰利说。

林奇挺了挺胸脯，以作回答。

——林奇挺起胸膛，斯蒂芬说，就是一种对生命的批评。

林奇猛捶着自己的胸脯说：

——谁对我的腰围不服气？

克兰利果真不服气，两人就扭打起来。待他们扯扭得面红耳赤，这才喘着大气分开了。斯蒂芬向达文俯身，而后者专心在看球赛，没留心别人的谈话。

——我的小乖鹅怎么了？他问，你签了名吗？

达文点点头说：

——你呢，斯蒂维？

斯蒂芬摇摇头。

——斯蒂维，你真是个厉害的家伙，达文取下嘴里的短烟斗说，总是特立独行。

——你既然已签下了呼吁全球和平书，斯蒂芬说，我想你就该烧了那本我在你房里看到的小笔记本了吧。

斯蒂芬见达文没回答，就开始引述那里面的话：

——芬尼亚主义者，大步走！芬尼亚主义者，向右倾！芬尼亚主义者，全体！敬礼！一,二！

——这个问题不一样，达文说，我是个最最激进的爱尔兰民族主义者，而你一点边都不沾。斯蒂维，你天生对什么都报以嘲笑。

——下回你拿冰球棍造反，要找个不可或缺的内奸时，斯蒂芬说，吩咐我好了。我可以在校园里替你找几个。

——我搞不懂你，达文说。有回我听你高谈反对英国文学。现在你又反对爱尔兰内奸。你的姓氏跟你的想法怎么搞的……你到底是不是爱尔兰人？

——现在跟我到纹章局去，我把我家的族谱树指给你看，斯蒂芬说。

——那就加入我们吧，达文说，你为什么不学爱尔兰语？你为什么上了第一课便退出了？

——你知道理由何在。斯蒂芬回答。

达文猛地抬头大笑起来。

——哦！得了！他说。是不是因为那个年轻女郎跟莫兰神父？但那全是你自己想的，斯蒂维。他们不过是说说笑笑而已。

斯蒂芬不说话，把一只手友善地搭在达文肩膀上。

——你可记得，他问，我们当初认识的时候？我们相遇的第一天早上，你让我告诉你到新生班的走法，你把这字的头一个音节念得特别重。你记得吗？你又习惯把耶稣会修士叫作神父，你可记得？我问自己：他这个人怎么样？他真的像他说的话那样天真吗？

——我是个单纯的人，达文说，这你心里明白。那天晚上，你在哈考特街告诉我你的私生活那些事情后，斯蒂维，讲老实话，我几天吃不下晚饭。我很不舒服。那晚我久久不能入睡。你为什么告诉我那些事情？

——多谢了，斯蒂芬说，你是说我是个怪人。

——不，达文说，但是我但愿你没有告诉我。

一阵潮水开始在斯蒂芬友情的平静表面下涌动。

——这个种族，这个国家，这个生命造就了我，他说，我应该把我的本来面目显露出来。

——那就加入我们吧，达文又说，你在心底里是个爱尔兰人，只是太矜持了。

——我的祖先抛弃了他们的语言，而采用了另外一种，斯蒂芬说，他们让一小撮异族人统治他们。难道你以为我会再用自己的一生替他们偿债？为什么？

——为了我们的自由，达文说。

——打从托恩和巴涅尔的时候起，就没有哪个诚信可敬的人，斯蒂芬说，把他的生命、青春与热情献给你们，而你们却把巴涅尔卖给敌人，在危急时背弃他、辱骂他，去投靠另一个人。而今你竟还邀我做你们的一分子。我要先看你们下地狱。

——斯蒂维，他们为理想而死，达文说，相信我，我们的日子还没到。

斯蒂芬循着自己的想法沉默了一会儿。

——那灵魂，他含糊地说，诞生在我跟你讲过的那些时刻之前。它的诞生缓慢而黑暗，比肉体的诞生更神秘。一个人的灵魂在这个国家里诞生了，就有许多网投向它，阻止它飞翔。你跟我说到国籍、语言与宗教。我可得尽力拖着这些网来飞。

达文把他烟斗里的灰掸掉。

——斯蒂维，太深奥了，我听不懂，他说，但是国家至上，爱尔兰至上。斯蒂维，然后你才能够做个诗人或神秘主义者。

——你知道爱尔兰是什么吗？斯蒂芬以冷漠、激烈的语气问。爱尔兰是吃它那一窝小猪的老母猪。

达文从他坐的箱子上站起来，走向那些球员，黯然地摇着头。但过了一会儿，他的悲伤就消失了，而跟克兰利及刚比赛完的两位球员热烈地抬起杠来。一场四人赛安排好了，但克兰利坚持要用他的球。他把球往地上拍了两三次，然后把它强劲、快速地打向巷底，口里跟着击球的动作大喊：

——你的灵魂！

斯蒂芬跟林奇站在一块儿，直到分数开始增加。然后他拉着他的袖子离开，林奇顺从他，说：

——像克兰利说的，走为上计。

斯蒂芬听了这句言不及义的话后莞尔一笑。他们经过花园往回走，然后穿过大厅出来，一个年老的工人正在门房的布告牌上钉一张通知。他们在台阶口停下来，斯蒂芬从口袋里掏出一包香烟递给同伴。

——我知道你穷，他说。

——去你的侮辱，林奇回答。

这话再一次显示了其人的教养，使得斯蒂芬又不禁为之莞尔。

——你打定主意脏话不离口的时候，他说，那就是欧洲文化的大日子了。

他们点燃香烟，转向右边走去。过了没多久，斯蒂芬开口说：

——亚里士多德没弄清楚怜悯与恐惧是什么意思。我倒弄清楚了。我说……

林奇打断他，不客气地说：

——停！我不爱听！我不舒服。我昨晚在外面跟霍仑·哥金斯喝得烂醉。

斯蒂芬往下说：

——怜悯这种感情，在面对重大、永久的人类苦难时，可以让人心变柔软并使它与那受难之人结合。恐惧这种感情，在面对重大、永久的人类苦难时，可以让人心变柔软并使它与那难以说清的原因结合。

——再说一遍，林奇说。

斯蒂芬把这两个定义慢慢重述一次。

——几天前，他往下说，在伦敦，有个女孩坐进一辆马车。她准备去迎接自己多年不见的母亲。在一处街角，一辆货车的车轴震碎了这辆马车的窗户，玻璃上留下了五星一样的窟窿。一块细长如针的玻璃碎片刺入她的心脏。她当场死亡，记者称之为悲剧性的死亡。这不对。依我的定义条件，这无关乎怜悯与恐惧。

——事实上，悲剧情绪是一张向两面望的脸，它向着恐惧又向着怜悯。你看我用“停留”这个词，意思是说悲剧情绪是静态的。或毋宁说，戏剧情绪如此。受到不正当艺术的煽动的情感，是动态的，或为情欲，或为憎恶。情欲促使我们去占有、追求什么；憎恶促使我们放弃、离开什么，这两者都是动态的。煽动这两种情绪的艺术，不论淫秽的还是教化的，都因此是不合宜的艺术。审美感情（我说的是这个词的一般含义），因而是静态的。心灵为所夺而超脱于情欲与憎恶。

——你说艺术不能煽动人的欲望，林奇说。我告诉你，有一天，我在美术馆用铅笔在普拉克西提勒斯背上写了我的名字。那难道不是情欲吗？

——我说的是正常本性，斯蒂芬说。你也曾告诉我，你孩提时，在那所漂亮的修道院学校吃下过好几片干牛粪。

林奇又哼笑起来，并用两手叉着腰际，但没把手从口袋里拿出来。

——哦，我吃过！我吃过！他喊道。

斯蒂芬转向他的同伴，坦然正视了他的眼睛一会儿。笑够了后恢复平静的林奇，用谦卑的目光看着他。尖顶高帽底下那个长而扁平的脑袋，令斯蒂芬心中想到一条戴上头罩的爬虫。那对炯炯注视的眼睛，也像爬虫一样闪着光。但就在那一刹那，那对看起来谦卑而机警的眼睛却被一丝人性所点亮，那本是一个萎缩灵魂的窗户，辛酸而自怨自艾。

——说起来，斯蒂芬用礼貌的补充语说，我们全都是禽兽，我也是一头禽兽。

——你是的。林奇说。

——但我们此刻是在心灵世界里，斯蒂芬继续说，为不适宜的审美手段煽动起来的情欲与憎恶，都是真正的非审美情绪，不但因为它们性质上是动态的，也因为它们不过是肉体上的。我们的肉体借一种纯为神经系统的反射，退避其所恐惧的，而响应其所欲望的刺激。我们还没感觉到苍蝇要飞进眼睛来之前，就会把眼睑合上。

——不一定吧！林奇挑他的毛病。

——同样的，斯蒂芬说，你的肉体会对一座裸像的种种刺激做出反应，但依我说，这只是一种神经反射。那艺术家表现出来的美，不会在我们心中激起一种动态的情绪，或纯属生理的激情。它激醒，或该激醒，诱发，或该诱发一种审美的停滞，一种意念上的怜悯或一种意念上的恐惧，一种被我称为美的节奏所唤起、延长而最后融解的节奏。

那到底是什么？林奇问。

——节奏，斯蒂芬说，是第一次正式的审美关系，在任何一个审美整体中，或在一个或多个审美整体中，或与它是其中一部分的审美整体的任何部分之间的第一次正式的审美关联。

——如果那是节奏，林奇说，那我想请教你称为美的东西。请记住，我虽然真的吃过一块牛粪，我倒只爱慕美。

斯蒂芬举起帽子，好像表示敬意。然后，他微红着脸，把手放在林奇的粗呢衣袖上。

——我们是对的，他说，别的人都错了。说这些事情，努力弄明白它们的本质，慢慢地、谦卑地、不断地表达，从粗糙的大地或它所带来的东西中，从声音、形状和色彩中，从我们灵魂的牢狱之门，一种我们试图理解的美的形象——那就是艺术。

他们已走到了运河桥，再转离正路，循着那排树木前进。反映在死水里的一片苍茫的灰光与头上湿树枝的气息，似乎都想打断斯蒂芬的思路。

——你可还没回答我的问题，林奇说，艺术是什么？它表现的美又是什么？

——那是我给你讲的第一个定义，你这个瞌睡虫，我自己正在努力，要把这件事情搞清楚。你还记得那一晚吗？克兰利发了脾气，开始讲威克罗腌肉的事情。

——我记得，林奇说，他向我们说起那些肥猪一般的恶魔。

——艺术，斯蒂芬说，是人类为了一个审美目的，处理可感受或可理解的事物而做的事。你记得那些猪，却忘了这个。你和克兰利可真是让人生气的一对儿。

林奇对着阴冷、灰暗的天空，扮了一个鬼脸说：

——如果要我听你的审美哲学，你至少要给我一根香烟。我不在乎这个。我甚至不在乎女人。你和你的理论都滚吧。我要一份年薪五百镑的工作。你也没办法替我弄一份。

斯蒂芬把那包香烟盒递给他。林奇掏出剩下的那支说：

——请说下去！

——亚奎纳斯说，斯蒂芬说，美的事物在领略时令人愉悦。

林奇点点头。

——这我记得，他说，凡能让人赏心悦目的事物即是美的。

——他用“视”这个字，斯蒂芬说，意思是涵盖各种审美体会，无论透过视觉、听觉或其他任何体会途径。这个字眼固然暧昧，但已够明白，足以排除那煽起情欲与憎恶的善与恶。这确实指一种静态而非动态。真又如何？它也产生一种静态心境。你绝不会拿铅笔在直角三角形的斜边上写上你的名字。

——不会，林奇说，把普拉克西提勒斯的维纳斯的斜边给我就行了。

——因而这是静态的，斯蒂芬说。我想柏拉图说过，美是真理的光辉。我不认为它有什么意义，但真的和美确实是相似的。真理是智力能看到的，智力是由可理解的最令人坐立不安的关系所安抚的；而美则是通过想象所看到的，想象力则是由最令人满意的智力所满足的。走向真理的第一步是理解智力本身的框架和范围，理解智力的行为本身。亚里士多德的整个哲学体系都建立在他的心理学之上，我认为这是建立在他的观点之上的，即同一属性不能同时存在，同样的联系属于和不属于同一主题。走向美的第一步是理解想象的框架和范围，理解审美的行为本身。清楚了吗？

——但美是什么？林奇不耐烦地问道。再说一个定义吧！我们看到而喜爱的东西！难道这就是你跟亚奎纳斯能下的最好定义吗？

——就拿女人来说吧，斯蒂芬说。

——就拿她吧！林奇热切地说。

——希腊人、土耳其人、中国人、科普特人、霍屯督人，斯蒂芬说，所欣赏的女性美全都不同。这似乎是我们无从脱逃的一座迷宫。不过，我看到了两条出路。其一是这样的一个假设：男人欣赏女人身上的每一个生理特质，都直接跟种族繁衍所需的妇女的多重功能有关。这大约是如此。这个世界，林奇，看来比你所想象的要无趣。就我而言，我不喜欢这条出路。这导致优生学而非美学。它引导你走出这迷宫，却进入一间新颖俗丽的讲堂，那里麦堪一只手放在《物种起源》上，另一只手放在《新约》上，告诉你说，你欣赏维纳斯的肥腰，因为你觉得，她会替你生下强壮的子女，你欣赏她的大乳房，因为你觉得，她会有充足的奶水，给她的也就是你的儿女吃。

——就说呀，麦堪是个大骗子吧，林奇说得起劲。

——另外还有一条出路，斯蒂芬大笑说。

——那就是？林奇问。

——这样一个假设，斯蒂芬开始解释。

一辆满载废铁的马车开到帕特里克·邓恩的转角，金属碰撞发出刺耳的噪声，盖过了斯蒂芬说的话。林奇掩起耳朵，不住地咒骂，直到车子过去为止。然后他猛地转过身去。斯蒂芬也转过身子，停了一会儿，他同伴的怒气才减弱了。

——这一假设，斯蒂芬再说一遍，是另一条出路。同一物体，未必在所有人看来都是美的，所有欣赏一件美物的人，各在其中发现某些联系，分别满足与迎合全部审美体会的各阶段。这些可感受的关系——借一种形式或另一种形式而为你我所见——因此必然都是美的必要特性。现在我们可以回过头去，找我们的老友圣托马斯再借一点智慧。

林奇大笑起来。

——听你像个笑面僧一再引述他的话，他说，我觉得有趣极了。你是不是在偷偷地笑？

——麦卡利斯特，斯蒂芬回答，会把我的审美理论叫作亚奎纳斯应用学。就审美哲学这一方面延伸出去的范围而论，我是一路追随着亚奎纳斯的，但论到艺术感知、艺术孕育、艺术繁衍这些现象，我需要一套新的术语与新的切身经验。

——当然啰，林奇说，尽管他的知性高，亚奎纳斯毕竟只是个笑面僧。而你呢，总有一天会告诉我，新的切身经验及新的术语。赶快讲完第一部分吧！

——谁知道？斯蒂芬微笑着说。也许亚奎纳斯比你更了解我。他本身是个诗人。他为复活节谱写了一首颂歌。起头一句是“我的舌头现在要诉说奥秘”。他们说这是颂诗中获得最高荣誉的。这是一首精妙的、安慰人的颂诗。我喜欢它，但没有哪首颂歌比得上那首哀伤而庄严的祈祷游行圣歌，就是维那修·佛都纳特斯写的《皇帝的旗帜》。

林奇于是发出深沉的低音，庄严地轻唱起来：

我们如今要诉说奥秘
大卫所言全部已实现
列国同问颂神名
从此君主得胜。

——棒极了！他很高兴地说，好棒的音乐！

他们转到下蒙特街，一个围着丝巾的肥胖青年在街角数步以外向他们打招呼并停下脚步。

——你听说考试成绩了吗？他问。格瑞芬完了。霍平跟欧弗通过了美国民法。孟南的印度文得了第五名。欧缙奈西名列十四。克拉克的爱尔兰同胞请他们吃了许多咖喱。

他那苍白浮肿的脸流露出善意的怨恨，而在报告那些好消息时，他那对小肥眼眯起来不见了，他微弱的喘息声也听不到了。

为了答复斯蒂芬的一个问题，他的眼睛与声音又从隐藏处浮现出来。

——不错，麦克考拉跟我，他说，他选数学，我选宪政史。一共有二十科。我也选植物学，你知道我是田野会的会员。

他煞有介事地从他们身边退开，举起一只戴了羊毛手套的胖手，按到他胸口上，马上从那儿发出一阵低低的喘笑声。

——下回你出去，斯蒂芬郑重其事地说，替我们带些萝卜和洋葱，兼做一锅汤。

那胖学生纵声大笑，说：

——我们田野会里的人全都是非常体面的。上星期六我们当中有七个到格伦马卢尔去了。

——多诺万，还带着女人吧？林奇说。

多诺万再把手按到胸口上，说：

——我们的目的在于求知。

然后，他很快地说：

——我听说你在写有关美学的论文。

斯蒂芬做了一个含糊的否认手势。

——歌德和莱辛，多诺万说，写了许多这方面的文章，古典派、浪漫派等。我读《拉奥孔》，对那本书很感兴趣。当然这是唯心主义的，德国的作品可是至为深刻的。

其他两人都没讲话。多诺万知趣，就跟他们告别了。

——我得走了，他轻柔而和善地说。我有一个近乎信念的强烈怀疑，怀疑我姐今晚要替多诺万家做煎饼。

——再见啦！斯蒂芬目送他说，别忘了为我和我同学带些萝卜来。

林奇望着他走，他的嘴唇弯起来，表现出一脸轻蔑的样子，直到最后他的脸露出魔鬼般的神态。

——那个吃薄饼的人渣，竟也能弄到一份好差事，他说，而我只能抽廉价香烟。

他们把脸转向梅里昂广场，默默向前走了一会儿。

——让我说完我刚说的关于美的话题吧，斯蒂芬说，可感受事物的最令人满意的各种关系，必须迎合艺术体会的所有必要方面。亚奎纳斯说：Ad pulcritudinem tria requiruntur integritas. consonantia，claritas. 我把它译为：美需要具备三个成分——完整、和谐与华彩。这些跟体会的各个阶段是否相应？你在听吗？

——当然在听，林奇说。如果你以为我的才华不值一提，那你就去追赶多诺万，请他来听你的话吧！

斯蒂芬手指一个屠夫儿子和倒扣在他头上的篮子。

——看那只篮子，他说。

——我看到了，林奇说。

——为了要看到那只篮子，斯蒂芬说，你的心首先需将篮子与宇宙里可见的其他东西区分开。体会的第一步，是在要体会的东西周围画一条分界线。一个美的形象，须在空间或时间里向我们呈现。听得见的，呈现在时间里；看得见的，呈现在空间里。但不管是时间的或空间的，这美的形象，必须由那不包括它在内的时间或空间的无限背景衬托出来，让人认识到，它有一定的边界与本身的内涵。你首先看到它是一个整体，然后你体会它的完整性。这就是完整。

——正中靶心！林奇大笑着说，继续往下说。

——然后，斯蒂芬说，你在它形成的线条的引导下，从一点看到另一点，你把它理解为它在其范围内的平衡部分，你感觉到了它结构的节奏。换句话说，直接知觉的合成是通过对恐惧的分析而降低的。第一次感觉到这是你现在感觉到的一件事，那就是一件事。你体会到，它是复杂的、多元的、可分割的、可分离的，是由其各部分构成，是其各部分组合的结果，而且是它们的总和，是和谐的。这就是和谐。

——又正中红心！林奇机趣地说。现在请告诉我什么是才气，你就赢得这支雪茄了。

——这个词的含义，斯蒂芬说，相当暧昧。亚奎纳斯用了一个看起来不准确的字眼。它使我为难了好一阵。它会使你以为，他心里的意思是象征主义或唯心主义，美的最高品质是来自其他世界的光，物质只是影子的想法，现实只是物质的象征。我原先认为，他的意思或许是说，华彩是在艺术上于任何事物里发现那神性旨意，并加以呈现，又认为都会使美的形象成为一个普遍的形象，使其各种本来的样子显现出来。但这是望文生义。这我是明白的。假如你一向体会得到，当你把篮子理解为一件事，然后根据它的形式来分析它；又把它看作一种东西来分析，你就能做出逻辑上和美学上唯一允许的综合。你明白，它是那物，本为那物，而非别物。他说的华彩，就是学院派说的“quidditas”，即一件事的本质。艺术家的想象里一浮现什么美的意象，他就感受到了这种卓越的品质。在那神秘、刹那间的心境，雪莱把美比喻成余烬[1]。美的这种卓越品质，美学形象的清晰光芒，被它的整体所吸引并为其和谐所吸引的心灵照亮的瞬间，是美感的愉悦达到的无声、平衡的状态，这一心灵状态，极似一种心脏状况，就是那位意大利生理学家路易吉·加尔法尼所说的心神恍惚、迷离的状况，那说法几乎跟雪莱说的一样美了。

斯蒂芬停下来，他感觉到虽然他的同伴没说话，但他讲的话已经唤起了一种思想上的陶醉所引起的沉默。

——我所说的，他又开始说，是指广义的美，也即文学传统上这个字的含义。就市井而言，它另有所指。我们若按美这个字的第二种含义（广义）来说的时候，我们的判断首先受到那艺术本身及那艺术形式的影响。显然，必须在艺术家自己的思想或感官之间设置清晰的图像。如果记住这一点，你就会看到，艺术必然会将自己分为三个形式，从一个到下一个。这三个形式是：抒情形式，艺术家借这种形式呈现他那与他自身有直接关系的形象；叙事形式，艺术家借这种形式呈现他自身与他人有间接关系的形象；戏剧形式，艺术家借这种形式呈现他那与他人有直接关系的形象。

——前几天晚上，林奇说，你就跟我说到这一点，而且我们展开了一番有名的讨论。

——我家里有本书，在其中我弄清楚了悲剧与喜剧的区别，以及抒情诗、叙事诗及戏剧诗之间的区别。斯蒂芬说，我在里面写了几个问题，都比你当时提的有趣。在解答它们之时，我发现了一个美学理论，这就是我现在要加以说明的。我自己提出的那几个问题如下：两把精致的椅子是悲剧的还是喜剧的？如果我喜欢蒙娜丽莎的画像，那是否就一定说明那是一张画得很好的

1　雪莱在其作品《诗辩》中写道：“任何人都不能够说我要写诗。最了不起的诗人，也都不可以说这样的话。因为创作中的奇思，有如一块煤烬，被某种不可见力量——像一阵吹吹停停的风——所唤醒，而放出短暂的白热，这力量发自内心……”

画？菲力甫·克峦登爵士的胸像是抒情的、叙事的，还是戏剧的？

——说真的，为什么不是呢？林奇笑着说。

——假如有个人生着气，拿斧头乱砍一块木头，斯蒂芬往下说，砍出了一头牛的形象，那形象是不是件艺术品？如果不是，又为什么呢？

——这倒是个可爱的问题，林奇又大笑着说，那倒有真正的学院臭味。

——莱辛，斯蒂芬说，本来无须拿一群雕像来作为写作对象。拙劣的艺术，不会呈现出我讲过的彼此清楚有别的那些形式。即使在文学里——文学是最高最有灵性的艺术——各种形式也往往混淆不分。抒情形式，事实上就是拿最简单的辞藻来表达片刻的情绪，是一种节奏性的呼喊，其如古代农夫划桨或拖着石头上坡，旁边的人鼓舞他们所发出的声音。那发出过这呼喊的人，只感受到了片刻的情绪，而不是感觉到产生情感的自身。最简单的叙事形式是从抒情文学中脱颖而出，刚开始艺术家以自己为一件叙事的中心，加以流连沉吟，而随这一形式发展到了情绪的重心时，则艺术家自己与其他人之间是等距的。这时这个故事就不再是纯粹的私人故事了。艺术家的人格渗入叙述里去，围绕人物与动作流转，有如一片沛然的海洋。在《特平英雄》那首古代英格兰民谣中，不难看出这种发展。它以第一人称开头，却以第三人称结束。戏剧形式的获得，是因为那往复围绕各人物流转的沛然生气将十分生动的力量注入每个人身上，以至于他或她带上一种该有而不落痕迹的美的生命。艺术家的人格，刚开始表现为一声呼喊、一种节奏或一种情愫，继而为一篇行云流水的叙述，最后更上一层楼而使自身失去了存在，也可以说是使自身非人格化了。戏剧里的美的形象，是生命在人类想象中的净化再呈现。美学的奥秘，一如物质创造的奥秘。艺术家有如造物主一样留在他的作品里，或躲在它后面，或超越它，人们看不见他，而他在升华中失去了自身，淡泊自处，在一旁修剪着自己的指甲。

——最好连他的人也一并消失掉吧，林奇说。

阴霾的天空中开始下起毛毛雨，他们就转向公爵的草坪，打算在阵雨来临前走到国家图书馆。

——你到底是怎么想的？林奇急切地问，在这个倒霉到神都不眷顾的岛上大谈美和想象。难怪那个艺术家（指神）创造了这个国家以后就回到他的作品里面或后面去了。

雨势越来越大。他们在基尔代尔学院旁走过时，看到不少学生在图书馆廊柱下避雨。克兰利倚着一根廊柱，一边用一支削尖的火柴棒剔牙，一边听几个同伴的谈话。几个少女站在馆门旁边。林奇向斯蒂芬低声说：

——你爱的人也在此地。

斯蒂芬默不作声，自己站在那伙学生下面的台阶上，并不留意越来越大的雨水，倒不时转眼去看她。她也站在同伴当中。他有些吃醋，想起不久前见到她的情景，现在可没有神父供她卖弄风情了。林奇说得对。他的头脑里一旦倾空了理论与勇气，就会回到一种无精打采的平静中去。

他听见那些学生在交谈。他们谈两个朋友已通过医学毕业考试，谈在航轮上谋职的机会，以及怎么做会导致贫穷，怎么做才能变得富有。

——那全都是泡沫。不如做一个爱尔兰乡下的医生。

——海恩斯在利物浦干了两年了，他也这么说。他说那地方真可怕，除了接生别的都没有。

——难道说，在这乡下找工作还比在那样一个富有的城市里找要好？我认识一个家伙……

——海恩斯没脑筋。他只会死读书，读死书。

——别管他。在商业化的大城市里你可以赚很多钱。

——这就看你怎么做了。

——我觉得穷人在利物浦一定过得很惨，惨得要命。

他们的说话声仿佛来自远处，断断续续地传入他耳中。她已准备跟她的同伴离开了。

这阵骤雨渐渐停了下来，灌木中间留下一簇簇钻石般的水滴，而广场上湿透了的泥土散发出一种奇怪的气息。她们都站在廊柱的台阶上，脚上的长靴嘎吱作响，她们安静而微笑地聊天儿，偶尔望望云彩，找合适的角度斜打着雨伞，希望能挡住最后那几滴雨水，完后又把它们收拢，郑重其事地拎起自己的裙摆。

那么他对她的评断是否严厉了些？是否她的生活就像一串念珠那样简单？是否她的生活就像小鸟般单纯而奇妙，早上欢乐，整天不休息，到了晚上就倦息？她的心地也像小鸟那么单纯而任性吗？

天快亮时他醒来了。多么甜美的音乐啊！他的灵魂全被露水浸湿了。淡淡、清凉的光波，一阵阵漫过他沉睡着的四肢。他静静躺着，仿佛他的灵魂躺在沁凉的海水中，并未听到清幽的乐曲。他的头脑渐渐清醒，感受着清晨带来的智慧思想和灵感。有种灵性充满了他的身心，纯净如最纯净的水，甘甜如露，流动如音乐。然而他把它吸进去时，又是何其幽微，何其冷静，仿佛是些天使在他头顶上呼吸！他的灵魂正在缓慢醒来，但唯恐一下子全醒过来。正是在那样的黎明时刻，疯狂的头脑变得清醒，奇异的植物向着光开放，而蛾子悄悄飞了出去。

一种心灵的迷醉啊！那一夜一直在吟唱。他在一个梦境或灵魂中，体会到了天使般的心醉神迷。难道那只是片刻的迷醉，还是会持续几小时、几天、几年、几个世纪？

已经发生了的，或可能已发生了的许许多多云翳障蔽的情景，如今似乎立刻都从四面八方把那片刻的灵感反射出来。它瞬间像一个光点一样闪过，现在从云层上的模糊的环境飞出的混乱的形式，正在轻轻地遮住它的余晖。啊！在想象的童女子宫里，这些词已变得清新自然。天使长加布里埃尔已进入了这个童女的房间，他的灵魂里面白热的火焰已逝，有一片渐深的余晖慢慢转深，变成了玫瑰般炽热的光。那玫瑰般炽热的光，即她奇妙而任性的心，奇妙，在世界诞生之前，没有人知道或会知道而觉得奇怪的。众天使的诗班在那炽热的玫瑰般强光的吸引下，都从天堂来到了尘世。

你竟然不厌倦那些殷勤的行为，
那堕落众天使的诱惑？
别再说从前那些两情相悦的日子吧。

这几句诗由他的心里传到唇上，而在低声诵念之际，他感觉到，一首维兰内尔的诗的节奏流贯其中。那玫瑰色的灼热射出它的音韵光芒：厌倦、流年、火焰、香烟、诗篇。它的光芒烧遍了世界，吞噬了人类和天使的心，从这玫瑰发出来的光芒是她那任性的心。

你的目光燃起男人心中的心焰，
你可以把他任意支配。
你竟不厌倦那些殷勤的行为？

然后呢？那节奏消失了，中止了，又开始运行而跳动。然后呢？烟雾在世界祭坛上升起。

在烈焰之上飘动的烟雾

从海面一层层往上升。

别再说从前两情相悦的日子吧。

烟雾从地球上升起，水雾从海洋中升起，那是为了赞美她而升起的烟雾。大地就像一口前后摇晃的香炉，像一团馨香的大球，一只椭圆球。那节奏突然间消失了，他的心也碎了。他的双唇开始低诵第一行诗，一遍又一遍，然后一再沉吟着几行断句，结结巴巴地说不出来，于是他停下来。心彻底碎了。

弥漫着烟雾的无风时刻已经过去了，晨光渐渐从没有遮掩的窗户的玻璃后面照射进来。极远处传来一串隐隐约约的钟声。一只鸟儿在啁啾，接着两只、三只。钟声与鸟鸣都停止时，那片灰白色的光向东西方扩散开，盖住了世界，盖住了他心口的玫瑰色的光。

为了不错过眼前的一切，他突然支起胳膊找纸笔。可是桌子上两者都没有，只有他那只昨晚用来吃米饭的汤盘，燃尽了的蜡烛的烛芯，与烧焦的纸做成的烛座。他懒懒地把手伸到床头，摸索着挂在那里的外衣口袋。他摸到了一支铅笔，又摸到了一个香烟盒。于是他躺下来，拆开那盒子，把烟都放在窗台上，开始用小而清楚的笔画把这首维兰内尔的四节写在那粗糙的硬纸盒上面。

把它们写完后，他躺回那只凹凸不平的枕头上，又把它们喃喃念着。他头下面那些成团成块的毛，令他想到了她客厅里他常坐的那张沙发里的成团结块的马毛，他曾坐在那上面，或微笑着，或一脸严肃，问自己来干什么，对她对自己都觉得懊恼，看到空餐橱上那幅《神圣的心》而感到不知所措。他看她在谈话稍停当中向他走过来，求他唱一支他常唱的那种怪歌。接着他看到自己坐在钢琴凳上，轻轻地弹着那些沾满斑点的琴键，并且唱着，混着房间中又响起来的谈话声，唱给她听，而她倚在壁炉架旁边，听他唱一支伊丽莎白时代的歌曲，一支悲伤甜美的送别歌，一支名叫《绿袖》的快乐曲子。当他唱歌的时候，她听着，或者假装听着，他的心已经平静下来了，但一等歌唱完，又听到室内的说话声，他又想起了自己的讽刺的想法：这家人用教名称呼年轻人，实在太早了些。

有那么片刻，她的目光似乎表示准备相信他，但结果他还是等了个空。现在，她从他的记忆中舞着步子轻飘飘地移过去，一如狂欢节舞会那晚的情景，她的白裙稍稍提起，她发上有朵白色小花在点头。她原地转圈翩翩起舞。她正向他舞过来，等她过来了，她又把目光略微瞥开，而她脸上已出现一片淡淡的红晕。在手拉手连成的圆环断开处，她的手放在了他的手心里，那真是一样酥柔的商品。

——你现在看起来怪生分的。

——正是。我生来就是要做僧侣的。

——我怕你是个尘缘未了的方济僧。

——你真的怕吗？

她没作答，只跟着牵手舞阵从他身边舞开，轻盈而小心地舞着，不和任何人接触。那朵白花随着她的舞步频频摇晃着，舞到了有阴影的地方，她脸上的红霞就更深了。

僧侣！他简直是个亵渎修道院的人，是个鼓吹旁门左道的方济各会会员，似情愿又不情愿皈依神，像格拉尔蒂诺·达波尔戈·山·达尼洛那样打着转，凑在她的耳根说些悄悄话。

不对，这不是他的形象。这是他上回见到的不离她左右的那个青年修士的形象，她用一双柔媚的眼睛望着他，同时手里翻弄着她那本爱尔兰语的书。

——对，对，那些夫人小姐们都已转向我们。我每天都能看到。夫人小姐们都支持我们。她们是我们学习语言的得力助手。

——那么教会呢？莫兰神父？

——教会也一样，也转向我们了。那里的工作也在往前进行。别为教会感到不安。

呸！他当时带着鄙夷的神色离开教室实在是太对了。他在图书馆前的台阶上没有跟她打招呼也做得很对。他离开了她，让她去向她的修士卖弄风情，让她去跟一个只能成为基督教教会的仆役调戏。

一股咬牙切齿的怒意，把他最后一点狂喜的余味从他灵魂里驱了出去。它把她美好的形象打了个粉碎，且把碎片抛到了四面八方。她扭曲的形貌则从他的记忆里出来反射到四面八方：那个有着潮湿、粗糙的头发，一脸淘气而衣着褴褛的卖花少女，她自称是他的女友，而求买花，因而想到了邻家那个少女在稀里哗啦洗碗碟时，常学一个乡村歌手的调调，哼唱《在基拉尔尼的湖山边》的前几个小节。有回他在柯克山附近的人行道上行走时，铁桥板扯住了他鞋上断了的后跟，让他摔了一跤，有个少女看见了乐得直笑。还有一次，他看见一个少女走出雅各布饼干厂时被她那小小的红嘴唇吸引，而多看了一眼，她就回头喊着问他：

——我这头直发和两道弯眉，你喜欢吗？

可是他觉得，不管自己怎么诋毁、嘲弄她的形象，他的愤怒也算是一种爱慕。他离开教室时脸上表现出的鄙夷神色，不全是由衷的，他当时觉得她的种族的秘密，藏在那双黑眸子背后，而她的长睫毛，在那上面投下一片稍纵即逝的阴影。他在街道上走着的时候，愤愤告诉自己，她是代表她本国女性的一个形象，一个在黑暗、幽秘与孤寂中觉醒而意识到自身存在的蝙蝠般的灵魂，跟她的情人无爱也无罪地厮守片刻，然后离开他，凑在一个神父装了格子窗的耳边低声说些天真的逾越清规的话。他说粗话诋毁她的情人，以发泄他的怒气，他的名字、说话声与五官，都冒犯了他那受了挫折的骄傲，他是个做了神职的农民，有个兄弟在都柏林做警察，还有个兄弟在莫伊卡伦做酒保。她肯把她的灵魂不为人知的一面向他展露，因为他受的教义不过是奉行一种形式祭礼而已，但她倒不肯向他透露心声，因为他是一位侍奉永恒的想象力的祭司，职责是将日常经验转变成具有永恒光彩的生命。

在一刹那间，圣餐礼的光辉形象，又跟他那些痛苦、无奈的思绪纠缠起来，它们的呼喊声不绝于耳，成了一首感恩的颂诗。

我们的断续的呼喊与悲哀的歌声，
在一首祝祷圣餐的颂诗里扬起。
你竟然不厌倦那些殷勤的行为？
而献祭的双手高高举起
那只盈满欲溢的圣杯，
别再说从前两情相悦的日子。

他把这些诗句从头开始大声朗诵，直到那音乐与节奏占满了他的心，然后等自己的心绪平静下来后，他把这些全部抄了下来，以便可以看着它，来进一步体会其中的含义，完了之后，他就躺了下来。

天已大亮，周遭鸦雀无声，然而他知道，那包围着他的生命就要醒来，发出一般的嘈杂声、粗哑声、睡意蒙眬的祈祷声。他转向墙壁来躲开那种生命，用毯子做了个头巾把头包起来，瞪着破碎壁纸上那些大朵的开过了头的嫣红花朵。他设法借它们的绯红色来激起他那快要消失的喜悦，来想象一条用玫瑰花铺成的路由他床上直通姹紫嫣红的天堂。厌倦！厌倦！他也厌倦了那些殷勤的行为。

一股渐起的暖意和慵懒的倦怠袭上他的心头，从他那浓密的头顶顺着脊柱流了下来。他觉得它往下走，而且看到的是含笑躺着的自己。不久他就睡着了。

事隔十年，他竟又为她写诗。十年前，她拿一条围巾裹在头上，把她暖暖的气息散发到夜空里，并且用脚轻拍着那条光滑的路面。这是末班街车，那几匹棕色的瘦马知道，所以它们都向着清朗的夜色摇铃铛，催人上车。管理人跟驾车夫交谈，两人在街灯的照耀下频频点头。他们站在车子的踏阶上，他在上面，她在下面。在他们的谈话当中，她好几次踩上他的踏阶，又走下去，且有一两次留在他身边，忘了下去，到后来才下去。算了！算了！

从那种童稚时的智慧到他现在的愚蠢，整整十年。假如他把这些诗寄给她呢？那一定有人会在早餐时轻敲着蛋壳把它们念出来。愚不可及！她的兄弟们会大笑起来，会用他们有力的手指彼此争夺那张纸。她的伯父，那位温文尔雅的神父坐在扶手椅里，大约会远远地拿着这页诗，微笑着读它，并欣赏这种文学形式。

不，不！那是愚蠢的。就算他把这些诗寄给了她，她也不会拿出来给别人看。不会，不会！她不能。

于是他觉得，自己以前错怪了她。他意识到她的天真，心里一软，几乎就可怜起她来了，这种天真他以前一直不明白，直到他犯罪后才知道了它，这种天真在她以前还天真时也不明白，一直到她第一次想到她的本性而感到莫名羞辱的时候才知道。然后她的灵魂才开始像他的灵魂犯过罪后那样生活，于是，一想起她那楚楚可怜的脸与眼睛，他心里就不由得有了万种柔情，他被幽暗的女性的羞耻意识所感动，变得谦抑而哀伤。

就在他的灵魂由心醉神迷转至低迷、愧疚时，她在哪里呢？精神生活是非常玄妙的，难道她的灵魂在那些时刻里意识到了他的敬意？有可能。

一阵情欲的强光又点亮了他的灵魂，把他整个身子都燃烧起来。她意识到他的情欲，从芬芳的睡眠中醒来，成了她维兰内尔里的妖冶女子。她的那双阴沉的、藏有千言万语的眼睛，看着他的眼睛。她的裸体完全展露在他的面前，耀眼、温暖、芳香、丰满，任他爱抚，像一朵明亮的云，把他包起来，像流动的活水，把他包起来，于是下面这段如云出岫、如水绕流的话，化作神秘精妙的象征，从他脑子中迸出。

你竟不厌倦那些殷勤的行为，
那些堕落天使的诱惑？
别再说从前两情相悦的日子吧。

你的目光燃起男人的心焰，
就可以把他任意支配。
你竟不厌倦那些殷勤的行为？
赞美的烟雾在烈焰以上
从海平面一圈圈往上升。
别再说从前两情相悦的日子吧。

我们的断续的呼喊与悲歌，
在一支圣餐颂诗里响起。
你竟不厌倦那些殷勤的行为？
而献祭的双手高高举起
那只盈满欲溢的圣杯，
别再说从前两情相悦的日子。

而你仍以丰满的身体与愁容

吸引我们互相对望！

你竟不厌倦那些殷勤的行为？

别再说从前两情相悦的日子。

它们都是什么鸟？他站在图书馆台阶上，慵倦地倚着他那根梣木棍望着那些鸟。它们一圈圈绕着墨尔斯沃思街的一间屋的屋脊飞着。它们的飞翔姿态在三月末的黄昏天空里清晰可辨，它们颤抖的、黑色的身形衬着天空，一如衬着一片轻轻悬挂着的薄霭似的蓝布，让人看得十分清楚。

他注视着它们的飞行轨迹，一只鸟儿接着一只鸟儿，一点黑色的闪光，一个回旋，又一点闪光，一下侧掠，一道弧线，一拍翅膀。不等它们直冲、颤抖的身子飞过，就赶紧数到底有多少只：六只、十只、十一只，而且他想要知道它们是偶数还是奇数。十二只、十三只：因为又有两只从上空旋身而下。它们忽高忽低地飞，但总按直线或弧线打转，而且一直从左往右飞，环绕着一座空中殿宇。

他倾听那些叫声：那像壁板后面的老鼠一样发出的尖叫，一种尖锐的双音。然而这些音都长而尖锐地婉转——不像鼠类的叫声——会往下降个三分之一或四分之一，而在飞鸟的嘴划破空气之际发出颤音。他们的叫声尖厉而清晰，落下如线轴上散开的光线。

他的耳中一直响着他母亲的啜泣声与责备的话，而这种非人的聒噪却能抚慰他的听觉，那些黑暗、纤弱、颤抖的身形，盘旋、拍翅、斜掠，绕着一座矗立在由空气组成的殿宇飞着，这安抚了他那双始终能看到母亲面庞的眼睛。

他从廊柱台阶上向上望去，听着它们尖锐的叫声，看着它们飞翔，为什么呢？为了靠鸟来占卜凶吉吗？他心中闪过科尼利厄斯·阿格里帕的一句话，接着有几个不成形的思绪从他心上飞过，其中有鸟类跟灵性现象相吻合的事情，空中生物的智慧，它们的时序及节令，因为它们——跟人不一样——另有它们自己的一套生活秩序，并不曾被人理性的秩序所影响。

世代以来，人类都凝视过天空，一如他此刻凝视那些飞鸟。他头顶上的廊柱，使他隐约想到一座古代殿宇，而他闲倚着的那根梣木棍，则使他想到占卜术士用的弯曲树枝。他慵倦的心灵中，于是有了一股对不可知的事物害怕的感觉，害怕异象与险兆，害怕那个学老鹰的人，他牢记着这个人的名字，因为他凭一双蜡翼就冲出了牢狱，害怕多思这个写作之神，他用一枝苇管在一块石板上写字，而他那鹭鸶般狭窄的额头上挂着一轮弯月。

他想到这个神的形象就微笑起来，因为他令他想到一个戴假发的鼻如酒瓶的法官，在一份举得远远的文件上加了些逗号，他知道他记不起那个神的名字，只记得那有点像一句爱尔兰咒语。这说来傻气，然而，他将要永远离开那充斥着祷告与拘谨行为的屋子，这是他出生的地方，而且他在这里养成了自己的生活秩序。难道就因为他干了件愚蠢的事吗？

那些鸟一路尖叫着飞回来，绕过这座屋子的屋脊，他们黑色的身形衬着越来越暗的天空。它们是些什么鸟啊？必定是从南方回来的燕子，他想。那么它们还是会飞走，因为它们都是永远往复来去的候鸟，总在人的屋檐下面筑一个不长久的家，总要离开它们所筑的家去远方。

欧纳与阿里尔，低下你们的头，
我看你们就如那只燕子，就像
已准备向海边飞去的燕子。

一股柔柔的流动的喜悦，像汪洋的涛声流过他的记忆，于是他心里感觉到海上那种沉寂、柔和的寂静，这寂静来自汪洋的平静，来自水面上方暗淡的天空的寂静空间，来自燕群穿过暮色茫茫的海面。

一股柔柔的流动的喜悦，流过这些言辞，里面那些轻柔的长元音无声地涌起又落下，轻拍岸边又往回流，总挟着暗哑的铃声、钟鸣与低柔哽咽的哭声，摇动着它们波浪上的白色铃铛。而他觉得，他刚才在那群盘旋、飞过的鸟及头顶的天空里寻找的兆象，全部源自他的心，他的心就如一只飞鸟从一座塔楼里悄悄疾飞出来。

是离别的征兆还是孤寂的征兆呢？在他记忆的耳边低吟的诗句，慢慢在他记忆的眼前组成国家剧院开幕夜的盛况。他正独自坐在楼上包厢一侧，用一双疲倦的眼睛望着那贵宾席上的都柏林文化，望着那由舞台耀眼的灯光照出来的俗丽布景与人扮演的洋娃娃。他后面坐着一个强壮的警察，好像随时会做出什么事。那些分散在剧场各处的他的同学，发出一阵阵粗声粗气的猫叫声、嘘声与嘲笑声。

——这是在毁谤爱尔兰！

——来自德国！

——亵渎神！

——我们绝不会出卖我们的信仰！

——爱尔兰女子绝不会做这种事！

——我们不要业余的无神论者。

——我们不要半吊子的佛教徒。

一阵快速的咝咝声，从他上面的窗户落下，他知道读书室的电灯亮了。他已经悄悄走进亮着灯的满是廊柱的大厅，走上楼梯，从咯咯作响的十字转门走进去。

克兰利坐在好几部字典的对面。一本从第一页插画翻开的厚书摆在他面前的木架上。他向后倚靠在椅子上，侧着一只耳朵，就像忏悔者的神情，在倾听一个医学生念一本杂志上的象棋题。斯蒂芬在他右边坐下，而在桌子另一边的那位神父，气愤地“啪”的一声合上他在读的《教会周刊》，站了起来。

克兰利觉得有点莫名其妙，茫然地望着他。那位医学生就用更低的声音念下去：

——卒子向五进四。

——狄克生，斯蒂芬用警告的语气说，我们最好离开吧，他已经去抱怨了。

狄克生合上那本杂志，气愤地站起来，说：

——我们的人井然有序地撤退了。

——连带枪炮和牲口，斯蒂芬补充说，手指着克兰利那本书的封面——《牛的疾病》。

他们从桌子中间的小过道经过时，斯蒂芬说：

——克兰利，我想跟你谈谈。

克兰利并未回应他，也没回头。他把手上的书放在柜台上，然后走出来。他那双脚上的鞋的厚鞋跟，在地板上踩出声来。他在楼梯上停了下来，漫不经心地望着狄克生，又说一遍：

——卒子向五进四。

——你要喜欢尽管这样，狄克生说。他的语气平淡而态度温和，他那干净的胖手上，有根手指戴了一枚刻着名字的戒指，不时向人炫示。

他们走过大厅时，有个身材十分矮小的人朝他们走来。他那张没刮过的脸在一顶小圆帽下露出愉快的微笑，嘴里喃喃自语着。他那双眼睛，则像猴子的眼睛一样忧郁。

——晚安，长官，克兰利停步说。

——晚安，两位先生，那张扁平的猴子般的脸说。

——三月里的好天气，克兰利说，他们开了楼上的窗户。

狄克生微笑，并转动他那枚戒指。那张黑黑的皱皱的猴脸带着淡淡的欣喜，噘起上面的嘴，含糊地说：

——三月里的天气真好，真是让人舒服。

——长官，楼上有两位俏佳人，可都等得厌烦了呢，狄克生说。

克兰利微笑并和气地说：

——长官只爱一个人，就是沃尔特·司各特爵士。对吗，长官？

——长官，你现在读什么，狄克生问，是《拉默摩尔的新娘》？

——我喜爱司各特，那两片充满弹性的嘴唇说，我想他写了些可爱的东西。没有哪个作家能比得上司各特爵士。

他向空中轻挥了一下干瘦、褐黄的胳膊，以强调他的赞美，他那敏感的薄眼皮，老在他悲伤的眼睛上面跳动。

在斯蒂芬听来，他说的话更加悲伤：音调文气，低而圆润，可惜有语病，他听时心里想，那传说是否可靠，他那干瘪的身子里流的那点血，真是贵族的？且来自一段乱伦之爱？

公园里的树木上积满了雨水，雨水静静地不停地落进那灰暗如一块盾牌的湖里。一群天鹅飞到那里，于是湖水及水下面的湖岸，都被它们白绿色的粪便污染了。他们被灰暗的光线、带雨水的树木、盾牌一样的湖，还有这些天鹅引诱得情不自禁地拥抱在一起。他们相拥时，既没有喜悦，也没有情欲，他的一只胳膊环抱着妹妹的脖子。一件灰羊毛斗篷把她从肩膀到腰肢斜着裹起来，她羞怯地低下头。他有蓬松的、红褐色的头发，与一双柔软、好看、强壮、有斑点的手。脸呢？看不到脸。他的脸也低垂下来，埋在她带有雨香的秀发里。那只有斑点、强壮、好看、爱抚着的手，是达文的手。

他对他的想法，并对那促使这个想法产生的干瘪得像猴一样的人感到生气。他父亲数落班特里冈那帮人的话，从他的记忆里浮现出来。他避开那些话，却又不安地沉思起他自己的想法。它们为什么不是克兰利的手呢？难道达文的纯朴与天真更加刺痛了他的心？

他跟狄克生走过大厅，留下克兰利跟那个矮子款款道别。

在廊柱下，坦普尔正站在一小群学生中间。其中一个喊：

——狄克生，到这边来。坦普尔现在可神气呢。

坦普尔把他那双吉卜赛人似的黑眼睛转向他。

——奥吉菲，你是个伪君子，他说，狄克生则是个笑面人。哎呀，我想这是个上好的文学用语。

他偷偷地大笑起来，盯着斯蒂芬的脸，又说：

——哎呀，我好喜欢这个绰号。笑面人。

一个站在下面台阶上的壮硕的学生说：

——坦普尔，再来讲那个情妇吧。我们想听她的事情。

——他有，真的，坦普尔说，他也是结过婚的男人。而所有神父都常在那儿进餐。哎呀，我想他们全都沾了腥味。

——这倒应该说是由于爱惜自己的马而去借马打猎，狄克生说。

——坦普尔，告诉我们，奥吉菲说，你肚子里灌了几瓶黑啤酒？

——奥吉菲，你的聪明才智全在这一句话里了，坦普尔轻蔑地说。

他步履蹒跚地绕过这群人，对斯蒂芬说：

——你可知道好几个福斯特家族的人都是比利时的国王？

克兰利从大厅的门口出来，他把帽子往后推向颈背上，小心地剔着牙。

——自作聪明的人来了，坦普尔说，你知道福斯特家族吗？

他停下来准备回答。克兰利从牙缝里剔出一粒无花果种子，沾在粗牙签尖端，凝视着它。

——福斯特家族，坦普尔说，源于佛兰德斯国王鲍德温一世。人称福雷斯特船长，在爱尔兰定居，娶了克兰布拉西尔最后一位酋长的女儿。再有就是布莱克·福斯特一家。那可是不同的一支。

——源于佛兰德斯王鲍尔德海德。克兰利重说一遍，又仔细剔他那排露出的闪亮牙齿。

——你从哪里知道这段历史的？奥吉菲问。

——我也知道你们家族的全部历史，坦普尔转向斯蒂芬说。你可知道吉拉尔德斯·坎布兰西斯说你们家族什么吗？

——他也是鲍德温的后代吗？一个有黑眼睛、高瘦的学生问。

——鲍尔德海德，克兰利说，同时咂吸着牙缝。

——出身高贵、显赫的家族，坦普尔向斯蒂芬说。

——站在他们底下台阶上的那个壮硕学生放了个屁。狄克生转向他，轻声说：

——有个天使说话了吗？

克兰利也转过来，有点激动但表情自然地说：

——哥金斯，你可知道，你是我见过的最放肆、下流的魔鬼。

——我心里也打算这么说，哥金斯断然回答。这对谁都没害处，不是吗？

——我们希望，狄克生文气地说，这不是科学上所说的“paulo post futurum”（文法用语，未来行为造成的状态）。

——我方才不是跟你们说过了，他是个笑面人。坦普尔左右看了一下说。这不是我给他起的绰号吗？

——是你起的。我们可不聋，那个高瘦学生说。

克兰利仍然对着他下面那个壮硕学生皱眉头。接着，他发出一声表示厌恶的鼻息，把他狠狠推下台阶。

——滚开吧，他粗鲁地说，滚吧，你这个臭尿壶。你真是个臭尿壶。

哥金斯一下跳到碎石路上，立刻又和气地回到原位。坦普尔回过头来问斯蒂芬：

——你可相信遗传定律？

——你喝醉了吗？你是谁？你想说什么？克兰利带着一脸讶异，转过身来看着他。

——人写下最深刻的句子，坦普尔热情地说，是动物学结尾那句话。生殖是死亡的开始。

他怯怯地碰了一下斯蒂芬的胳膊，急切地说：

——因为你是个诗人，你是否觉得这话很深刻？

克兰利用他的中指一指。

——大家看他！他装出瞧不起其他人的样子说。大家来看爱尔兰的希望！

大家听到他说的话，又看到他的手势后，不禁大笑。坦普尔果敢地转向他说：

——克兰利，你老是讥笑我。我看得出来。可是说什么我也不比你差。你可知道，现在把你跟我比，我心里是怎样想你的吗？

——我的好人啊，克兰利彬彬有礼地说，你可知道，你和我比不了，你根本没有思考能力。

——但你可知道，坦普尔说下去，我把你跟我摆在一块儿比，怎么想你又怎么想我自己吗？

——说吧，坦普尔！那壮硕的学生从台阶上喊道，有什么就说什么！

坦普尔环顾四周，说话时做出了一个突兀的无力的手势。

——我是一个软蛋，他无奈地摇头说，我真的是。我知道我真的是。我也承认我真的是。

狄克生轻拍他的肩膀，温和地说：

——坦普尔，这真让你有面子。

——但是他，坦普尔指着克兰利说，他跟我一样也是软蛋，只是他不知道而已。而依我看，这是唯一的差别。

一阵爆笑声掩盖了他说的话。可是他突然又转向斯蒂芬，急切地说：

——这个字是个最有趣的字。这是唯一的既是单数又是双数的词，你知道吗？

——是吗？斯蒂芬含糊地问。

他看着克兰利那张端正而痛苦的脸庞，此刻闪现出一抹虚假的满不在乎的微笑。这个粗鄙的名词在那上面掠过，犹如把污水倒在一尊承受了各种伤害的古老石像上。他看他时，忽然见他脱帽致敬，露出前额竖起来的黑发，有如一顶铁冠。

她从图书馆的廊柱里走出来，低头经过斯蒂芬，以回应克兰利的致敬。他也站上了？克兰利的脸上是有些红晕吗？还是听了坦普尔的话才出现的？天色已渐昏暗。他看不真切。

这是否解释了他的朋友最近一直沉默寡言，又突如其来地说些刺人的话，用粗暴的言语打断他的话，不让他讲出忏悔词呢？斯蒂芬对此不在意，因为他自己身上有时也有这些问题。他记得，有一天晚上，他跨上一辆借来的吱吱作响的脚踏车，在马拉海附近一座林子里向神祈祷。他举起双臂，在心醉神迷中对着阴森的树林说话，觉得自己是在一个圣洁的时辰站在圣洁的地方。这时有两个警察出现在阴暗道路的拐弯处，他停止祈祷，而以口哨大声地吹出方才那段哑剧里的一只插曲。

他开始拿起他那根梣木棍，用剥了皮的一端敲打一根廊柱的底部。克兰利没听到吗？但他可以等。谈论他的话停了一会儿，一阵轻微的呲呲声又从上面的一扇窗户传下来。空气里没有别的声响，他原先懒散地看着的飞燕，都已睡了。

她向薄暮中走去。于是空气里除了落下的一阵轻柔的呲呲声外，完全是一片沉寂。他周围的舌头也不再唠叨了。黑暗渐渐降临。

黑暗自空而降。

一股颤抖的喜悦，轻轻摇曳如一片微光，像一群仙女在他周围嬉戏。但为什么？是因为她穿过越来越浓的黑暗，还是因为这句有阴沉的元音而第一个音如笛音般丰富的诗？

他朝向廊柱尽头更阴暗处慢慢走去，同时用拐杖轻敲地上的石头，以掩饰他的白日梦，不让他刚离开的那些同学看破：他集中自己的心思，回到多兰德、伯德与纳什[1]的时代。

眼睛从欲望的黑暗里睁开，使破晓的东方暗淡。它们慵倦的优雅，除了寝居的柔和，还有什么？它们发出的闪光，除了是一个流涎的斯图亚特王宫廷的污水池上蒙着的浮渣闪现的光以外，还是什么？他在记忆的语言里品尝到了琥珀酒，甜美的乐曲余音袅袅，骄傲的孔雀舞曲又让他记忆的眼睛看到科文特歌剧院里的淑女努着嘴在阳台上求爱，以及麻脸女侍与少妇，她们一再失节，乐于委身于那些流浪汉。

他所召来的那些形象，没带给他什么乐趣。它们隐秘而火热，但她的形象，并未受到它们的干扰。他不该这样想她。他可以说没有这样想过她。他

1　这三人都是 17 世纪的音乐家或作家。

难道不能信任自己吗？古老的词句，像克兰利从他那些闪亮牙齿里剔出来的无花果种子，散发出一种被发掘出的香气。

他虽然隐约知道她的形影正穿过这个城市回家，但这既非想法也非幻象。他嗅到她的身子，先是模糊，继而比较清楚。一种自觉的不安在他血液里沸腾起来。不错，他嗅到的是她的身体，一种放浪而慵倦的气息，那些任他的音乐在上面恣意流溢的温热肢体，及透着她的体香与露水般柔软的那件贴身亚麻衣。

一只虱子在他的颈背上爬过，他熟练地把拇指与食指伸进宽松的领子里，抓到了它。他让它在手指中间滚动一下那柔软又如米粒般脆硬的身子，再任它掉下，不知道它会活还是会死。他心里想到科尼利厄斯的一句怪话，说虱子是由人的汗液所生，并非与其他动物一起，由神在第六天所造。他脖子上的皮肤发痒，使得他的心都发麻发红了。他那穿不好、吃不好、虱子寄食的身体发出一阵沮丧的痉挛，而后他合上了眼皮。黑暗里他看到那虱子干脆而明亮的身子边打着滚边落了下去。不错，从空中落下的不是黑暗，而是亮光。

亮光自空而降。

他竟不能正确想起奈许的这句诗。这句诗所唤醒的所有形象都是假的。他的心滋生虫害。他的想法，都是由懒惰汗水生出的虱子。

他沿廊柱快步朝那群学生跑回来。好吧，让她走，跟她断了！她可以去爱一个每天早上腰以上都要洗一遍而且胸口长着黑毛的干净运动员。

克兰利从口袋里又拿出一个无花果干，慢慢地小声吃着。坦普尔坐在一根廊柱的三角墙上，向后靠着，帽子盖在他昏昏欲睡的眼睛上，一个矮胖青年从回廊里走出来，腋下挟着一个皮包。他向那群学生走去，同时用靴子的后跟和他手上那把雨伞的金属箍敲着大石板。接着他举起雨伞来敬礼，向大家说：

——先生们，晚安。

他又敲打大石板，脑袋带一点神经质的颤抖动作，发出一阵窃笑。那个高瘦学生、狄克生和奥吉菲正用爱尔兰话在交谈，没有搭理他。他接着转向克兰利说：

——特别对你说，晚安。

他拨动一下雨伞示意，又窃笑起来。仍在咀嚼无花果的克兰利，动了动下巴回答说：

——不错。这是个美好的夜晚。

那个矮胖学生认真地看着他，同时温和地摇动雨伞。

——我明白了，他说，你要发表高论了。

——嗯，克兰利答应着，从嘴里取出嚼了一半的无花果，向那个矮胖学生猛地甩一下，表示要他吃。

那个矮胖学生并没吃，他假装很享受这种幽默的话，还窃笑着，同时拿着雨伞来斟酌字句，故作庄重地说：

——你的意思是……

他说了一半，突然指着那个嚼过的无花果干，大声说：

——我说那个。

——嗯，克兰利像刚才那样回应。

——你现在的意思是，那矮胖学生说，像 ipso facto[1]，或者就是随便说说呢？

狄克生离开他那一伙，转过来说：

1 意为“事实本身”，在这里可以理解为“果真要给我无花果干”。

——格林，哥金斯在等着你。他到阿德尔菲附近去找过你跟莫伊尼汉。你那儿夹着什么？他一边问着，一边轻拍格林夹着的皮包。

——试卷，格林回答。我每个月让他们进行一次考试，看他们是否因我的讲授而受益。

他也拍拍那皮包，又微笑着轻咳了几声。

——讲授！克兰利粗声说。我想，你是说那些被你这样的大猩猩教的野孩子吧，老天保佑他们！

他咬下剩下的无花果果肉，抛掉了梗子。

——让小孩子到我这里来，格林和蔼地说。

——一个大猩猩，克兰利又强调说，一个亵渎上帝的大猩猩。

坦普尔站起来，挤过克兰利，向格林说：

——你刚刚说的那句话，他说，出自《新约》“让小孩子到我这里来”。

——坦普尔，你还是睡你的觉吧，奥吉菲说。

——那很好，坦普尔仍对格林往下说，既然耶稣让孩子们过来，那么，如果他们还没受洗就死了，教会为什么又把他们全送进地狱？这是为什么？

——坦普尔，你自己受洗了没有？那瘦弱的学生问。

——既然耶稣说，他们全都可以过来，那为什么要把他们送进地狱？坦普尔说，双眼盯着格林的眼睛。

格林咳嗽了一声，费力地控制着他说话声中神经质的窃笑，和气地说，而且每说一个字都拨动他的雨伞：

——若果真如此，我就特别要问你，这“如此”是从何而来？

——因为教会像所有的老罪人一样残忍。坦普尔说。

——坦普尔，你在这一点上说得够正统吗？狄克生温和地问。

——圣奥古斯丁说，未经施洗的孩子要下地狱，坦普尔回答，因为他也是个残忍的老罪人。

——我向你鞠躬，狄克生说，但我记得，有个名为“婴狱”的地方专门为此等案情而设立。

——狄克生，别跟他争辩，克兰利气愤地说，别跟他说话，也别看他。用条草绳牵他回家，就当他是头小羊。

——婴狱！坦普尔叫起来，这也是个好发明，就像地狱。

——但没有地狱里的痛苦，狄克生说。

他微笑着，转向其他人说：

——我想我是代表所有在场者的意见而发言。

——是的，格林肯定地说，在这一点上爱尔兰统一了。

他拿伞的尖帽敲击着廊柱的石板。

——地狱，坦普尔说，我可以尊敬撒旦的配偶那种发明。地狱是罗马人的，就像罗马人的墙壁一般坚固而丑陋。但婴狱是什么？

——克兰利，把他放回小儿摇篮车里，奥吉菲大喊。

克兰利快步朝坦普尔跨过去，又停了下来，一面跺脚，一面像赶鸟那样叫：

——呼唏！

坦普尔敏捷地闪开。

——你可知道婴狱是什么？他叫，你可知道我们把罗斯科门里那样的一个概念叫什么吗？

——呼唏！去你的！克兰利拍着手喊道。

——既不是我的屁股，也不是我的胳膊肘，坦普尔轻蔑地大叫。这就是我所说的婴狱。

——给我们这根拐杖。克兰利说。

他从斯蒂芬手里一把夺走那根梣木杖，然后跃下台阶，坦普尔听到他追来，便像一只野兽那样敏捷而快速地在薄暮中跑远了。克兰利长筒靴的声音，从长方形广场那头响亮地传来，然后一路胡乱踢着碎石，沉重地回来。

他的脚步愤怒，又以愤怒的突兀手势把棍子塞回斯蒂芬手里。斯蒂芬觉得，他的愤怒另有原因，只是为了假装忍耐，轻轻碰了他的胳膊，小声地说：

——克兰利，我跟你说过，我想跟你谈谈。走吧。

克兰利看了他一会儿，问：

——现在？

——是呀，现在，斯蒂芬说，我们不能在这里谈。走吧。

他们二人默默地穿过长方形广场。有人站在廊柱台阶上以口哨轻轻吹着《西格弗里德》送别他们。克兰利回过头，吹口哨的狄克生就向他喊：

——你们两个家伙到哪里去？那场比赛怎么样，克兰利？

他们隔着宁静的空气互相喊叫，说要去看阿德尔菲旅馆举行的一场台球比赛。斯蒂芬独自向前走，一直走入寂静的基尔德尔大街。他站在枫树旅馆对面等着，心情变得平静了。那家旅馆的招牌是块没颜色的刨光木板，那木板正面像一道彬彬有礼的轻蔑目光注视着他。他气愤地回瞪着旅馆里灯光柔和的客厅，他想象爱尔兰贵族在里面过着惬意的生活。他们想的是陆军派官令与土地代理人：农民站在乡下的道路两旁向他们致敬，他们知道某些法国菜名，以刺耳的语调、尖厉的方言吆喝车夫。

他怎样才能打动他们的良心，又怎样能把他的思想投在他们女儿的想象上面，而使她们或可能——在她们的老爷子叫她们怀孕以前——繁衍出比她们自己像样的一个种族？在越来越暗的暮色里，他感到他所属的这个种族的想法与欲望，像蝙蝠掠过黑暗的村巷，掠过溪边树下，扫过交错纵横的沼泽地。达文夜里行走时，有个女子在门口等着，递给他一杯牛奶喝，且几乎央求他到她床上去，因为达文有一双温和的眼睛，是那种能够严守秘密的男人。

没有哪个女人的眼睛向他求过爱。

有人用力地抓住他的胳膊，只听克兰利说：

——我们一块儿走吧。

他们就沉默地往南走。然后克兰利说：

——那个唠叨的白痴坦普尔！你可知道，我向摩西发誓，总有一天我要毙了那个家伙。

只是他的声音也不气愤了，斯蒂芬不确定他是否想到了她在廊柱下跟他打招呼的情景。

他们向左转，像方才那样走下去。走了一阵，斯蒂芬说：

——克兰利，今晚我跟人吵了一场。

——跟你家里的人？克兰利问。

——跟我妈。

——宗教的事情？

——是的，斯蒂芬回答。

停了一会儿，克兰利问：

——你妈多大年纪了？

——不算老，斯蒂芬说，她希望我参加复活节侍奉。

——你愿意吗？

——不愿意。斯蒂芬说。

——为什么？克兰利问。

——我不侍奉神。斯蒂芬回答。

——这话以前有人说过。克兰利平静地说。

——现在又有人说。斯蒂芬生气地说。

克兰利捏捏斯蒂芬的胳膊说：

——轻松点，我亲爱的朋友。你可知道，你有些过于激动了。

他说话时神经质地笑了起来，感动而友善的目光向上端详斯蒂芬的脸庞。他说：

——你可知道你是个容易激动的人？

——我当然是的，斯蒂芬也跟着笑了起来。

他们最近疏远的心灵，似乎突然彼此拉近了些。

——你可相信圣餐？克兰利问。

——我不相信。斯蒂芬说。

——那么你怀疑了？

——我既不相信，也不怀疑。斯蒂芬回答。

——许多人，连那些教会里的人都有疑惑，可是他们克服了那些怀疑，或者把它们放置在一旁，克兰利说。你对这一问题的怀疑，是否过于强烈？

——我不想克服它们。斯蒂芬回答。

克兰利感觉很尴尬，从裤袋里又掏出一个无花果正要吃时，斯蒂芬说：

——别吃了。你嘴里塞满了嚼烂的果子，就不能讨论这个问题了。

克兰利站在路灯下，细看那个无花果，然后用两个鼻孔去闻，咬下一小片，吐出来，把那果子一下投入阴沟。他对落在地上的果子说：

——你这受诅咒的东西，离我远点，到永不熄灭的地狱之火里去吧！

他握住斯蒂芬的胳膊，又往下说：

——你不怕在审判日有人会对你说这些话吗？

——另一方面我能得到什么呢？斯蒂芬问，跟主任做伴，享受永恒的幸福吗？

——别忘了，克兰利说，他会得到荣耀。

——切，斯蒂芬有点埋怨地说，他是那样明亮、灵敏、无情、微妙。

——你可知道，克兰利冷静地说，说来奇怪，你的心思里竟全都是你怀疑的宗教。你在中学时信不信教？我敢说你信。

——那时候我信。斯蒂芬回答。

——你那时比较快乐吗？克兰利轻声问，比方说，比你现在快乐？

——常常很快乐，斯蒂芬说，也常常不快乐。那时的我跟现在完全两样。

——怎么个两样法？你说这话是什么意思？

——我是说，斯蒂芬说，那时的我不像现在的我，不像非改变不可的我。

——不像现在的你，不像非改变不可的你？克兰利跟着说。请问你一个问题。你爱你妈妈吗？

斯蒂芬慢慢地摇摇头。

——我不懂你这话的意思。他单纯地说。

——你从来没爱过谁吗？克兰利问。

——你是说女人？

——我不是那个意思，克兰利用较冷淡的语气说。我问你，你是否觉得爱上了什么人或什么东西？

斯蒂芬在他朋友身边走着，阴沉地注视着人行道。

——我试着去爱过神，他终于说，现在看来我没这个能力。那很不容易。我试过，把我的意志和他的意志紧紧相连。这方面我倒不一定做不到。说不定我还能做到……

克兰利打断他的话问：

——你母亲一生幸福吗？

我怎么知道？斯蒂芬说。

——她有几个孩子？

——九个还是十个，斯蒂芬回答，死了一个。

——你父亲……克兰利自己中断了一下，然后又说，我不想打探你家的事。但请问，你父亲是不是所谓的有钱人？我是说在你长大的时候？

——是的。斯蒂芬说。

——他做过什么？克兰利停了一会儿后问。

斯蒂芬开始列举他父亲的身份。

——医学生、划船选手、男高音、业余演员、大嗓门儿政客、小地主、小投资人、酒鬼、好好先生、说书先生、某人秘书，还自己酿过酒、收过税、倒闭过一次，目前是个好谈当年勇的落魄汉。

克兰利笑了起来，抓紧斯蒂芬的胳膊说：

——酿酒厂的生意真绝。

——还有什么别的你想知道的？斯蒂芬问。

——你目前家境可好？

——我看起来好吗？斯蒂芬直率地问。

——这样说来，克兰利沉思着说下去，你是生在奢靡之家了。

他像往常使用专门用语那样，不着边际地说了这句话，仿佛要听的人明白他说这话并不是认真的。

——你母亲想必吃了不少苦头，他接着说，难道你不想让她少吃些苦，就是……你肯吗？

——只要我能，斯蒂芬说，这实在没什么大不了的。

——那么就去做吧，克兰利说，照她的意思去做。这对你来说又算什么？你不信它，这只是个形式，没别的。那你就让她安心了。

由于斯蒂芬没答话，他于是停下来不再作声。然后像是流露他自己的思想过程似的说：

——在这个发臭的浮世粪堆里，别的什么都很难说，母爱则不然。你母亲把你生在这个世界上，一开始就把你孕育在她的身体里。她的感受，我们知道多少？但不论她感受到什么，那总是真实的。我们的理想或抱负算得了什么？游戏而已。理想！看，那只咩咩叫的小山羊坦普尔有理想，麦堪也有他的理想，路上的每头公驴都有理想。

斯蒂芬起先都在玩味这些话的言外之意，这时带着有意的轻率态度说：

——假如我没记错，帕斯卡不让他母亲吻他，生怕碰到她的性器官。

——帕斯卡是猪。克兰利说。

——教会说他是个圣徒。斯蒂芬反驳。

——我才不管别人叫他什么，克兰利粗鲁、直率地说，我说他是猪。

斯蒂芬先在心里打好了腹稿，才往下说：

——耶稣在公开场合似乎也不怎么礼待他母亲，但有位耶稣会神学家又是西班牙绅士苏阿雷七却为他辩白。

——你可曾想到，克兰利问，耶稣本来并不想做那样的人？

——第一个这么想的，斯蒂芬回答，是耶稣自己。

——我是说，克兰利有点不让步地说，你可曾想到，他有意做个假冒伪善的人？他把当时的犹太人叫什么来着？粉饰的坟墓？再坦白点说，他可是个无赖？

——我从来没这么想过，斯蒂芬回答。但是我倒想知道，你这是要叫我叛教，还是要让你自己不再相信神？

他转身看着他朋友的脸，他在那张脸上看到了那种尴尬，尽量想装出有教养而含蓄的样子，但露出来的反而是一抹讪讪的微笑。

克兰利突然用一种平淡的、讲道理的语气问：

——老实说吧，我刚才说的话，是不是把你给吓着了？

——有点。斯蒂芬说。

——为什么吓着了？克兰利以同样的语气追问，你是否确实觉得，我们的宗教不应该认为耶稣不是神的儿子？

——这我毫无把握，斯蒂芬说，与其说他是玛利亚的儿子，倒不如说他是神的儿子。

——这可是你不肯领圣餐的原因？克兰利问，因为你对这件事也没把握，你觉得，圣体也很可能是神的儿子的肉与血，而不是一片面包？而且你怕有可能是这样？

——不错，斯蒂芬安静地说，这我能感觉到，也害怕如此。

——噢，是这样。克兰利说。

斯蒂芬觉得他的语气是要结束谈话了，就马上另找了一个话题，说：

——我害怕许多东西：狗、马、枪、海洋、雷雨、机器、入夜的村路。

——但你为什么害怕一小片面包？

——我想象，斯蒂芬说，在我所说害怕的东西背后，有一种恶意的真相。

——那么，克兰利问，如果你做了一次亵渎神的领受圣餐礼，你怕不怕罗马天主教会的神把你打死，让你下地狱？

——罗马天主教会现在就能这样做，斯蒂芬说。我更害怕的，倒是向一个已有两千年权威的敬拜象征进行一种虚伪的尊崇，导致在我的灵魂里起那种化学作用。

——在极端危险的威胁下，克兰利问，你可愿犯下这样一种亵渎神灵的罪？比方说，你活在爱尔兰大惩罚的时代里？

——对于过去的事我没法儿回答，斯蒂芬回答，大概不会。

——那么，克兰利说，你不打算做个新教徒了？

——我说过，我失去了这种信仰，斯蒂芬回答，但并没说我丧失了自尊。舍弃一种合乎逻辑而一致的荒谬信念，另去怀抱一种不合逻辑又不一致的荒谬，这到底算是什么样的解脱？

他们朝彭布罗克镇区走去，现在，由于他们沿着街道慢慢前进，别墅里的那些树木与稀疏的灯光，使他们的心更安定了。他们身边所弥漫的富裕、安宁的气氛，似乎可以安慰他们的贫困境况。在一道桂树围成的篱笆后面，有盏灯从一间厨房的窗户射出来，里头还传出一个女用人一边磨刀一边唱歌的声音。她断断续续地唱着：

“罗西·欧格瑞第。”

克兰利驻足倾听，一面说：

——倩女轻歌。

拉丁语的柔美，以一种迷人的触觉触及夜晚的黑暗，那触觉比音乐或女人的手还要轻巧动人，他们心中的挣扎也随之得以平息。那有如在教会圣餐室出现的女子的身影，默默穿过黑暗，穿白袍的身影娇小苗条如男孩，身上系着一条松松的腰带。她的歌声就像男孩那样清脆高亢，从远处的唱诗班传来，那女子唱的第一句，穿透受难曲第一节的阴郁与喧嚷：

——你也与伽利略的耶稣同在。

于是所有人都很受感动，那声音闪亮如同一颗新星，在歌声唱到倒数第三个音节时照耀得更为清晰，而当这一节消逝时，就转为微弱。

歌声停止了，他们又一起前行，克兰利以特别加强的节奏唱那首歌的最后一节：

有一天我们结婚了，

啊，我们该多幸福，

因为我爱甜蜜的罗西，

罗西也爱我。

——这是真的诗，他说，这是真的爱。

他带着一抹幽玄的微笑斜睨着斯蒂芬，说：

——你喜欢这首诗吗？你可知道那些诗句的意思？

——我想先找罗西。斯蒂芬说。

——她很好找。克兰利说。

他的帽子已经压到额上来了。他把它向后推，斯蒂芬在树丛的阴影里看到了他那张衬着黑暗的苍白脸庞和他那对黑色大眼睛。是的。他的脸庞英俊，身体强壮。他谈到母亲的爱。那么，他体会到女人吃的苦，及她们身体与灵魂上的脆弱，并会伸出他强壮、结实有力的臂膀去守护她们，由衷地敬重她们。

那么离开吧，这该是走的时候了。有个人声轻轻在斯蒂芬孤独的心里向他说，吩咐他走，并告诉他他的友谊就要结束了。不错，他会走的。他不能跟另外那个人比。他知道自己的角色。

——我大概该离家了。他说。

——去哪里？克兰利问。

——我能去的地方。斯蒂芬说。

——对，克兰利说，现在你大概很难在这里生活，但这就是使你走的原因吗？

——我非走不可。斯蒂芬回答。

——因为，克兰利继续说，你不必自视为是被人赶走的，或被视为异端或不法之徒。世上有许多想法跟你一样的好信徒。你觉得意外吗？教会并不是那石造建筑，甚至也不是教职及他们的教条，而是在里头出生的那些人构成的整体。我不知你想在这一生中做什么。你想做的，是那晚我们站在哈考街车站外面你告诉我的话吗?

——是的，斯蒂芬说，不禁对克兰利那种连场所带思想来记忆的方式微笑。那晚你跟多尔蒂为了从萨里加普到拉拉斯走哪条路最近而抬了半个钟头的杠。

——那个木头！克兰利轻蔑地说，他知道什么萨里加普到拉拉斯的路！由此可见，他到底知道些什么？他这个淌污水的木头脑袋！

他放声大笑。

——怎么样？斯蒂芬说，其余的你可记得?

——你说的话，是吗？克兰利问。我当然记得。你说你要去发现可以让你的精神无拘无束，可以自由表达的生活或艺术。

斯蒂芬脱帽表示感谢。

——自由！克兰利又说了一次，但你自己倒未必自由到可以做亵渎神灵的事情。老实说，你肯抢劫吗?

——我会先讨饭。斯蒂芬说。

——如果讨不到饭，你会抢劫吗?

——你无非要我说，斯蒂芬回答，财产权是临时性的，而在某些情况下，抢劫未必不合法。这是人人都会信而行之的。恕我不回答你了。你去请问耶稣会神学家胡安·玛丽亚娜·德塔拉贝拉，他也会向你解释，在什么情况下你可以合法弑君，以及你最后把毒药掺在酒里给他喝，溅在他的衣袍或马鞍的扶手上。你不如问我，我让不让别人来抢劫我？又如果他们抢了，我会不会拿世俗的权力来惩罚他们?

——你会吗?

——我想，斯蒂芬说，这恐怕跟被抢一样痛苦吧。

——噢，是这样。克兰利说。

他掏出火柴，然后漫不经心地问：

——比方说吧，老实讲，你肯和一个处女睡觉吗？

——对不起，斯蒂芬彬彬有礼地说，这不是大多数青年绅士的志向吗？

——那你的看法呢？克兰利问。

他这句话，既像煤烟那样酸臭又令人寒心，刺激了斯蒂芬的脑子，而那烟气似乎就盘绕在他的脑际。

——克兰利，请注意，他说。你已经问了，我会做什么跟不会做什么。我愿意告诉你，我要做什么和不会做什么。我不会侍奉我不再相信的东西，不管是我的家、祖国，还是我的教会，我要努力去过一种生活，或追求一种艺术，来尽可能自由、诚实地表达自己，而只许自己用一种防卫手段——沉默、流放与精明。

克兰利抓住他的胳膊，把他转过来，以引导他走回利森公园。他油滑地大笑起来，并以一位长者的关爱拍拍斯蒂芬的胳膊。

——的确精明！他说，这难道就是你吗？你这个可怜的诗人，你啊！

——你逼我向你告白，你的触摸使我很激动，斯蒂芬说。就像我曾向你告白许多别的事情，不是吗？

——是的，我的孩子，克兰利仍然喜滋滋地说。

——你逼我告白我的那些恐惧。但我也要告诉你我不怕的东西。我不怕孤独，不怕为了别人的事遭冷落，不怕放下我非放下不可的一切。我也不怕犯错，甚至是大错，终生之错，永生之错。

克兰利这下又沉重起来，他放慢脚步说：

——孤独，完全孤独。你不怕这个吗？你可知道这个字眼的意思？不但要远离所有的人，而且连一个朋友都没有。

——我愿意冒这个险。斯蒂芬说。

——并且所交之人，克兰利说，不过是个朋友，即使是一生至交，也不过是朋友。

他的话似乎触及他自己天性中一条深藏的琴弦。他说的是不是他自己？是不是他原来的自己，抑或是他想要成为的自己？斯蒂芬默默注视他的脸庞好一会儿，那上面有一股冷冷的悲哀。他说的是他自己，是他曾经害怕过的孤独。

——你在说谁呀？斯蒂芬终于问。

克兰利没回答。

三月二十日。跟克兰利谈我的反叛这一问题。他趾高气扬，我则顺从温和。他基于人子对母亲的爱对我大加抨击。尽量去想象他的母亲，但不能够。有一次，他一个不留神，告诉我他出生时，父亲已六十一岁。我可以想象他是个强壮的农夫，穿椒盐色服装，方脚板，灰胡子很是蓬松，大概爱参加田径赛，按时但不慷慨地捐款给拉拉德的德怀尔神父。有时候也在晚上跟女孩子聊天儿。但他的母亲呢？很年轻还是很老？不会是前者。如果是的话，克兰利就不会那样说话了。那么是老了。很可能是，又受冷落。于是克兰利心里才会绝望：他是他父亲血气衰弱时生的孩子。

三月二十一日，晨。昨晚在床上思考这个问题，但太懒又太自由而没往下想。自由，是的。伊丽莎白与撒迦利亚都是血气衰竭之人。那么他是先知了。还有，他主要吃腌猪肉、干无花果，研读蝗虫与野蜂蜜的书。一想起他时，总能看到一颗砍下的狰狞头颅，或一副死人似的面容，仿佛衬在一块灰色布幕或印有基督圣容的汗巾上。他们称这为“羊栏斩首”。拉丁门边的圣约翰[1]简直把我弄糊涂了。我看见了什么？一个亡头的先驱正在设法打开一把锁。

1　圣约翰是“被杀头的先知”。

三月二十一日，夜晚。自由。灵魂自由与幻想自由。让死者埋葬死者。是的。并让死者与死者结婚。

三月二十二日。与林奇相伴，盯一个身材高大的医院护士。林奇出的主意。不喜欢。两条又瘦又饿的猎狗尾随一头小母牛。

三月二十三日。那晚以后就没看到过她。不舒服？说不定披着妈妈的围巾正坐在火炉边呢。但别耍脾气了。一碗好粥？你现在要不要吃？

三月二十四日。开始与母亲讨论。题目：圣母玛利亚。由于我的性别和年纪太小而难以进行讨论。避开耶稣与天父之间的长久关系，以对比圣母与她儿子之间的关系。说宗教并不是一座产科医院。母亲宽容我。说我胡思乱想，书读得太多。不对。读得少，了解更少。后来她说，我会回头再相信神，因为我三心二意。这是说，从罪的后门离开教会，然后再经过忏悔的窗户进来。不能忏悔。这样告诉她，并要六个便士。最后只拿到了三个便士。

然后到学校去。跟长着小圆头和流氓眼睛的格齐又抬了一杠。这回谈到诺兰人布鲁诺。以意大利语开场，而以英语结束。他说布鲁诺是个大异端。我说他被烧得好惨。他有点难过，同意这一点。然后把他的"柏加马煮饭法"告诉我。他发轻声"又"音时，把那好吃肉的嘴唇伸了出来，像在吻这个元音。他干过那种事吗？他能够悔罪吗？不错，他能够：还挤出两颗圆圆的流氓泪，一只眼一滴。

走过斯蒂芬的也就是我的菜园，想起他的同胞而不是我的同胞发明了克兰利前晚所说"我们的宗教"。他们一共是四个人，都是九十七步兵团的士兵，一起坐在十字架脚下，对那个钉在十字架上的人的外袍掷骰子，看谁最后能得到。

到图书馆去。试着读三篇评论。没有用。她还没出来。我惊慌了吗？为了什么？怕她永远不再出来。

布雷克写：

我生怕威廉·邦德会死掉，

因为他的确病得很重。

天呀，可怜的威廉！

有一次，我在圆顶剧场[1]看一张透明画。都是些大人物的照片。其中有那刚死了的威廉·尤尔特·格拉德斯通[2]。管弦乐团演奏着《喔，威廉，我们想念你》。

庄稼汉的种族！

三月二十五日，晨。一夜噩梦。想把它们尽快忘掉。

一道弯曲的长廊。从地板上升起幽暗如水汽的廊柱。其中有那些石雕上刻着的传奇国王的肖像。他们双手交叠放在膝上，面容疲倦，目光呆滞，由于世人的错误总是变成幽暗的水汽在他们面前升起。

有些奇异人形从一座洞穴走出来。他们没有人那么高，彼此间似乎也没有宽阔的间隔。他们的脸庞泛出磷光，其中有幽暗的条纹。他们窥视我，而他们的眼睛，似乎在问我什么。他们不说话。

三月三十日。今晚克兰利在图书馆门廊下向狄克生以及她的兄弟提出一个问题。一个母亲让她的孩子掉进了尼罗河里。还在谈关于他妈妈的问题。一条鳄鱼抓住这孩子。母亲求他放孩子回来。鳄鱼说，可以，只要她吩咐怎样处置这孩子，是吃呢还是不吃？

---

1 在奥康奈尔街头。

2 乔伊斯说：“一言以蔽之，格拉德斯通是个只顾自己的政客。”他反对格拉德斯通，主要是因为他“借爱尔兰各主教之助，完成了对巴涅尔的道德暗杀”。他不但是个政治投机分子与一个道德败坏者，更是个无足轻重的文化恶棍。

这种才智，雷比达会说，的确是靠你的太阳运行而从你的污泥中孕育出来的。

我的呢？不是一样吗？那就让它同归尼罗河里的污泥吧。

四月一日。不赞成最后这句话。

四月二日。看到她在约翰斯顿，在穆尼及欧布瑞恩的店里喝茶、吃蛋糕。不，是目光锐利的林奇在我们经过时看到了她。他告诉我，克兰利被他弟弟请到那里。他带了他的鳄鱼吗？他现在岂不是闪耀的明灯吗？好，我发现他了。我郑重声明我发现了。在威克罗麦仓一个大斗后面静静地闪耀着。

四月三日。在芬勒特教堂对面的香烟店遇到达文。他穿着一件黑毛线衫，并带着一根冰球棍。问我是不是真的要远走，还问我为什么。我告诉他到塔拉最快的方式是由霍利赫德那边走。那时，我父亲来了。父亲，客气而细心。问达文要不要吃些点心。达文婉谢，说正准备去参加一项集会。我们离开时，父亲告诉我，他有对诚实的眼睛。问我为什么不参加划船俱乐部。我假装考虑此事，然后他告诉我，他怎样伤了彭尼费瑟的心。希望我念法律，说我是那块料。更多的污泥，更多的鳄鱼。

四月五日。痴醉的春。疾走的云彩。生命啊！苹果树把它们的花朵抛在了混浊的旋涡里。女孩子的秋波闪躲在树叶间，或安静或活泼，有白皮肤的也有褐色皮肤的，唯独没有黑皮肤的。她们脸红时更为动人。啦啦啦！

四月六日。她当然记得过去。林奇说女人们都记得。然后她想起童年——包括我的，如果我曾经也年少过。过去被现在吞噬了，而现在只为未来而活着。如果林奇说得有理，则妇女塑像都应该用披衣遮盖住，她们的一只手总是后悔地摸着她的臀部。

四月六日，午后。麦可·罗拔特斯记得被遗忘的美人，他的双臂环抱她时，他把早已从这世界遗失的爱用双臂抱住。不要这个。根本不要。我渴望，把还没来到这世界的爱，用双臂紧紧抱住。

四月十日。在浓浓的夜色下，隐约的马蹄声穿过这城市的静寂，城市已从有梦转到无梦的睡眠，犹如怎么爱抚都不动情的疲惫情人。此刻的声音已不像他们快要到这座桥时那么微弱，当他们经过那些黑黢黢的窗户时，这片沉寂就像被一把锋利的刀给劈开了，像被一支箭给射穿了。此刻他们渐行渐远，那马蹄像宝石，闪耀在沉沉的夜里，疾行过沉睡的田野，前往什么地点——什么人的心？——带着什么消息？

四月十一日。读我昨晚写的东西。糊涂话表达糊涂情。她会喜欢它吗？我想会吧。那么我也得喜欢它。

四月十三日。“滴盘”这个词长久地盘踞在我心上。我查了字典，发现它是英语，而且也是地道的英语。让主任跟他的漏斗去死吧！他来这儿，是拿他自已的语言来教我们，还是向我们学习我们的语言。左右他都该死！

四月十四日。约翰·艾尔方索·莫伦南刚从爱尔兰西部回来。他告诉我们，他在那儿的一座山里见到一个老人。老人有红红的眼睛，抽着一根很短的烟斗。老人说爱尔兰话，莫伦南也说爱尔兰话。然后，老人跟莫伦南又一起说英语。莫伦南向他说起宇宙和星球。老人坐着，谛听，抽烟，吐痰。然后说：

——啊，在世界快结束时必会出现很多可怕、奇怪的人。

我怕他。我怕他那对发红的眼睛。我必须整晚跟他做斗争，直到天明，直到他死或我死，一边勒紧他多筋的喉咙直到……直到什么？直到他向我屈服？不。我无意伤害他。

四月十五日。今天在格拉夫顿大街迎面碰到她。路人把我们挤到一起。我们俩都停下来。她问我，为什么从不去看她，说她听到了有关于我的种种传闻。这只是要拖延时间而已。问我在写诗吗？写谁？我问她。这更使她觉得莫名其妙，我觉得后悔，而且不应该那样做。立刻切掉那个阀门，同时打开由但丁·阿莱特耶里发明并在各国注册了的那种精神英雄式的冷却器。马上说到我自己和我的计划。其间我不巧突然做出违背天性的一个手势。我看起来一定像个拿一把豆子扔到半空的家伙。路人开始看我们。片刻以后她和我握了握手，离开时说，她希望我会照我所说的去做。

现在我说这是友善的，你不这样说吗？

不错，我今天喜欢她。有一点点喜欢还是十分喜欢？不知道。我喜欢她，于我来说这是种新感受。那么，就此而言，包括其他的一切，我想了我想过的一切，我感受了我感受到的一切，之前所有其他的，事实上……放弃吧，老伙伴！睡一觉把它都忘掉吧！

四月十六日。远走高飞！

双臂与说话声的符咒：大路似的白色胳膊，它们答应要亲密拥抱，而船只像是黑色的胳膊，衬着月色说它们遥远国度的故事。它们伸出来想说：我们很孤独。来吧。而那些说话声与它们同说：我们是你们的亲人。他们向我呼唤时，空气里充满了离别的气氛，他们的亲人准备离开，于是摇动起他们欢欣的青春的翅膀。

四月二十六日。母亲把我新买的二手衣服收拾好。她说，她现在祈祷，我在自己的一生里背井离乡在外奔波时能弄清楚人的心肠是什么，它都有哪些感觉。阿门。诚愿如是。欢迎，生命啊！我要百万次面对经验的真实，并在我的灵魂锻冶场里铸造我的民族还未被创造出来的良知。

四月二十七日。老父，老巧匠[1]，从现在起请多多帮助我吧。

1　指异教发明家迪达勒斯。